Alfred Meissner

Geschichte meines Lebens

Band 1

Alfred Meissner

Geschichte meines Lebens
Band 1

ISBN/EAN: 9783743322004

Hergestellt in Europa, USA, Kanada, Australien, Japan

Cover: Foto ©Andreas Hilbeck / pixelio.de

Manufactured and distributed by brebook publishing software
(www.brebook.com)

Alfred Meissner

Geschichte meines Lebens

Geschichte meines Lebens.

Von

Alfred Meißner.

I. Band.

Dritte, unveränderte Auflage.

Wien und Teschen, 1884.
Verlag der k. k. Hofbuchhandlung
Karl Prochaska.

Inhalt.

Erstes Buch.

Erstes Buch.

I.

Meine Vaterstadt.   Tiedge und Elise von der Recke. — Seume's Grab.
Polnische Emigranten.   Der „Nürnberger Correspondent".

Teplitz, das jetzt zu einer ganz bedeutenden Bade- und Fabrikstadt herangeblüht ist, war vor einem halben Jahrhundert nur ein mäßig besuchter Curort, dessen jährliches Fremdencontingent wenig über tausend Personen betrug. Das heute mit Teplitz zusammengewachsene Schönau stand damals noch ziemlich weit abseits und hatte, die Badeanstalten abgerechnet, noch einen rein dörflichen Charakter. Die Stadt und Dorf verbindende Mühlstraße bestand aus einer ganz lückenhaften Reihe einzelner zerstreuter Wohnungen, die sich an eine ganz kahle, steinige Bergwand lehnten und den Ausblick auf Felder und einen weiten Wiesengrund hatten. Dort lief ein Bach zwischen uralten Weiden hin, dort weideten Kühe, und eine primitive Mühle, die sogenannte Pulvermühle, tummelte dort ihre Räder. Dieser einsamen Mühle gegenüber hatte sich mein Vater nach bewegten Wanderjahren — einen Ab-

1*

ſchnitt ſeines Lebens, den in Rom 1810 und 1811, habe
ich in meinem Buche „Norbert Norſon“ geſchildert
als Badearzt niedergelaſſen und ſich ein nur einſtöckiges,
aber nettes und wohnliches Haus gebaut. Von den beiden
hüttenähnlichen Wohnungen in unſerer Nachbarſchaft gehörte
die eine einem Vogelhändler, die andere dem „Dresdner
Boten“, Kuhmann. Dies Haus, das wir allein bewohn
ten — es war geſchloſſen und wer bei uns erſcheinen
wollte, mußte den ſtets blanken meſſingenen Glockenzug
benutzen, was für Teplitzer Gewohnheiten neu war —
bildet mit ſeinem Garten ·den beſcheidenen Hintergrund
meiner Erinnerungen aus der Knabenzeit. Der Vater
hatte denſelben dem Geröll der nackten Klingſteinwand
abgewonnen, indem er Terraſſen aufführen und fruchtbare Gartenerde hinaufſchaffen ließ, was den Koſtenvor-
anſchlag ſeines Baues ſehr ſtark modificirte. In der Zeit,
da ich ihn in meiner Erinnerung vorfinde, iſt „der Berg“
ſchon mit ſchattenden Bäumen bewachſen. Die Hecken ſind
dicht, die Gebüſche hoch, Singvögel ſind in ſie eingezogen.
Man kann von Abſatz zu Abſatz theils auf Treppen, theils
auf bequem gewundenen Wegen bis zur Höhe des „Juden-
bergs“ — jetzt Königshöhe genannt — heranſteigen, wo
mitten auf dem kahlen Plateau ein barocker Bau, eine
Reſtauration ſtand, die wegen der an ihr angebrachten
Zierrathen aus Schlacken geformt, die „Schlackenburg“
hieß. Auf jeder Terraſſe iſt eine Laube oder ein Sommer-
häuschen, mit Kletterroſen, Epheu und Nachtſchatten um-
rankt, angebracht, die Birken aber mit der ſilberweißen

Rinde, die auf einem sanfteren Abhang stehen, bilden bereits ein Wäldchen. Da steht ein grünangestrichener Tisch, welcher an schönen warmen Abenden zum Nacht mahl gedeckt wird: man hat von der Bank aus eine prachtvolle Aussicht einerseits auf die Stadt in der Ferne mit dem von Gärten umgebenen Clary'schen Schlosse, vor dem der Thurm der Dechantkirche zierlich emporragt, anderseits auf Dorf Schönau mit dem daran grenzenden Turner-Park. Die lachende, fruchtbare Ebene zwischen dem Erzgebirge und dem böhmischen Mittelgebirge ist von unaussprechlichem Reize.

Die erste Sprache, die ich erlernte, war die englische. Meine Mutter, eine Schottin von der Insel Bute, war damals des Teutschen noch gar wenig mächtig und alles Gespräch im elterlichen Hause wurde englisch geführt. Schottische Lieder sind die ersten Dichtungen gewesen, die ich vernahm, noch in späten Jahren sind mir viele Frag mente davon im Gedächtnisse geblieben und üben einen eigenthümlichen Reiz auf mich. Ebenso war Percy's Sammlung altenglischer und schottischer Balladen eines der ersten Bücher, das ich in die Hand bekam.

Meine Kindheit hatte wenig Gespielen. Ich war das einzige, das zuletzt übriggebliebene Kind, nachdem zwei Schwesterchen vor mir gestorben und hatte, da ich den Unterricht im Hause genoß, nicht einmal Schulkameraden.

Im Sommer sahen die Eltern viel Besuch bei sich, zwei Figuren blieben besonders im Gedächtniß des Knaben haften, weil sie auf die Phantasie wirkten. Es war dies eine alte Gräfin Stollberg, die mit ihrem Krückenstocke mir noch heute wie eine Figur aus Theodor Amodeus Hoffmann erscheint, und der Freund meiner Eltern, ein uralter polnischer General Klicki, der aus der Geschichte der napoleonischen Kriege her einen Namen hatte. Alljährlich kam er mit seinem Reitpferd und seinem Hund Fido nach Teplitz. Wenn er seinen Morgenritt machte, pflegte er den Knaben abzuholen, setzte ihn vor sich auf's Pferd und nahm ihn im Trab durch die nahen Wiesen, Dörfer und Felder mit sich. Kein Wunder, daß ich mit zärtlicher Liebe an dem alten Herrn hing.

Alljährlich besuchten uns zwei Persönlichkeiten, die ihre warme Freundschaft für meinen 1807 verstorbenen Großvater auf meinen Vater übertragen hatten: Frau Elise von der Recke und deren Freund Tiedge. Es waren zwei Liebesleute, von denen eines in den Siebziger Jahren, das andere am Rand der Sechzig stand. Sie blickten auf eine Bekanntschaft von einigen vierzig Jahren zurück, hatten mehrjährige Reisen miteinander gemacht, verharrten aber einander gegenüber in einem sonderbaren Ton, der aus Ueberspannung und Reserve gemischt war. Tiedge hatte die Haltung eines ritterlichen Toggenburg, Elise die einer edlen Burgfrau einem Troubadour gegenüber beibehalten. Beide waren im Besitze bedeutender Mittel, reisten mit Kammerdiener und Kammerjungfer, nahmen jedoch ihr Absteigequartier regelmäßig bei uns, wo dann streng darauf gesehen werden mußte, daß Alles nach ihren Gewohnheiten hergerichtet werde, was ohne Umständlichkeiten nicht möglich

war. Vor allem Anderen durfte keine allzugroße Nach-
barschaft der Schlafzimmer Raum zu Mißdeutungen geben.
Es waren zwei herzensgute, vortreffliche Menschen absonderlicher Art, die den Verkehr mit abgeschiedenen Geistern
für möglich hielten und herzlich ersehnten, und in einer
Gedankenwelt lebten, die sie selber erbaut.

Wenn ich von Teplitz nach Schönau ging, mußte
ich an dem — nunmehr verschwundenen — Kirchhof vorüber, wo das Grabmal des russischen Generals Millesimo,
das des Fürsten Anhalt Pleß und mehrere Kreuze bei
Kulm gefallener Krieger zu sehen waren. Am öftesten
hielt ich da vor einem liegenden Grabstein betrachtend still.
War's, daß ich damals meinte, auf jedem Grabe müsse
ein Kreuz stehen und ich hier nur einen breiten, flachen
Stein sah, den junge Eichen beschatteten, war's, daß ich
zu Hause öfter von dem Grabstein sprechen hörte — ich
betrachtete denselben immer mit einer gewissen scheuen
Ehrfurcht. Kamen nun Elise von der Recke und ihr alter
Gesellschafter zu uns, so wurde ein gemeinsamer Gang
zum Grabstein gemacht, denn diese zwei hatten ihn legen
lassen und die Eichen davor gepflanzt, weil der, der
darunter lag, sich im Leben als treuer und charaktervoller
Teutscher bewährt habe. Nun erfuhr ich erst, daß das
Grab einen Dichter, Gottfried Seume, berge, der die aller-
größte Unbill des Schicksals erfahren, indem er von seinem
Landesvater an die Engländer verkauft worden sei, damit
er in Canada gegen die Vertheidiger der Freiheit kämpfe.
Seume's Gedichte standen im Schranke meines Vaters,

ich las sie, suchte das Weitere über den Soldatenhandel deutscher Fürsten im vorigen Jahrhunderte und Seume's Schicksal insbesondere zu erfahren und kann wohl sagen, daß dadurch ganz absonderliche Gedankenkeime in meine Seele kamen.

Das Ende des Jahres 1830 hatte die mächtigen Kämpfe in Polen gebracht. Die Theilnahme aller freisinnigen Zeitgenossen begleitete diese Ereignisse und auch bei uns im Hause wurden die Kämpfe um Warschau mit athemloser Spannung verfolgt.

Eine Wiederherstellung Polens auf Kosten Rußlands erschien nicht nur als Act der Gerechtigkeit, sondern als Act politischer Klugheit, insofern damit ein Sturmbock gegen asiatische Barbarei geschaffen werden sollte. Polen hatte ja Jahrhunderte lang als selbständiges Reich bestanden, hatte seine Waffen nie zur Eroberung außerhalb seiner Landesgrenzen getragen, sondern sein Schwert zur Vertheidigung der Christenheit gegen den Islam gezogen. Man vergaß, wie die selbstsüchtige Willkür des polnischen Adels den Bauer durch unmenschliche Leibeigenschaft gedrückt. Die enthusiastische Sympathie aller Liberalen begleitete die polnische Sache. Wilhelm Müller, Mosen, Graf Platen schrieben Polenlieder. Aber Polens Untergang war nicht aufzuhalten, Warschau fiel, und es ward stille an den Ufern der Weichsel.

Tausende von Polen wanderten nun aus und zogen nach Frankreich. Teplitz lag auf einem Uebergangspaß nach Deutschland. Flüchtlinge trafen mit Empfehlungen Bekannter bei uns ein, nächtigten bei uns, wurden mit Geldmitteln versehen und weiter geschafft. Besonders unser alter Freund, General Klicki, war unermüdlich, uns zerzauste Männer in verschnürten Röcken und mit viereckigen Mützen zuzusenden, denen dann der Dresdener Bote Kuhmann, unser Nachbar, den Weg über die Grenze wies. Die Behörden drückten, wenn die Persönlichkeiten nicht Rußland gegenüber besonders gravirt waren, ein Auge zu. Ich gewöhnte mich daran, in diesen Männern, die für die Unabhängigkeit ihres Vaterlandes mit dem Säbel in der Faust eingestanden, und nun arm und entblößt in's Exil hinauszogen, romantische Gestalten, die eigentlichen Helden der Zeit zu sehen.

Um diese Zeit, da die Politik alle Gemüther in Anspruch nahm, wurde ich Augenzeuge eines kleinen Ereignisses, das meinem Gedächtnisse für immer eingeprägt bleiben sollte. Es war im ersten Frühjahr, um die Mittagzeit, die Mutter stand in der Küche, ich neben ihr. In der Bratröhre schmorte ein mächtiger Kalbsbraten und wurde unter der Mutter Anleitung von der Köchin fleißig mit Fleischbrühe begossen. Da stürmt Jemand die Treppen hinauf; es ist der Vater, der kurz zuvor ausgegangen war. Einige Minuten darauf schießt er, sehr aufgeregt, den Arm mit Maculatur beladen, in die Küche und stößt in größter Hast das bedruckte Papier in den Küchenherd, daß die Flammen hoch auflodern. Gleichzeitig erscheint von der Hofseite her ein sogenannter „Grenzjäger" mit Militärkappe und Gewehr und springt auf den Ofen los, um die hineingeworfenen Papierstöße hervor zuziehen.

Das will ihm der Vater wehren und es gibt einen wilden Auftritt. Den Grenzjäger verleitet seine Aufregung zur größten Unvorsichtigkeit, er greift mitten hinein in die Flammen, zieht aber beide Hände schrecklich verbrannt zurück. Der wilde Angreifer windet sich jetzt vor Schmerz und jammert ganz erbärmlich. Den Vater hat auch der Zorn verlassen, er leert eine Flasche Olivenöl auf einem Teller und beginnt dem Manne die verbrannten Hände zu salben, die Mutter ist hinaus=gelaufen und bringt aus dem Nähzimmer Watte herbei. Das alles sieht der erschrockene Knabe durch den Qualm, den die brennenden, auf den Steinfließen rauchenden Papierstöße erzeugen. Endlich läuft der Grenzjäger mit den verbrannten, eingewickelten Händen jammernd davon.

Was bedeutete dies Alles? Mein Vater war ein Abonnent des — natürlich verbotenen — „Nürnberger Correspondenten". Allwöchentlich brachte Kuhmann die Nummern: von diesem holte sie mein Vater, um sie auf einsamem Spazierwege zu lesen. Aber längst war er schon dieser Gesetzesübertretung verdächtig.

Der Grenzjäger lauerte ihm auf, war ihm nach=gelaufen, um das corpus delicti und wohl auch die da=heim aufgehäuften Beweise längeren verbotenen Zeitungs=bezuges zu fassen. Der Vater hatte noch eben das Haus erreicht und die äußere Thüre verriegelt, da war der

Grenzjäger durch den Garten und die Hinterthüre eingedrungen.

„Aber Vater," fragte ich, „warum dürfen wir denn keine ausländischen Zeitungen lesen?"

„Weil wir keine anderen Meinungen haben sollen, als die, welche Fürst Metternich gutheißt."

„Und warum das?"

„Weil sich unwissende Völker besser, mindestens bequemer, als aufgeklärte regieren lassen," war die Antwort, die mir lange zu denken gab.

„Glaubst Du," fragte meine Mutter, „daß die Sache nun vorüber und abgethan ist?"

„Offen gesagt, das glaube ich nicht," erwiderte der Vater. „Die Sache hat im Gegentheil eine sehr üble Wendung genommen. Der Mann, der sich durch seinen tollen Griff in das Feuer die Hände verbrannt hat, wird die Anzeige des Vorfalls machen. Er wird als ein in der Ausübung seines Dienstes Verwundeter betrachtet werden. Ich ahne nichts Gutes und auch für unsern braven Nachbar, den Boten, kann die Sache schlimm ausfallen."

In ernster Stimmung gingen wir zu Tische, und — ach, wie sehr hatte mein Vater mit seinen schlimmen Ahnungen Recht! Es folgten Haussuchungen, Vorladungen, Verhöre. Schließlich wurde mein Vater wegen „heimlichen Bezugs ausländischer mit dem non admittitur bezeichneter Zeitungen" in eine namhafte Strafsumme verurtheilt. Ein ganzer Actenstoß über diese Angelegenheit war nach Prag, an's „Gubernium", gegangen und zog meinem Vater dort namentlich beim Landeschef, Grafen Chotek, eine böse Note zu. Das alles hatte der arge „Nürnberger Correspondent" verschuldet.

II.

Die Alliirten.   Der Operncompositeur Wolfram.

Von der Höhe des Schloßbergs hatte einst, im August 1813, die ganze Bevölkerung von Teplitz dem Donner des groben Geschützes gelauscht und der ewig denkwürdigen Schlacht zwischen Culm und Nollendorf zugesehen, in welcher Ostermann das Corps Vandamme's gefangen nahm. Es gab noch Leute, die jede Position, jedes Manöver der alliirten Armeen und der Napoleons beschreiben und erklären konnten.

Bald darauf hatte der Teplitzer Congreß statt gefunden, wo zwei Kaiser und ein König sich in der ihnen neuen Rolle des Siegers befanden: gekrönte Häupter von allen Rangstufen, zwanzig Generäle, den Fängen des napoleonischen Adlers entgangen, hatten demselben beigewohnt. Da hatten die tapfern und treuen deutschen Fürsten mit ihren frommen Ministern das neue deutsche Reich aufzurichten beschlossen. Und Losung ward, das wieder zu erlangen, was für die Machthaber, für die Throne und ihre Stützen, die bevorrechtigten Stände

an Berechtigungen verloren gegangen war. Es kam
das Deutschland der Karlsbader Beschlüsse und der
Mainzer Central Untersuchungscommission. Die Patrioten-
partei wurde vernichtet und wanderte ins Gefängniß, der
schauderhafteste Byzantinismus kam an die Tagesordnung.
Abspannung und Ermüdung hatten die Welt überkommen
und schienen der Charakter der Zeit bleiben zu wollen.

In Folge der noch frischen Waffenbrüderschaft waren
die Beziehungen Preußens und Oesterreichs sehr intim.
Viele Jahre nacheinander kam Friedrich Wilhelm III. nach
Teplitz, wo er auch ein Militärbadehaus für preußische,
der dortigen Bäder bedürftige Krieger gegründet hatte.
Da gab es denn Ausfahrten in sechsspänniger Carosse,
Concerte im fürstlich Clary'schen Schloßgarten, bei
anbrechender Nacht Feuerwerk. Ein paarmal im Sommer
wimmelte es von den buntesten Uniformen: Die Gedenk-
tage von Kulm und Arbesau wurden von österreichischer
wie von preußischer Seite gemeinsam mit feierlichem
Glockengeläut und unter dem Donner von Kanonen
begangen. Auch die Friedrich Wilhelm III. in mor-
ganatischer Ehe angetraute Gräfin Harrach, jetzt Fürstin
von Liegnitz, traf jeden Sommer in Teplitz zur Badecur ein.

Vielen im Orte schien die Sonne der königlichen
Gnade, aber Niemand empfand die Gunst des preußischen
Monarchen lebhafter, als der Teplitzer Bürgermeister.
Er hieß Josef Wolfram, war ein Deutschböhme und
Operncompositeur. Schon als kleiner Beamter, Magistrats-

rath in Graupen, hatte er eifrigst componirt. Es gelang ihm endlich, eine Oper „Die bezauberte Rose", vom Dresdener Schriftsteller Eduard Gehe nach Schulze's Gedicht zugerichtet, in Dresden zur Aufführung zu bringen. Nun, von Graupen nach Teplitz versetzt, brachte ihn sein Amt in Berührung mit dem König. Er gewann dessen Wohlwollen durch Geschmeidigkeit und gute Manieren und fortan ging jedes Jahr eine Oper von Wolfram auf der Berliner Hofbühne in Scene. Denn Wolfram war sehr productiv. Es war für ihn das Leichteste in der Welt, zwischen der Ausfertigung zweier magistratlichen Actenstücke ein großes Duett oder Terzett zu Papier zu bringen. Der „bezauberten Rose" folgten „Die Normannen in Sicilien", „Prinz Lieschen", der „Bergmönch", das „Schloß Candra". Auf allerhöchsten Wink öffnete sich diesen Werken eine Bühne, die selbst einem Karl Maria von Weber so lange verschlossen und während Spontini regierte, so unfreundlich gewesen war. Der „Bergmönch", das „Schloß Candra" wurden glänzend ausgestattet und wiederholt gegeben, worauf dann dem Berliner Hoftheater manch andere Bühnen folgten. Erstaunt vernahmen wir, welches Genie unter uns wohne und konnten diese Erfolge kaum begreifen. Endlos habe ich als Knabe vom „Schloß Candra" reden hören, bis es vor meiner Phantasie architektonisch zur höchsten Höhe emporwuchs, denn Bürgermeister Wolfram pflegte uns im Winter ganze Acte daraus am Clavier vorzutragen. Daß sich seine Werke über das Niveau der Mittelmäßig keit erhoben, möchte ich sehr bezweifeln: der Mann aber ist ein denkwürdiges Exempel dafür, was, namentlich bei einem Operncomponisteur, die Gunst zufälliger Verhältnisse, zumal die Gunst eines Königs vermag. Auf dem Theater ist Schein und Blendwerk zu Hause. Als sein Gönner nicht mehr war, gab es auch keinen Wolfram mehr. Seine Partituren fielen ihrem Verhängniß anheim. Selbst aus den musikalischen Lexikons, in denen er seiner Zeit einen breiten Raum eingenommen, ist sein Name verschwunden.

III.

Dresden. — Mein Onkel. — Eine Vorlesung bei Ludwig Tieck.

Ein großer Vorzug von Teplitz war in den Augen meines Vaters die Nähe seiner Vaterstadt Dresden. Dort lebte die einzige Schwester, die ihm erhalten geblieben war; jahrelange Abwesenheiten hatten an den herzlichen Beziehungen der beiden Geschwister nichts geändert. Alljährlich pflegte Tante Bianca uns mit ihrer Familie zu besuchen; es war für uns Alle ein Fest.

So war denn auch die erste Fußreise, die ich mit meinem Vater unternahm, nach Dresden gerichtet. Wir wanderten über die Nollendorfer Höhe nach Tetschen, zogen durch das herrliche Elbethal und langten am dritten Tage durch den Odewalder Grund in Dittersbach an.

Mein Vater war ein leidenschaftlicher Fußgänger. Als junger Arzt war er in Nachahmung Seume's zu Fuß von Paris quer durch die Schweiz nach Mailand gegangen; er hatte dazu zweiunddreißig Tage gebraucht.

Tittersbach und Eschdorf waren zwei Güter meines Onkels, beide am Eingang der sächsischen Schweiz gelegen. Sie hatten schon den romantischen Charakter derselben. Im Schlößchen war es schön und wohnlich. An meinen beiden Vettern Gustav und Erwin hatte ich liebe Kameraden. In nächster Nähe gab es herrlichen Wald und eine von wildem Wasser durchrauschte Schlucht: man konnte sich stundenlang drin ergehen und die schönsten Räuberspiele aufführen. Ein reizender Weg, einerseits von Felsen und Tannen, andererseits vom wildrauschenden Bache begrenzt, lief zu einer kleinen auf dem Felsen stehenden Einsiedelei, eine Brücke über dem Wildwasser führte dahin. Weiterhin bot ein Schweizerhaus mit freiem Altane eine Aussicht auf Dresden und dessen Umgegend. So gelangte man zur Schönhöhe, dem eigentlichen Aussichtspunkt des Gutes. Von dort konnte man die schwarzen Basaltsäulen von Stolpe mit freiem Blick erkennen, von der anderen Seite boten sich die Sandsteinkegel der sächsischen Schweiz dar, von der Elbe durchzogen, von Wäldern umgeben. Dort, auf der Schönhöhe hatte mein Onkel ein Belvedere bauen lassen, das er mit Fresken schmücken ließ: die Darstellungen waren aus Goethe's Balladenkreis gewählt.

Kaum minder gut gefiel es mir in Dresden. Mein Onkel, J. G. von Quandt, als Kunstkenner und Kunstschriftsteller in großem Ansehen stehend, hatte sich sein Haus auf der Neustadt mit prachtvoller Aussicht auf die Elbufer nach Art eines italienischen Palazzo eingerichtet und eine Enfilade von neun Zimmern im ersten Stockwerk ganz mit Gemälden angefüllt. Es waren theils Werke alter Meister, die der erfahrene Bilderfreund in italienischen Klöstern und Villen aufgestöbert, theils moderne Bilder, die er bei noch lebenden Malern bestellt hatte. Neben seltenen Fiesole's, Filippo Lippi's und Francesco Francia's sah man prachtvolle historische Landschaften von den Deutsch Römern Koch, Rohden, Schick, Bonaventura Genelli. Alle Zimmer der Belletage waren mit grünem Damast tapezirt oder mit Stuck bekleidet, aber völlig unbewohnt. Nur die nach Dresden kommenden Fremden durchzogen sie mit der Lorgnette in der Hand. Hinten, in einem unermeßlichen Bibliothekzimmer, seinem Sanctuar, hauste mein Onkel unter Tausenden von Büchern. Man kam, wenn man zu ihm wollte, an einer auf hohem Postamente ragenden Büste Goethe's vorüber, sie war von Christian Rauch, Original, und aus carrarischem Marmor, ein Meisterwerk. Sie hatte hier eine symbolische Bedeutung. Mein Onkel war ein Goetheaner, wie es selten einen gab. Er besaß alle älteren Ausgaben Goethe'scher Schriften, sowie alle Bücher über denselben. Goethe war ihm der Mittelpunkt einer Welt. Ein philosophischer Lebenskünstler und Epikuräer, im höchsten Grade gelehrt, geistreich, witzig, liebte er es auch wie Goethe jeden unangenehmen Eindruck von sich fern zu halten. Aller=

dings hatte er bereits mit dem Unglück Bekanntschaft gemacht, so hatte er, der leidenschaftliche Baumeister, bei einem Sturze von einem Gerüste beide Beine gebrochen und hinkte an einem Stocke, das focht aber seinen philosophischen Optimismus nicht an. Allerdings half ihm der Besitz von Wagen und Pferden seine Lahmheit leichter zu tragen, als Tausend Andere. Er ahnte noch nicht, daß ihm die furchtbarsten Heimsuchungen des Schicksals für die letzten Lebensjahre aufgespart seien.

Bei diesem meinem ersten Aufenthalt in Dresden sollte ich auch einen der berühmten literarischen Abende bei Ludwig Tieck erleben. Tieck, der, wenn er nach Teplitz kam, meinen Vater zu consultiren pflegte, war mir schon längst bekannt, ein kleiner, gedrungener Mann, dessen wunderbar tiefbraune, geradezu lichtsprühende Augen in meiner Erinnerung unvergänglich leben.

Er wohnte auf dem Altmarkt, in einem schwarzen Hause, einem Kaufmann gehörig, eine Treppe hoch.

Wir betraten einen Salon, der gut beleuchtet und mit vielen Bildern geziert war. Längs der Wände standen Canapees und Divans. Eine zahlreiche Gesellschaft, aus Herren und Damen bestehend, war anwesend. Am Theetische präsidirte eine alte Dame mit einem grünen Augenschirme, vornehm, in aristokratischer Gemessenheit: es war dies des Dichters Freundin, die Gräfin Finkenstein. Zwei ältere Fräuleins unterstützten sie in ihrer Thätigkeit: die eine derselben war Dorothea Tieck, die Tochter des Dichters. Nachdem uns eine Tasse Thee gereicht worden, jetzte sich Tieck an ein Tischlein, auf dem ein niederer Armleuchter stand, ergriff ein dort liegendes Buch und begann mit einer wunderbar wohllautenden Stimme die Vorlesung eines Theaterstückes.

Vergeblich suchte ich mich in diesem zurechtzufinden, denn siehe da, schon das Personenverzeichniß war von einer verblüffenden Seltsamkeit. Da war ein Herr von Fuchs, der einen Hausfreund Namens Fliege hatte, dann ein Herr Geier, ein Herr Rabe und ein Herr von Krähfeld: ich wurde nicht klug daraus, ob ich es mit einer menschlichen Gesellschaft oder mit redenden Thieren zu thun habe. Im Grübeln darüber schlummerte ich ein. Wie lange ich geschlafen, weiß ich nicht, ich weiß nur, daß mein Vater mich aus einem tiefen, tiefen Schlafe auf rüttelte und freundlich sagte:

„Komm, armer Junge, es ist sehr spät. Wir gehen...“

Viele Jahre später erfuhr ich, daß das Stück, welches Ludwig Tieck uns vorgetragen, Ben Jonsons Volpone gewesen sei.

IV.

Die Cholera in Teplitz. — Unfreiwillige Abreise.

Durch die Kriegsereignisse von 1831 war die Cholera aus Asien nach Europa verschleppt worden und nahm von Polen aus den Gang nach Westen. Die schreckliche

Seuche trat, ganze Strecken überspringend, auf den verschiedensten Punkten auf, von der sporadischen Form zur wirklich asiatischen sich steigernd. Die Welt wurde beim ersten Erscheinen der Epidemie von einem ungeheuren Entsetzen erfaßt. Man zog Militärcordons, man errichtete Quarantänen. Aber das Contagium spottete aller Absperrungsmaßregeln. Es verbreitete sich immer weiter. Es folgten die großen Epidemien von Paris, Berlin, London, die Tausende und aber Tausende von Opfern forderten.

Noch gehörte das nördliche Böhmen zu den verschonten Strecken, als aber in Prag und in Brünn zahlreiche Fälle mit tödtlichem Ausgang vorgekommen waren, wurde auch das Curpublicum von Teplitz sehr beunruhigt. Man sprach von nichts Anderem, als von dem schrecklichen asiatischen Gaste. Jeder Brief, der, durchräuchert und von Nadeln durchstochen, die Zeichen der Quarantäne an sich trug, war ein Gegenstand des Grauens.

Noch nie war die Fremdenfrequenz eine so geringe gewesen und doch stand die Saison auf ihrem Höhepunkte. Am zweiten Juni hatte in der Teplitzer Schloßcapelle die Trauung des Fürsten Wilhelm Radziwil mit der Gräfin Mathilde Clary stattgefunden, bei dieser Gelegenheit wurde ein Volksfest auf einer Wiese bei Teplitz abgehalten, bei welchem viel geschmaust und getrunken wurde. Dies Volksfest wirkte verderblich. Von den Landleuten, die den ganzen Tag getanzt hatten, erkrankten viele unter Symptomen der Cholera und starben plötzlich.

Der fürstlichen Familie blieb dies nicht verhohlen, sie untersagte einen Bürgerball, der am nächsten Sonntag stattfinden sollte. Dennoch fuhr der Magistrat fort, das Dasein der Krankheit zu leugnen und ergriff keine Maßregeln gegen dieselbe. Fast täglich hörte man von neuen Todesfällen: man suchte sie zu vertuschen, die Todten wurden in der allerersten Morgenfrühe, fast noch in der Nacht, in aller Stille bestattet. Es war kein Zweifel mehr übrig, daß die Cholera im Orte immer mehr um sich griff. Diese Thatsache war auch jenseits der Grenze bekannt und sicheren Nachrichten zufolge stand es in Aussicht, daß von sächsischer Seite demnächst ein Militär- cordon aufgestellt werden sollte.

Nie vergesse ich den Nachmittag, an welchem mein Vater, der zu einem Kranken in der Judengasse ab- gerufen worden war, bei seiner Rückkehr schnurstraks auf sein Zimmer ging und dieses hinter sich abschloß. Es war geschehen, um die Kleider zu wechseln und die Hände mit Chlorwasser zu reinigen. Der Vater war nämlich bei einem Kranken gewesen, bei dem die Diagnose nicht schwer fiel: das unstillbare Erbrechen, der Abgang reis- wasserähnlicher Flüssigkeiten, die bläuliche Hautfarbe, die furchtbaren Krämpfe, durch welche die Gliedmaßen bald steif gestreckt, bald wild umhergeworfen wurden, sprachen deutlich genug. Mir fiel an diesem Tage der Ernst meiner Eltern bei ihrem gewohnten Abendspaziergang nach Turn auf. Ich horchte auf jedes Wort, das sie miteinander sprachen. Mein Vater erzählte, daß er zum

Bürgermeister gegangen sei und die Anzeige des von ihm constatirten Cholerafalles erstattet habe. Er habe darauf gedrungen, daß der Kranke gehörig isolirt werde, und daß für Desinficirung der ganzen, äußerst schmutzigen und verwahrlosten Gasse, in der der Krankheitsfall vorgekommen, Anstalten getroffen würden. Zum mindesten müsse das Haus abgesperrt und der Zutritt in dasselbe – es war ein Kaufladen darin — verhindert werden. Wolfram hatte geantwortet: „Wo denken Sie hin. Das würde die Stadt, die ohnehin von Besorgniß erfüllt ist, ganz in Allarm bringen. Polizei vor's Haus stellen, vielleicht gar eine schwarze Tafel aufhängen, das wäre was Schönes! Schon haben viele Fremde Teplitz verlassen und Teplitz lebt von seinen Fremden. Schweigen Sie, es geschieht im Interesse des Curortes. Wir wollen noch immer hoffen, daß bei uns nur sporadische Fälle der Cholera nostras vorgekommen. Die echte asiatische Cholera ist das noch lange nicht. Es wird bei vereinzelten Fällen bleiben."

Mitten in seiner Erzählung wurde mein Vater von einer Frau, die ihm nachgeeilt war, eingeholt. Er mußte wieder zu seinem Kranken in der Judengasse, der nicht zu retten war, und gegen Morgen, in Gegenwart seines Arztes, starb.

Einige Stunden später besuchte mein Vater die fürstliche Familie Radziwil, deren Arzt er war. Die Rede kam sofort auf die schwebende Tagesfrage und die Fürstin sagte: man spricht schon wieder von plötzlichen Todes-

fällen. Diesmal schreibt man sie einer Vergiftung durch
schlecht verzinntes Kochgeschirr zu. Was sagen Sie? Es
ist doch kein Anlaß zu ernstlichen Befürchtungen da?
Geben Sie uns Ihr Wort, daß nichts zu besorgen ist!

Mein Vater erwiderte:

„Dies Wort kann ich leider nicht geben. Ich bin
nämlich selbst in die Lage gekommen, einen Cholerafall
mit tödtlichem Ausgang zu constatiren. . . . Gerathen Sie
darum nicht in Unruhe. Der Mann lebte in einem
kleinen feuchten Hause, in einer schmutzigen Gasse, und
unter den ungesundesten Verhältnissen. Noch immer kann
man nur von einzelnen sporadischen Fällen sprechen. Von
diesen zu einer Epidemie ist noch weit hin."

An diesem Tage speiste mein Vater noch beim Fürsten
in großer Gesellschaft. Man war beim Diner heiter und
guter Dinge. Indeß hatte das von ihm gesprochene
Wort gewirkt. Die Familie faßte plötzlich den Entschluß,
von Teplitz abzureisen.

Dies konnte bei einer Familie, die einen ganzen
Hofstaat um sich hatte, nicht ohne Aufsehen geschehen.
Das Publicum wurde allarmirt.

Der Entschluß, die Badecur abzubrechen, konnte
nach der Meinung der Leute dem Fürsten nur durch
seinen Arzt eingegeben worden sein — also war mein
Vater der Veranlasser des Allarms. Alle Unzufriedenheit
mit der Lage kehrte sich plötzlich gegen ihn. Er war,
so schien es, besorgter um das Wohl seiner Patienten,
als um das der Stadt. Die Saison sei jetzt ruinirt.

Eine wilde Gährung bemächtigte sich der ohnehin aufgeregten Gemüther und hielt, noch ohne sich zu äußern, mehrere Tage an.

Wir hatten bei unserem geringen Verkehr mit den Bürgern keine Ahnung davon.

Am Abend des 5. Juli hatten wir mehrere Personen zum Thee bei uns gehabt und gingen erst spät in unserem großen Dachzimmer zu Bette. Da weckte uns plötzlich ein wildes Geschrei von der Straße her und das Zusammenklirren aller Fenster des ersten Stockwerks aus dem Schlafe. Wir hörten noch immer die Scheiben klirren und die Steine zu Boden fallen, erhoben uns mehr todt als lebendig und wußten nicht, wie wir uns den Angriff auf unser Haus erklären sollten? Nun stieg, da sich das Toben einigermaßen beruhigt hatte, der Vater die Treppe herab, um den Schaden zu besehen. Die Mutter folgte ihm, ich blieb allein, lauschte zitternd jedem Geräusche und vernahm, wie die Zimmerthüre aufging und der Vater in das Mittelzimmer des ersten Stockwerks trat. Da durchschlug wieder ein Stein eine übriggebliebene Scheibe und kollerte zu Boden. Man hatte das Licht im Zimmer gesehen und meinen Vater darin vermuthet; das mochte ein Steinwurf aus persönlicher Rache sein. Darauf ward Alles still, wir aber brachten die Nacht sinnend und voll trüber Ahnungen zu.

Am nächsten Morgen standen wir früh auf, noch ganz betäubt vom gestrigen Schrecken und traten in die bisher gemiedenen Räume. Ach, wie sah es da aus!

Welche Zerstörung starrte mich da an! Der Fußboden, die Tische, das Clavier waren mit Steinen, Ziegelstücken, Glassplittern bedeckt. Ein hoher Trümeauspiegel war gerade in der Mitte von einem Steinwurf getroffen worden und in hundert Stücke zertrümmert. Alle Fenster waren eingeschlagen. Wir verloren uns in Muthmaßungen, den Grund des Geschehenen zu erfahren und die ferneren Absichten der uns übelwollenden Menschen zu erforschen. Um Neun ging der Vater auf's Rathhaus die Anzeige zu machen; Wolfram war sehr entrüstet und versprach sofort eine Commission zu senden, die den Schaden in Augenschein zu nehmen habe. Aber Stunde um Stunde verging, Niemand erschien. Inzwischen erhielten wir Besuch von zahlreichen Fremden und vernahmen erst durch diese die richtige Deutung.

Aber noch immer wollte mein Vater nicht glauben, daß der Sache eine größere Bedeutung zuzumessen sei, oder gar, daß die Rotte von gestern in Sold und Auftrag eines größeren Theiles der Bevölkerung gehandelt habe. Der Commandant des Militärbadehauses, Major von Schwaiger, kam zu uns und erbot sich, Wachen vor unser Haus zu stellen. Mein Vater dankte, er hielt die Sorge für unnütz und Baron Schwaiger ging. Abends blieben ein Herr von Symanowsky und Baron Korff bis gegen Zehn bei uns, Letzterer sagte als er fortging, scherzend, er wolle bis Mitternacht vor unserem Hause patrouilliren und irgendwelche Hallunken, die sich zeigen würden, mit seiner Krücke vertreiben. Gegen Elf wollte sich mein Vater wie gewöhnlich in die Dachstube begeben, da ihn aber die Mutter bat, im ersten Stockwerk zu bleiben, wo die besonders festen Fensterladen besten Schutz gewährten, ließen wir Matratzen herunterbringen und legten uns in unsern Kleidern nieder. Wir schliefen ein. Da weckte uns abermals wilder Lärm, Schreien und Pochen an der Thüre. Nach langem Fragen hatte die Magd geöffnet, der Bürgermeister Wolfram und Baron Schwaiger traten ein. Die Sache, sagten sie, habe größere, ungeahnte Dimensionen angenommen. Es sei eine große Zusammenrottung von Gesindel auf der Straße. Manche darunter seien mit Hacken, Mistgabeln, sogar mit alten Gewehren bewaffnet. Sie drohten Fenster und Thüren einzubrechen und das Haus zu demoliren. Sie verlangten, daß mein Vater Teplitz verlasse. Die Schutzmannschaft sei unzureichend, den Pöbel auseinander zu jagen.

Bei diesen Worten Wolfram's waren wir wie vom Schlage gerührt. Es war fast unverständlich, wie eine Bevölkerung, die sich uns gegenüber immer freundlich verhalten hatte, uns nun auf einmal mit feindseligen Absichten gegenüber stehe? Wir hatten Niemand gekränkt, Niemand geschädigt, wir hatten die, die für uns arbeiteten, immer gut bezahlt. Meine Eltern pflegten dem Niedrig= sten freundlich zu begegnen. Welcher Geist war plötzlich in diese Leute gefahren? Doch was half da Grübeln und Nachdenken? Das Lärmen, Toben, Pfeifen, ein Treiben, wie von besoffenen Irokesen, hörte nicht auf, dauerte ungemäßigt fort.

„Nun gut, so will ich von Teplitz fortgehen!" brach mein Vater sein langes Schweigen.

Wolfram und Baron Schwaiger entfernten sich. Der Letztere kündigte nun dem Pöbel die Absicht meines Vaters an und ermahnte die Leute heimzugehen. Der Morgen begann schon zu grauen, die Haufen entfernten sich und wir fingen sofort mit Einpacken an.

Der einzige Schutz, der uns wurde, war der, daß Baron Schwaiger unsere Koffer und Möbel durch Militär in's Badehaus schaffen ließ und uns dort eine Wohnung einräumte, in der wir, nach zwei schlaflos zugebrachten Nächten, doch in Sicherheit schlafen konnten.

Nun gab's zu packen, unausgesetzt zu packen. Wir brachten unsere ganze Habe in Kisten unter, auch die Bücher meines Vaters. Als der Abend herankam, waren wir so ziemlich mit allem fertig. Baron Schwaiger hatte indeß eine halbe Schwadron Ulanen aus Theresienstadt kommen lassen, welche die Nacht hindurch vor unserem Hause Wache hielt. Eine noch größere Anzahl Jäger wurde theils im Hofe, theils auf dem Berge postirt.

Am 9. Juni blieben meine Eltern zwei Stunden auf dem Rathhause, um ihre Aussagen zu Protokoll zu bringen; man versprach eine umfassende Untersuchung und strenge Bestrafung der Excedenten. Sodann speisten wir bei Baron Schwaiger. Um Fünf nahmen wir von unserem lieben Hause Abschied, nachtmahlten früh bei Schwaiger's und gingen dann zu Bette, um mit dem Morgengrauen wieder auf zu sein.

Doch, wie hätten wir schlafen können nach solcher Katastrophe! Ein jähes Unwetter hatte unser Dach abgedeckt, unsere Mauern umgeworfen, unser Hab und Gut zerstreut und vernichtet. Und was war die Schuld meines Vaters, die wir nun so schwer zu büßen hatten? Daß er, um die Wahrheit gefragt, die Wahrheit gesprochen hatte.

Nach vor Vier, bei kaum grauendem Morgen, stiegen wir in den Wagen; ein Rath Rechodom gab uns bis Brüx das Geleit, zwei Ulanen, die uns zur Bedeckung mitgegeben worden waren, folgten dem Wagen in einiger Entfernung. Lange blieben unsere Blicke unserem Hause, unserem Garten zugekehrt, bis Alles in der dunstigen Ferne verschwand. Unweit Brüx verließen uns die beiden Ulanen, in Saaz wurden wir von mehreren Freunden begrüßt.

Am anderen Tag, Mittwoch, den elften, langten wir in Karlsbad an. Nach längerem Suchen fanden wir eine nette, passende Wohnung im „Englischen Hause", welche nebst dem Vorzug einer geringen Entfernung von den Quellen auch den einer schönen freien Aussicht   etwas sehr Seltenes in Karlsbad   hatte. Sie war auf der Höhe des „Schloßbergs" gelegen.

Wir haben dieselbe alle Sommer bis zum Herbste 1861 inne gehabt, wo wir Karlsbad für immer verließen.

Unmittelbar nach der Katastrophe, die uns betroffen, trat die Epidemie in Teplitz so stark hervor, daß ihr Vorhandensein nicht mehr geleugnet werden konnte. Ganz

Böhmen wurde in diesem Jahre von der Cholera über=
zogen. Nach einer Anfangs 1833 erschienenen amtlichen
Publication gestalteten sich die Verhältnisse folgender=
maßen: Auf eine Bevölkerung von 3.875.657 Seelen
erkrankten im Ganzen 63.112 Individuen. 40.098
genasen, dreiundzwanzig Tausend und vierzehn starben,
eine enorme Zahl!

Von allen sechzehn Kreisen Böhmens blieb nur
der Elbogner mit Karlsbad völlig verschont. Karlsbad
hat diese Immunität auch in allen späteren Cholera=
epidemien aufrecht erhalten.

V.

Karlsbad und Schlackenwerth. — Der Regens Chori und seine Familie.

Inzwischen hatte ich das Alter erreicht, in dem der
Knabe gewöhnlich in die Lateinschule eintritt. Die Eltern
wählten von den Gymnasien das nächstgelegene, kaum
zwei Wegstunden von Karlsbad entfernte Schlackenwerth.

Es war dies ein elendes trauriges Städtchen, das
sich von einer Feuersbrunst, die es vor Jahren heim=
gesucht, noch nicht hatte erholen können. Damit der Ort
doch von einer Seite her einen kleinen Verdienst habe,
hatte die Regierung dort ein Gymnasium, aus vier Classen
bestehend, unter der Leitung von Piaristenordenspriestern
weiter vegetiren lassen. Doch mit jedem Jahre schmolz

die Anzahl der Schüler, wuchs die Verarmung der Bürger-
schaft. Oede Gassen, ein Marktplatz von grauen, alten,
baufälligen Häusern eingefaßt, wo die Höckerin mit ihrem
Obstkorb die längste Zeit hindurch das einzige anwesende
lebende Wesen war, eine niedrige Kirche mit daranstoßen-
dem Schulgebäude und draußen vor der Stadt, jenseits
eines kleinen Flüßchens, ein großes Klostergebäude im
nüchternsten aller Style — so war Schlackenwerth im
Jahre 1832.

Es war im October, als mich der Vater an diesen
Ort meiner Bestimmung brachte und durch die öden Gassen
dem Kloster zuführte, in welchem ich fürderhin meinen
Unterricht erhalten sollte. Eine eigenthümliche Scheu
ergriff mich, als ich die kalten hallenden Gänge durchwanderte, die zu der Zelle des Rectors und des Classen-
lehrers führten, mich ihnen vorzustellen. Ein farbloses
Licht fiel durch halberblindete Fenster, kein Wesen war
in den Corridors sichtbar, bis wir auf die ärmlichen
Gestalten zweier Schüler stießen, die, eine blaue Schürze
vorgebunden, in einer tiefen Fensternische die hohen
Kanonenstiefel der Herren Professoren wichsten.

Ich hatte in meinen Büchern viel von Klosterzellen
gelesen und hatte mir hohe nackte Wände, einen Kasten
mit Büchern in Schweinsledereinband, dabei ein Kruzifix
und den traditionellen Schädel gedacht — ich fand jedoch
wohnliche Zimmer, gut möblirt und ohne jedes besondere
mönchische Abzeichen. Pater Nikolaus, mein künftiger
Lehrer, ein höherer Fünfziger im schwarzen Talar, erhob

sich vom Sopha und empfing uns freundlich. Es war ein ernster, trauriger Mann. Das gelbbraune Gesicht, das spärliche graue Haar, das unter dem schwarzen Käppchen hervorsah, die müden grauen Augen, der zusammengezogene Mund erzählten von einer leidenvollen Vergangenheit. Er versprach, mich unter seine besondere Obhut zu nehmen; ich sollte mit seinem Neffen, der auch eben ins Gymnasium trat, Wohnung und Kost theilen beim Cantor und Schullehrer Herrn Hessenteufel.

Herr Hessenteufel, Regens Chori an der Stadtkirche und Lehrer an der „Trivialschule", war trotz seines deutschen Namens czechischer Abkunft, ein kleiner, untersetzter, schwarzhaariger, olivengrüner, galliger Mann in den Vierzigern, der dem Jähzorn in bedauerlicher Weise unterworfen war und in Momenten des Affects Alle, die er schlagen durfte, Weib, Kinder, Schulkinder mit dem ersten besten Instrumente, das ihm in die Hand kam, sei es nun Lineal, Bakel, Eßlöffel oder Fidelbogen über den Kopf zu hauen pflegte. Seine Gattin, eine Frau in den Dreißigern, stammte aus dem Musikantendorf Gottesgab. Sie war vor Jahren umhergezogen, die Herzen der Menschen durch Gesang und Saitenspiel zu erfreuen und hatte in den Stürmen des Lebens ein Auge eingebüßt. Seitdem sie Frau Hessenteufel war, hatte sie keine Lieder mehr, die Harfe war bei Seite gestellt. Niemand hätte ihr mehr eine musikalische Seele zugetraut. In ihrer Ehe bewährte sie eine seltene Fruchtbarkeit. Noch hatte der Säugling kaum mit dem mütterlichen

Busen recht Bekanntschaft geschlossen, als der Schoß schon wieder an die bildende Arbeit ging. So war es von Jahr zu Jahr. Diese leidenschaftliche Productivität entsetzte den Gatten und war wohl der hauptsächlichste Grund seiner wilden cholerischen Ausbrüche. Seine Besoldung mit allen Nebeneinkünften betrug zwischen drei- und vierhundert Gulden. Damit war schwer zu leben. Herrn Hessenteufel's Reizbarkeit steigerte sich im mathematischen Verhältnisse zum Zuwachs seiner Familie.

Wohnung und Haushalt, alles trug den Stempel größter Dürftigkeit. Unser Mittagsmahl war elend über jeden Begriff und wechselte Tag für Tag zwischen Klößen und Kartoffeln, selten kam ein Stück gekochtes Rindfleisch auf den Tisch. Nicht besser war es um unsere Schlafstätte bestellt. Eine Kammer, in die tagüber kein Sonnenstrahl drang und von deren Wänden die Nässe trof, war alles, was mir Herr Hessenteufel nach dieser Richtung anbieten konnte. Da wurde mein Bett neben dem seinigen und dem des Professorsneffen aufgestellt.

Ich hatte mich Hessenteufels beiden ältesten Knaben angeschlossen, ihre Thätigkeit interessirte mich. Mit ihnen stieg ich auf den Kirchthurm, die Glocken zu läuten, mit ihnen trat ich die Balken, wenn die Orgel unter den Händen ihres Vaters erbrauste.

Der älteste, etwa sieben Jahre alt, ministrirte täglich in der Kirche und verdiente damit einige Kreuzer, die den Einkünften der Schullehrerfamilie sehr zu Statten kamen. Auch der zweitälteste hatte schon ministrirt, hatte

jedoch seine Leistungen einstellen müssen. Die Kirche
fordert nämlich mit Recht vom Ministrantenknaben nebst
mehreren moralischen Eigenschaften auch ein Paar ganze
Stiefeln, damit die beim Knieen auf den Altarstufen der
Gemeinde zugekehrten Schuhsohlen kein Aergerniß erregen.
Dieses Aergerniß hatte stattgefunden und war vorerst
nicht zu beseitigen gewesen. So war der junge Mann
einstweilen bei Seite geschoben worden.

Die Thätigkeit des Erstgeborenen am Altare impo
nirte mir nicht wenig, ich sah ihn gern in seiner Func
tion. Es kam die Adventzeit, die Zeit der „Rorate",
der Frühmesse, nach Rorate coeli, einem Versanfang
aus Jeremias, so benannt. Da hieß es zeitig aufstehen
und durch den hohen Novemberschnee in die Stadtkirche
eilen. Der schmale, halbdunkle Raum, die spärlichen
Lichter, die ärmlichen Besucher, das zusammen machte
einen eigenthümlichen Eindruck. Oben modulirte Vater
Hessenteufel auf der Orgel. Wie kalt es war! Mich
fror in meinen Fausthandschuhen, die schlecht bekleideten
Schullehrerknaben klapperten vor Kälte. Allerdings hatten
sie es zu einer kleinen Abhilfe gebracht. In irgend einer
Rumpelkammer hatten sie ein großes steinernes Ei gefun=
den, das wurde vor dem Gange in die Kirche heiß ge=
macht und mitgenommen. Zuerst wurde es in den Kelch
gelegt, damit dieser sich etwas erwärme, dann heraus=
genommen und der älteste behielt es bei sich. Der Jün=
gere, der immer ärger fror, rückte immer mehr und mehr
heran, gab wohl auch im Schutze des herrschenden Dun=

kels dem Andern einen Puff und raunte: „Das Ei gib her!" — „Du kannst schon warten!" brummte der Andere. Der Priester am Altar wendete sich um und sagte: „pax vobiscum!" dann sotto voce: „Verflixte Buben, was habt ihr wieder da untereinander?" „Et cum spiritu tuo!" erwiderte der Ministrant. „Der Wenzel will mir das Ei nicht geben!" rief der Mißvergnügte herüber, indem er sich grollend entfernte.

VI.

Christnacht daheim. — Im alten Park. — Das Signum.

Zu Weihnachten durfte ich meine Eltern endlich wieder besuchen. Ich machte mich mit einem Kameraden zu Fuß auf. Da ich erst gegen Vier aufbrechen konnte, der Weg fast drei Stunden und die Jahreszeit so vorgerückt war, kam ich erst bei völliger Dunkelheit an der Egerbrücke an. Es gab einen starken Frost, der Wind blies schneidend kalt, dichter Nebel, durch die Dämpfe des Sprudels vermehrt, bedeckte das Thal. Ich ging am Steinbergsaal vorbei und sah endlich das Haus, in dem die Eltern wohnten, mit beleuchteten Fenstern, gleich einem Leuchtthurm in einem Meere von Dünsten auf der Höhe des Berges. Wie schlug mir das Herz! Ich stieg den Fußweg beim Spitale hinan und sah bald darauf meine gute Mutter wieder. Ach, ihr Aussehen war beängstigend. Auch mein Vater war sehr ernst, wie in einem Zustand düsterer Erstarrung. Beide Eltern hatten, mehr als sie anfänglich glaubten, an Teplitz ge= hangen, an ihrem Hause, am Garten, den sie selbst ge= schaffen. Das alles war aufgegeben. Das Haus sollte eben verkauft werden — natürlich tief unter seinem Werthe. Eine bedeutende ärztliche Praxis war aufgege= ben worden und es war zweifelhaft, ob es meinem Vater gelingen werde, in Karlsbad eine annähernd ähnliche zu erringen. Die Eltern blickten in eine ungewisse Zukunft. Traurig und schweigsam setzten wir uns zu Tische, am Abend, den wir sonst immer gesellig in einem Cirkel von Freunden verlebt hatten.

Dennoch sollte auch diesmal die Bescheerung nicht ausbleiben. Man führte mich zu einem kerzenbeleuchteten Tische, auf dem ein großes Buch, prachtvoll in Leder gebunden, lag. Es waren Schillers Werke in einem Bande, die Cotta'sche Ausgabe von 1830 mit dem schönen Titel=Stahlstich, Schiller nach Danneker's Marmorbild. Lange sah ich den Kopf an mit den langen, auf den Nacken herabwallenden Locken, dann las ich die Verse, die mir der Vater aufs erste Blatt geschrieben: Sie lauteten:

> In dem Haus, wo Du geboren,
> Deiner Eltern Trost und Glück,
> Kehrt' für immer nun verloren,
> Weihnachtsfeier nie zurück.
>
> Nichts ist mehr, wie es gewesen,
> Nichts, wie Du gewohnt es bist,

Und Geschenke, auserlesen,
Bringt nicht mehr der heil'ge Christ.

Nur ein Buch ist's, was dem Kinde
Liebevoll der Vater reicht;
Nimm es hin zum Angebinde,
Nimm, was heute nur vielleicht
Dich um seiner äußern Hülle
Reiz, die nur dem Aug gefällt,
Labe spät Dich an der Fülle
Lebens, die dies Buch enthält!

24. December 1832.

Mit thränenfeuchten Augen nahm ich das Buch in Besitz. Der Winter ging um. Der widrige Eindruck, den Schlackenwerth und die Schullehrerwohnung anfänglich auf mich gemacht, milderte sich, als der Beginn der schönen Jahreszeit uns ins Freie und besonders in den großen Schloßgarten lockte. Schlackenwerth, das elende herabgekommene Städtchen, war nicht immer so traurig gewesen, als es heute erschien. Es besaß ein Schloß, das ehedem ein Lieblingsaufenthalt der Herzoge von Sachsen Lauenburg war, und einen weitläufigen Park, der von einem Poeten mit Namen Schmutzer in lateinischen Distichen als das „achte Wunder“ der Welt gepriesen worden war. Seitdem nun ein Brand das alte Schloß zerstört hatte und ein neuer nüchterner Bau an seine Stelle getreten, war der Garten der Verwilderung anheimgefallen, bot aber noch immer den Knaben an Sonntagsnachmittagen den schönsten Raum für ihre

Spiele. Ein großer Rococotempel im Schatten uralter Bäume, dabei eine Gartenanlage, das „Labyrinth" genannt, mit kunstvoll gewundenen Hecken erschienen mir merkwürdig und einzig in ihrer Art. Auch ein „Schnecken- berg" war da, dessen Hecken in Schraubenlinien so kunstvoll übereinander emporstiegen, daß Jemand, der aufwärts stieg, den gleichzeitig abwärts Steigenden nicht gewahr wurde. Eine Zeit lang trieben wir auf den Wiesenplätzen mit Leidenschaft die Jagd auf Maulwürfe. Die Stellen, wo sie eben arbeiten, erkennt man an den frischen Erdauf- würfen, die aber in der Sonne nicht lange frisch bleiben. Die Maulwürfe arbeiten aber auch nur — was freilich die Herren Naturforscher nicht wissen werden — in den ungeraden Stunden, um 9, 11, 1 und 3 Uhr. Um Ein Uhr sind sie am sichersten zu treffen, da gilt's rasch unter die Erdhaufen einstechen und den schwarzen Gesellen ab- fangen, der schließlich seines Pelzleins entkleidet wird. Leider dauerten diese Jagdfreuden nicht lange. Als einige Blumenbeete zertreten und ein paar Aeste von den Bäu- men abgebrochen wurden, ward den Schülern der Eintritt in den Schloßgarten untersagt.

In seinen ruhigeren Momenten, den kurzen Wind- stillen, welche zwischen den Stürmen seines Gemüths zuweilen einfielen, las Herr Hessenteufel gern in einem der drei Bücher, aus welchem die Bibliothek bestand: einem vereinzelten Bande der „Messiade", Wielands „Neuem Amadis" und Schillers „Jungfrau von Orleans". Diese drei Bücher lernte ich auch bei ihm kennen und las sie wiederholt. Indeß war es uns streng untersagt, andere Bücher als unsre Schulcompendien zu lesen, alle übrigen wurden — und nicht nur in der Schule — con fiscirt. Von Zeit zu Zeit pflegte der Herr Präfect zu ungewohnter Stunde in den Wohnungen einzufallen, um nach unerlaubter Lectüre zu forschen. Solche Gänge verbreiteten Schrecken in der Gymnasialjugend, einzelne Schüler machten sich auf und kündigten, von Haus zu Haus laufend, ihren Kameraden an, daß man sich auf eine Visitation gefaßt machen könne. Alles was nicht Compendium war, wurde dann sorgfältig versteckt, man athmete aber, da man fast immer etwas geschwärzte Waare im Hause hatte, erst dann auf, wenn man ver sichert war, daß der Herr Präfect den Heimweg ange treten. Bei solch einer Visitation, die in unsrem Hause in Herrn Hessentensels Abwesenheit stattfand, wurde nebst einem Bande Hermann und Dorothea, der mir gehörte, auch der „Neue Amadis" mitgenommen. Nur der Band der Messiade und die Jungfrau von Orleans blieben zurück, nach diesen war der Herr Präfect nicht lüstern gewesen. Erst nach umständlichen Reclamationen erhielt Herr Hessentensel diesen dritten Theil seiner Bibliothek zurück.

Von Zeit zu Zeit hing Herr Hessentensel mit uns philosophischen Gedanken über das nach, „was den Menschen zieret". „Sehen Sie", sagte er, und ent wickelte damit einen seiner Lieblingsgedanken, „es gibt ein unfehlbares und nicht allzu schweres Mittel, in den

Ruf gediegener Bildung zu gelangen. Man muß sich
der Umschreibung bedienen. Der gewöhnliche Mensch
sagt z. B.: Ich war in Karlsbad. Nun, sagen Sie
selbst — das sieht nach gar nichts aus! Drückt sich aber
einer so aus: ich habe das benachbarte Weltbad besucht
— o, das weckt gleich ein günstiges Vorurtheil, man
wird als gebildeter Mann erkannt. Sage ich: ich bin
auf dem Heimweg von dort mit der Meinigen eingekehrt,
so ist das gar nichts, sage ich aber: ich habe auf meinem
Heimwege von dem benachbarten Weltbade eine Zeit lang
mit meinem theuren Ehegesponst an kühler Bierquelle
gerastet — da versichere ich Sie, daß die Leute den Kopf
nach Einem umwenden und, wenn man fortgegangen,
fragen, wer man ist! Solche Umschreibungen, sehen Sie,
gleichen ungemein leicht zu lösenden Räthseln. Daß sich
ein Jeder ein klein wenig anstrengen muß, sie zu lösen,
das ruft Respect hervor. Merken Sie drum, meine
jungen Freunde, wie ich die Umschreibung anwende —
es wird Ihnen zu Statten kommen."

Auch seine Gedanken über deutsche Sprache ent=
wickelte er vor seinen jugendlichen Zuhörern. „Ich bin
weit herumgekommen," sagte er, „habe Deutsche aus aller
Herren Länder reden gehört, habe aber die Ueberzeugung
gewonnen, daß nur der Böhme gut und richtig deutsch
spricht. Mein Gott, was bekömmt man in Sachsen und
in Schlesien für ein Deutsch zu hören! Es zerreißt Unser=
einem die Ohren! Aber einen Fehler hat auch der Böhme
mit allen Oesterreichern, Sachsen und Schlesiern gemein:

er spricht immer ein e statt des ö und ein i statt des ü. Nach dieser Richtung hin habe ich mich streng überwacht und ich schmeichle mir, diese Doppellaute, welche der deutschen Sprache ihren eigentlichen Wohllaut verleihen, wie selten Jemand auszusprechen."

Wenn er drauf zu sprechen kam, pflegte Herr Hessenteufel die breiten wulstigen Lippen so zuzuspitzen, als ob er sie an ein unsichtbares Fagott setzte. Es war auch leicht zu bemerken, daß er mit Vorliebe ungewöhnliche Conjunctive in Anwendung brachte, um sein schönes ö oder ü brilliren zu lassen. „Wenn Du es in Erwägung zögest wenn man mir eine Krone böte wenn ich dies je erführe daß doch der Bäcker bald besseres Brod büke wenn Du mir eine Wurst brätest" in solchen und ähnlichen Sätzen feierte Herr Hessenteufel wahre Triumphe. . .

Eine eigenthümliche Institution dieses Gymnasiums, die schon in der zweiten Classe ins Leben trat, war das sogenannte Signum. Die erlangte Kenntniß des Lateinischen sollte nämlich dazu verwendet werden, daß wir Schüler auch untereinander und außer der Classe lateinisch sprächen und dasselbe so zur Geläufigkeit ausbildeten. Um diese Monstruosität lateinischer Unterhaltung aufrecht zu erhalten, dazu war das Signum da.

Das Signum war ein winziges Büchlein, eben groß genug, um in der Hosentasche eines Knaben Platz zu finden. Es wurde vom Professor zuvörderst einem Knaben übergeben, der sich seines besonderen Vertrauens erfreute, und dieser mußte nun wandern und mit dem Büchlein ausziehen, bis er einen das Sprachverbot übertretenden fand. Beim ersten deutschen Wort, das in der Rede vorkam, wurde dem Übertreter das Signum zugeworfen. Dieser mußte es bei schwerer Strafe annehmen, Namen und Tag des Empfanges darin notiren und zusehen, wie er es wieder los wurde. Für jeden Tag, an dem man das Signum behielt, wurde man mit einer schriftlichen Ausarbeitung gestraft, die jeder öftere Empfang des gefähr= lichen Büchleins empfindlich steigerte. Es gab Jungen, die sich des Signums bald wieder zu entledigen wußten, und gab andere, die es wochenlang bei sich trugen. Daß die wohlgemeinte Einrichtung demoralisirend wirkte, liegt auf der Hand. Der mit dem Signum Behaftete mußte auf die Lauer gehen, hinter Hecken lauschen, an Fenstern und Thüren horchen. Mancher falsche Eid, daß man das Signum nicht bei sich trage, wurde geschworen: im Moment darauf flog das schnöde Buch aus der Tasche. Es wurde kein Mittel gescheut, es an Mann zu bringen.

Das Signum hatte übrigens den Nutzen, daß wir Knaben geläufig, wenn auch schlecht genug, Latein reden lernten, und dies Latein war fast der einzige Gewinn dieser drei Jahre. Dem Griechischen wurden wöchentlich nur ein paar Stunden gewidmet und keiner kam über die erste Conjugation hinaus. Auch der Unterricht in Mathematik, Geographie, Geschichte war äußerst dürftig. Das Griechische habe ich später unter der Anleitung meines Vaters nachgeholt, der ein perfecter Grieche war; in der Mathematik aber bin ich zeitlebens nicht vorwärts gekommen, ja ein Ignorant geblieben.

VII.

Herr Hessenteufel und die schöne Victoria.

Der Sommer kam und eine abermalige Rückkehr Frau Hessenteufels zu interessanten Umständen hatte die Aufnahme einer Magd nöthig gemacht. Diese war ein ungemein schönes Mädchen von höchstens neunzehn Jahren mit schwarzen Haaren und dunklen Augen, gewachsen wie eine Königin. Sie war eine Weise, hieß Victoria und hatte ein sehr gutes Herz. Einmal, als ich mit ihr nach Joachimsthal wanderte, wo wir eine befreundete Müllerin heimsuchen wollten und die Stiefel mich drückten, zog die schöne Victoria ihre Schuhe aus, lieh sie mir und ging barfuß nebenher. Jeden Nachmittag pflegte sie mit den kleinen Schullehrerkindern in den Schloßgarten zu gehen, wo es etwas zu sehen gab, wenn Curgäste aus Karlsbad angefahren kamen.

Eines Nachmittags kam die schöne Victoria aufgeregt mit hoch geröteten Wangen heim. Sie rief Herrn und Frau Hessenteufel herbei und begann in abgerissenen Sätzen zu erzählen. Ein prachtvoller Wagen, auf dessen Bock ein Jäger mit wallendem Federbusch neben dem

Kutscher saß, war vorangefahren, eine Reihe von Equipagen hinterdrein. Ein hochgewachsener Herr, vor welchem die Diener mit abgezogenen Hüten stehen blieben, schien der Mittelpunkt der Gesellschaft zu sein. Beim mittleren Pavillon war eine Tafel prächtig zum Nachmittagkaffee gedeckt. Die Herrschaften waren auf und ab promenirt, da seien einige Herren an der Bank vorübergekommen, auf der sie, die Victoria, mit den Kindern gesessen. Einer derselben, eben der hochgewachsene, vor dem alle sich verneigten, sei freundlich auf sie zugetreten und habe gar leutselig allerlei Fragen an sie gestellt: Bei wem sie im Dienst stehe? Ob ihre Eltern noch leben? Ob sie nicht ihr Los zu verbessern wünsche und derlei mehr. Bald nachdem sich der Herr entfernt, sei ein zweiter gekommen und habe ihr gesagt, sie möge ihren jetzigen Dienstherrn ersuchen, sie sofort zu entlassen, da der regierende Herzog von ....., von ihrem freundlichen Wesen eingenommen, Willens sei, sie bei einer der Hofdamen unterzubringen.

Schon während der Erzählung des Mädchens war der gute Schullehrer mächtig aufgebraust. „Diese Sprache müßte man nicht kennen!" fuhr er auf. Der Versucher lasse sich sanft und süß an und verspreche schöne Dinge; in Wahrheit wolle er leibliches Verderben und den Tod der Seele. Der genannte Herr stehe im Rufe, allen Frauenzimmern nachzustellen, er werde wohl daheim ein Serail wie ein Türke haben. Möge doch die Thörin, die das alles unbefangen erzähle, einsehen, daß es sich nicht um ihr Glück, sondern um ihr Verderben handle.

Er entlasse sie nicht, eher rufe er die Polizei um Beistand an. Er fasse die Stellung eines Dienstherrn nicht bloß äußerlich, sondern auch im moralischen Sinne als die eines Vormundes an. Träte der gekrönte Mädchenräuber in diese Stube, er solle die ihm gebührende Strafpredigt hören.....

So wild geberdete sich Herr Hessenteufel, so laut perorirte er, daß er das Klopfen an der Thüre ganz überhörte. Da trat ein Kammerherr ein und begehrte höflich, mit dem Herrn Schullehrer unter vier Augen zu sprechen.

Die beiden Männer gingen in das Nebenzimmer.

Die Verhandlungen dauerten wohl eine Viertelstunde. Wir lauschten, vor Neugier und Unruhe verzehrt. Da entfernte sich der Kammerherr und Herr Hessenteufel trat wieder in den Kreis der Seinigen.

„Es gibt Momente," wendete er sich mit großer Feierlichkeit an uns Alle, indem er sich den Schweiß von der dunkelroth gewordenen Stirn trocknete, „es gibt Momente, die über ein ganzes Leben entscheiden! Ein solcher ist dagewesen. Victoria verläßt uns. Die Weltgeschichte lehrt, daß junge Mädchen bisweilen ein großes Glück an Höfen gemacht haben. Ich will Niemandes Glück im Wege stehen. Ziehe denn hin, Victoria, da Du es wünschest und vergiß nie, daß Du es bei uns gut gehabt hast...."

Am folgenden Tage hatte uns die schöne Victoria unter Thränen verlassen, um sich in Karlsbad dem Gefolge Serenissimi anzuschließen und bald nachher abzureisen.

Am nächsten Sonntage hatten wir Schweinebraten. Das war ein gar ungewohntes Essen auf dem Tische der armen Schulmeisterfamilie, die nur von Kartoffeln, Nudeln und Klösen zu leben pflegte. Als der Braten aufgegessen war, wischte sich Herr Hessentensel den fettglänzenden Mund und sagte:

„Einen so saftigen Braten habe ich lange nicht gegessen. Er hat mir geschmeckt — sehr geschmeckt, muß ich sagen — und doch —“ er hielt eine Weile still, indeß er sich pathetisch erhob — „träte der Versucher noch einmal über diese Schwelle —“ er spitzte die Lippen, wie wenn er dieselben an das unsichtbare Fagott setzte — „böte er mir noch einmal von seinem Mammon, ich würde ihm sagen: Satanas! Hebe dich fort von mir. Es war doch ein Sündengeld, ja ein Sündengeld. Aber reden wir nicht mehr davon. O, daß es dem Menschen so selten vergönnt ist, in dieser Welt seine Pflicht zu thun und edel zu handeln, ohne dabei auf den Schweine=braten verzichten zu müssen!“ . . . .

Nachdenklich saßen wir um den Tisch und weiheten der Entlassenen eine stille Erinnerung.

Oft und oft, ich darf wohl sagen, immer, wenn der Name Serenissimi im Laufe der Zeiten genannt wurde, dachte ich an die schöne Victoria, die mir auf dem Gange nach Joachimsthal ihre Schuhe geliehen, und barfuß neben mir hergegangen, und die nun eine große Dame geworden war. Der Zufall fügte es, daß ich zweiundzwanzig Jahre später in die Residenz kam, in die sie entführt worden war. Wie sich mein Wiedersehen mit ihr gestaltete, werde ich in einem der kommenden Capitel erzählen.

VIII.

Das Altstädter Gymnasium. — Professor Dittrich. — Wanderungen durch Prag.

So waren mir drei Jahre vergangen, drei Jahre, von denen ich zehn Monate in Schlackenwerth im Hause des Schullehrers Hessenteufel in der Schulzucht der Piaristen, zwei Monate in Karlsbad bei meinen Eltern zubrachte. Mit Schaudern dachte ich daran, daß ich auch noch ein viertes Jahr dort werde hingehen müssen. Da, gegen den Herbst 1835, faßten meine Eltern den Entschluß, fortan die Wintermonate in Prag zuzubringen, wo ich dann auf dem dortigen Altstädter Gymnasium weiter studiren könne. Und so sah ich mich denn im October 1835 in die böhmische Hauptstadt versetzt.

In Prag entwickelte sich nun mein Leben unter freiern Verhältnissen, nachdem ich unter den Piaristen die größte Beschränkung hatte ertragen müssen. Ich befand mich plötzlich unter zahlreichen Genossen, unter denen ich manchen Freund fand und für die Zukunft festhielt. Ich war der steten Aufsicht ziemlich ledig. Statt des elenden Schulmeisterquartiers hatte ich die freundliche Wohnung meiner Eltern in der Neustadt Prags, der „breiten

Gasse", um mich waltete wieder liebende Sorgfalt. Ich
sah das erste Theater, ich las die ersten Bücher neben
meinen Schulcompendien. Mein schöner Schiller in Leder-
einband, den mir vor Jahren mein Vater unter Thränen
geschenkt, war bis heute ungelesen geblieben; nun, durch
das Theater entzündet, las ich darin mit größter Begier
und höchstem Entzücken. Ich lernte zeichnen und hatte
Clavierunterricht bei einem guten Lehrer. In der Schule
waltete ein vernünftiges und humaneres System. Ein
günstiger Wechsel machte sich nach allen Seiten hin fühlbar.

Und noch besser wurde es in den zwei letzten
Gymnasialjahren, damals Humanitätsclassen genannt.
Professor Dittrich, der uns durch diese beiden Jahrgänge
führte, war ein wackerer Mann. Er war Prämon=
stratenser, aber aufgeklärt, den Meinungen seines Lehrers
Bolzano zugethan. Er hatte, ich weiß nicht mehr wo,
Goethe kennen gelernt und sprach mit Verehrung von
diesem, eine grenzenlose Bewunderung aber zollte er
Tiedge'n. Die „Urania", aus der er viele Stellen zu
citiren wußte, wurde uns als das erste aller Bücher,
als die glänzendste Blüthe deutscher Dichtung an's Herz
gelegt. Vom Tage an, wo er zufällig erfahren hatte,
daß Tiedge unserem Hause befreundet gewesen, hatte ich
beim Professor einen großen Stein im Brette. Auch
Goethe — natürlich mit Auswahl — zu lesen war uns
erlaubt. Er war ein sonderbarer Klostermann, der die
Poeten begünstigte und es gern sah, wenn Der oder
Jener ein aufgegebenes Thema metrisch bearbeitete.

Um diese Zeit las ich zum erstenmal die Ilias in der Voß'schen Uebersetzung. Kein Buch hat einen tieferen Eindruck auf mich hervorgebracht, es war ein Ereigniß in meinem Leben und es ist mir von diesen Tagen eine unauslöschliche Erinnerung geblieben. Mit hoher Neugier las ich Gesang um Gesang, wunderbar und immer stärker gefesselt, je weiter ich vordrang und als ich zu Ende stand, ergriff mich zum erstenmale die geistige Gewalt einer Dichtung, die wie keine andere dem in uns niedergelegten Triebe nach künstlerischer Schönheit entgegenkommt. Die bewundernswürdige Weisheit der Anordnung, die herrliche, so einfache und doch verschlungene Führung der Helden zu ihrem Geschicke trafen mich wie eine Offenbarung. Die sanftesten Regungen des Mitleids wechselten in mir mit dem Hochgefühl, das die Darstellung kraftvoller Männlichkeit in der Brust eines Knaben hervorruft. Nachdem ich zuerst die Griechen gehaßt hatte, die mit so unsäglicher Beharrlichkeit Priams heilige Feste in Schutt zu legen bemüht waren, nachdem Hector mein Liebling gewesen, gewann Achilles mein ganzes Herz und trotz aller Grausamkeit wagte ich doch nicht, ihn einen Frevler zu nennen, wenn ich seine Liebe zur fernen Mutter und die Hingabe eines ganzen Lebens an seinen verstorbenen Freund in Betracht zog. Achill und Patroclos sind Urbilde der Freundschaft, vom Dichter gezeichnet, wie es hinterhin keinem Zweiten gelang. Wo ist der Jüngling, dessen Herz bei dieser Schilderung nicht in Bewegung geräth und schwört, seinem Achill, dem er noch

begegnen wird, ein Patroclos zu sein! So hob mich die
Ilias durch alle Entzückungen, und da ich im letzten
Gesange an die Schilderung kam, wie der greise Priam
in Achilles' Zelt den Leichnam seines Sohnes erbittet und
dem Gewaltigen die Hände küßt, „ach, die entsetzlichen
Würger, die viel der Söhn' ihm gemordet," da hielt ich
die Thränen nicht mehr zurück und ließ sie fließen, ohne
mich ihrer zu schämen. Lange, lange ist die Ilias meine
Begleiterin geblieben. So oft ich mich zu ihr flüchtete,
öffnete sich mir der Blick auf eine starke, einfache, lichte
Welt, deren Luft mir Erquickung war. Wohl hatte ich
inzwischen gehört, daß Homer nie gelebt habe und eine
ganze Schaar von Homeriden an diesen Gesängen gedichtet
haben soll. Aber in diese Anschauung habe ich mich nie
finden können: dazu war mir die in der Ilias herr=
schende Einheit und Harmonie doch zu stark.

Eine Partitur, an der, statt eines großen Genius
viele Musikanten componiren, ist mir unbegreiflich. Oder
ich müßte mir den Mann, der die zerstreuten Theile, die
dichterischen Productionen eines ganzen Zeitraums in ein
Letztes und Ganzes umgeschmolzen, als einen Dichter denken,
der dem ursprünglichen Homer kaum nachsteht.

Man hat Prag oft ein steinernes Geschichtsbuch
genannt, es ist dies keine Redensart. Prag ist wirklich
eine steinerne Chronik und zwar eine mit den schönsten
Illustrationen und den wunderbarsten Ornamenten ge=
schmückte. Das fabelhafte Bad der Libussa auf dem ein=
samen, trümmerreichen Wischehrad, die einfache Capelle,

in der Huß gepredigt, der majestätische Theyn, der grab-
steinbesäete Judenkirchhof, jenseits der Brücke der Palast
des Friedländers mit seinen ausgedehnten Gärten, wie für
einen Monarchen mit einem Heer von Dienern geschaffen,
das Goldschmiedgäßchen, in dem die Alchymisten des zweiten
Rudolf wohnten, der in der Einsamkeit seinen Träumen
nachhing, während er eine Provinz nach der andern verlor, das Ferdinandeische Lustschloß, wo Tyho de Brahe's
Observatorium stand, der Wladislaw'sche Tract des Hrad-
schins, aus dessen breitem Fenster zwei königliche Statt-
halter und ihr Secretär in den achtundzwanzig Fuß tiefen
Wallgraben flogen — alle diese und noch hundert andere
denkwürdige Ruinen, Gräber, Häuser, Paläste sah ich
wieder und wieder an, bis die Vergangenheit, die Geschichte,
die sich an sie knüpfte, vor meinem Blicke lebendig ward.
Dabei las ich alles, was ich an Chroniken, Geschichts-
büchern, Monographien auftreiben konnte, so fleißig, daß
ich mich frühe schon zu einem guten Cicerone durch Prag's
Gassen ausbildete. Dabei sagte ich mir immer, daß von
den Schätzen, die allenthalben lagerten, nur wenige gehoben
seien. Die poetische Ausbeute, wie sie von Brentano's
„Gründung Prags" bis auf Grillparzer's „Ottokar" und
wieder bis auf Rellstabs und Herloßsohns Romane vorlag,
erschien mir sehr dürftig. Insbesondere die reiche Rudolfi-
nische Zeit, die einen Walter Scott verdiente, schien mir
ihres Poeten zu harren.

Um diese Zeit, da ich alles las, was in's Gebiet
vaterländischer Literatur einschlug, griff ich auch zur

„Wlasta" von Egon Ebert, der für die erste poetische Kraft Böhmens galt und mir als solche gezeigt worden war. Aber es erging mir eigenthümlich mit seinem Buche. Ich war damit an einem schönen Sommernachmittage auf die Färberinsel (die spätere Sophieninsel) gewandert, lagerte mich auf den Rasen im Schatten des dichten wirren Weidengesträpps und begann zu lesen. Nach wenigen Minuten lag ich schon in tiefem Schlafe. Das schüchterte mich nicht ein, rastlos erneuerte ich meine Versuche, bin aber nie über die ersten Gesänge hinausgekommen: immer entfiel das Buch meiner Hand. In späteren Jahren habe ich, dieses Phänomens eingedenk, Bekannten, die über hartnäckige Schlaflosigkeit klagten, die Lectüre von Egon Eberts Wlasta empfohlen. Ich habe mit derselben selbst in Fällen, wo das Chloral und das essigsaure Morphium versagt hatten, schöne Erfolge erzielt.

IX.

Moritz Hartmann und Friedrich Bach. — Professor Exner. — Jandera, der Furchtbare.

Wenn ich auf die Studentenjahre 1837 bis 1839 zurücksehe, tritt auch der Genosse vor meine Erinnerung, der mir am nächsten stand: Moritz Hartmann.

Es wächst jetzt — zwölf Jahre nach seinem Tode — schon etwas Moos über diesen Namen. Wir leben in einer rasch und viel producirenden Zeit: so viele neue

Namen sind auf die Tagesbühne getreten und haben die Aufmerksamkeit an sich gerissen; früher als sonst stellt sich jetzt für die Dahingegangenen das Dämmerlicht des halben Vergessenwerdens ein. Die erst nach Hartmann's Tode erschienene Sammlung seiner Schriften ist nicht gehörig berücksichtigt worden. Indeß, er ist eigentlich früh geschieden: die Generation, die ihn kannte und durch seine kräftige Persönlichkeit gefesselt worden war, ist größtentheils noch am Leben. Sie findet seine Lieder noch in den Anthologien, greift dann und wann, um sich das Jahr 1848 zu vergegenwärtigen, zu seinem „Pfaffen Mauritius"; sie erfreut sich noch an einer der schönen Erzählungen, wie „Der Krieg um den Wald", „Von Frühling zu Frühling". Wie weit auch Hartmann hinter den Zielen zurück geblieben, die er sich gesteckt, und hinter den Hoffnungen, die man von seinem Talente gehegt, im Kreise der österreichischen Dichter nach 1848 wird er doch seinen Platz behalten. Wie es nach der gleichen Anzahl Jahre nach dem Todestage mit den Tagesgrößen von heute aussehen wird, ist ja auch sehr fraglich. . . . .

Wir lebten anderthalb Jahre zusammen im alten, schwarzen Prag und saßen ein Jahr lang, wenn nicht auf derselben Schulbank, doch im selben Lehrsaale, dem großen, ebenerdigen Saale des Clementinums, wo wir im sogenannten „ersten philosophischen Jahrgange", jetzt etwa dem Obergymnasium entsprechend, eine Schaar von Vier bis Fünfhundert zusammen waren. Es zog uns Beide zur Literatur, zur Dichtung, und wir waren unzertrennlich.

Wir lasen außerordentlich viel, Altes und Neues, gewiß täglich einen Band: dies und jenes von Goethe, alles von Schiller, Uhland, Heine, Grabbe, Immermann, Byron, Shelley. Das waren so unsere Leute. Von allen Lebenden stellten wir Lenau obenan, und das Erscheinen eines neuen Buches von diesem hatte für uns die Bedeutung eines neuentdeckten Welttheils.

Der Jugendfreund ist eine gar wichtige Person. Das Mädchen verliebt sich und folgt einem ihr bisher fremden Manne in's Haus; der junge Mensch wählt sich einen Freund infolge einer gewissen Anziehungskraft, und dieser gewinnt den größten Einfluß über sein Denken, Thun und seine ganze Zukunft. Dem Freunde vertraut er, was er sogar den Eltern nicht sagen würde. Wer von uns bei unserem Bunde den größeren Einfluß auf den Anderen übte, weiß ich noch heute nicht zu sagen.

Hartmann war eine glücklich organisirte und wirklich ursprünglich liebenswürdige Natur. Er hatte ein schönes, offenes Gesicht, auf dessen Zügen ein gewisser Enthusiasmus festgehalten war, und war von großer körperlicher Anmuth. Er war voll feurigen Lebensmuthes und sah alle Dinge in einem gewissen romantischen Lichte. Das Dorf, in dem er geboren war, der Eisenhammer seines Vaters, die Wälder um Tuschnik mit ihren Sagen, alles erschien ihm selbst so eigenartig und bedeutsam. Es flogen ihm Lieder und Balladen zu wie einem Musiker Melodien; er fixirte sie rasch und recitirte sie gern. Er hatte etwas Selbstbewußtes; man sah, daß er eine Freude an sich selbst hatte. Immer etwas romantisch herausgeputzt, sei's auch nur mit einem farbigen Halstuch oder Sacktuch, das er hervorsehen ließ . er mußte schon beim ersten Erscheinen Jedem auffallen, und das wußte er auch.

Er hatte die Absicht nach Beendigung der beiden „philosophischen Jahrgänge" Medicin zu studiren und Arzt zu werden.

Es gab damals in Oesterreich noch keine Studentenverbindungen, kein Corpswesen, keine Burschenschaft. Ich glaube, wir haben dadurch viel Kopfschmerz und viel Zeit erspart. Den Bierhumpen sind wir fern geblieben, und noch bis heute habe ich keinen Sinn für eine Richtung der Poesie, die das Zecherleben der Jugend feiert. Ich verstehe diese Poesie einfach nicht.

Hartmann war der Sohn eines nicht unbegüterten Vaters, der aber für mehrere Töchter zu sorgen hatte. Er scheint dem Grundsatz gehuldigt zu haben, die Söhne müßten, wenn sie das siebzehnte oder achtzehnte Jahr erreicht, sich selbst durchzubringen lernen. Sonach war Hartmann als Hauslehrer bei einer Familie eingetreten und bezog nichts von Hause, als den Sparpfennig, den ihm seine gute Mutter jedesmal beim Abschiede in die Hand drückte. Diese Mutter war auch sein guter Genius.

Wir träumten alle politischen Ideale unserer Zeit: freie Staatsformen, Ausgleich der Classenunterschiede, Toleranz und Friede auf politischem und nationalem Gebiete. Wir waren des Glaubens, daß die Kriege eine Barbarei, die in nicht allzu ferner Zeit zwischen Cultur-

völkern abgeschafft werden müsse. Wir hatten da schon
ganz bestimmte Ueberzeugungen und hielten sie fest. Drei
Ständen gingen wir aus dem Wege: den Theologen, den
Adeligen (die in unserer Classe die vordersten Bänke zu-
gewiesen hatten) und den Militärs; wir wußten, daß es
zwischen ihren Ueberzeugungen und den unsrigen keine
Brücke gebe.

Zum weiblichen Geschlechte hatten wir noch gar keine
Beziehungen. Das Thema von der Liebe wurde vorerst
nur ganz aus der Ferne gestreift. Wir sahen sie auf dem
Theater dargestellt, wir lasen von ihr in Büchern, wir
hielten es auch dann und wann für passend, uns verliebt
zu stellen, aber das war eitel Spiel und Selbstbetrug.

Unsere Sehnsucht, unser Denken ging ausschließlich
über die nördliche Grenze nach Deutschland. Der Rhein
mit seinen historischen Städten, Thüringen mit seinen
Wäldern, der Neckar und der Schwarzwald, das waren
die romantischen Lande für unsere Phantasie. Nur in
Deutschland gab es eine größere Literatur, eine edlere
Journalistik, ein Schreiben ohne Censurzwang. Ein Buch
konnte auch nirgend anderswo als in Deutschland erscheinen.
Das Letztere ist eigentlich noch immer so.

Es war eine Zeit, die den Schriftsteller sehr hoch
stellte, höher jedenfalls, als die unserige ihn stellt. An
Gelderwerb wurde dabei weit weniger gedacht, als heute.
Das gelungene Gedicht, die gelungene Erzählung wurden
als ein Gemeingut betrachtet, und man freute sich, sie
fleißig nachgedruckt zu sehen. Für Verse Honorar ein-

streichen zu wollen, daran dachte Niemand. Wahrlich,
die Musen haben ihr Gesicht sehr verändert. Einst lebte
man für sie, jetzt will man von ihnen leben!

Hartmann war Jude, aber die vielen Schmerzen,
welche die Juden von heute plagen, hat er meines Wissens
nicht durchgemacht. Kränkungen seiner Abstammung wegen
hat er nie erfahren. Damals, in einer Periode des Hu-
manismus, hatte man den Juden gegenüber das Gefühl,
sie Jahrhunderte lang in ein Ghetto gesperrt und sie
darin nicht selten mißhandelt zu haben, und empfand ein
Bedürfnis, das Unrecht durch Schonung gut zu machen.
Man ignorirte in Gegenwart eines Juden dessen Judenthum und das Judenthum überhaupt: kam doch die Rede
darauf, sprach man von den „Israeliten“ als abwesenden
Leuten. Der gebildete Jude dagegen hatte sich in dieser
Zeit des Liberalismus von seinen Traditionen abgekehrt
und hatte das lebhafteste Bestreben, durch Erziehung,
Bildung, Sitten den Christen gleich zu werden und durch
nichts von ihnen abzustechen. Hartmann war kein Ver-
ehrer altjüdischer Traditionen, aber das alte Judenthum,
wie man es in Prag vollauf zu sehen bekam, hatte für
uns Beide den Reiz eines Curiosums. Die Prager Juden-
stadt ist für mich ein Studienfeld gewesen, von welchem
ich in späteren Jahren Vieles für meine Bücher („Die
Sansara“, „Lemberger und Sohn“, „Sacro Catino“)
verwendet habe. Nie versäumten wir, dem Purim beizuwohnen und die grotesken Ceremonien des langen Tages
zu studiren.

Zu dem studentischen Poetenkreise, der sich bereits gebildet hatte, gehörte ein Mediciner, fünf oder sechs Jahre älter als wir, Friedrich Bach. Er hatte ein schönes Talent und schrieb lyrische Gedichte, die, durchwegs sinnig und tief gefühlt, von großer Schönheit waren. Er nannte sie „Sensitiven". Bach war ein schweigsamer Träumer von vorgebengter Haltung und mondscheinhafter Gesichtsfarbe; aber hinter dem blassen, immer schläfrigen Träumer steckte ein boshafter satirischer Schalk, der mit den scheinbar geschlossenen Augen alle Schwächen des lieben Nächsten belauschte. Er entstammte einer Beamtenfamilie, war ein guter Oesterreicher und persiflirte uns unbarmherzig mit unseren politischen und revolutionären Tendenzen. Jedes unserer pathetischen Gedichte wußte er zu travestiren, indem er demselben einen satirischen Schweif anhing. Wir haben es ihm lange nicht übel genommen.

Bach hatte nicht wie wir den Drang, die Weltliteratur kennen zu lernen, ihm genügten wenig Bücher. Er versenkte sich desto mehr in sich selbst und verbrachte ganze Stunden in stiller Selbstbeschauung, bis dann aus der Tiefe seines Wesens einfache aber tiefempfundene Klänge auftauchten. Noch immer klingt ein Gedicht von ihm, „Dunkle Fragen" genannt, in meiner Erinnerung auf, das ungefähr so lautet:

Wenn ich doch wüßte,
Was die Mauern sprechen,
Wenn sie, morsch vor Alter,
Zusammenbrechen? —

> Wenn ich doch wüßte,
> Was die Wellen sagen,
> Wenn sie um die Häupter
> Ertrinkender schlagen?
>
> Wenn ich doch wüßte,
> Was die Sterbenden lallen,
> Wenn schlaff schon die Arme
> Herunterfallen. ...
>
> Sind's Jubellieder —
> Was ist dann alles Leben?
> Sind's Klagelieder
> Was ist dann alles Streben?

Seine Verhältnisse waren äußerst beschränkt. Eines Tages, nachdem er sich wochenlang vor uns Allen verborgen gehalten, trat er zu uns und überraschte uns mit einer Eröffnung, die uns geradezu entsetzte. Er sei, sagte er, mit sich zu Rathe gegangen: er könne nicht länger gegen die Verhältnisse ankämpfen. Jetzt, nach fast beendigten Studien, sei es ihm unmöglich, sich weiter zu fristen und die Gelder für die Rigorosen aufzutreiben. Er habe sich entschlossen, in den Orden der Barmherzigen Brüder einzutreten. Da brauche man Leute mit medicinischen Kenntnissen, er werde willkommen sein.

Armer Fritz! Wir wußten, daß er eine heimliche Liebe im Herzen trage und an's Heiraten gedacht habe. Wie oft hatten wir, jetzt ironisch, jetzt ernst, zwei Verse aus seinen „Sensitiven" citirt, die also lauteten:

Nach Liebe streb' ich nur — ich gab ihr Alles hin,
Weil ich ein Patriot im Reich' der Liebe bin.

Und der Patriot im Reiche der Liebe wollte sich nun aus diesem schönen Lande selbst verbannen, wollte nun den Talar der Entsagung anlegen, sich mit einem ledernen Riemen gürten und das schreckliche Cölibat beschwören! Wir waren tief erschüttert, wir warfen uns an seinen Hals und weinten mit ihm . .

Indeß hatten auch wir unser specielles Herzeleid, unsere sorgengestörten oder ganz schlaflosen Nächte. Im sogenannten „ersten philosophischen Jahrgange" drehte sich alles um den Professor der Mathematik, Ladislaus Jandera. Niemand konnte im Voraus wissen, ob er diesem furchtbaren Eiferer genügen werde, und genügte man ihm nicht, so war man verloren: denn mit einer schlechten Censur aus der Mathematik konnte man nicht aufsteigen. Uns Beiden — Hartmann und mir — hatte, scheint es, die Natur alle Anlagen auf diesem Gebiete versagt. Wir fühlten, daß wir zurückblieben; aber statt auf diesem Felde unsere Anstrengungen zu verdoppeln, ließen wir nach und waren voll böser Ahnungen betreffs des schließlichen Ergebnisses.

Der furchtbare Ladislaus Jandera war ein ganz kleines altes Männchen, eine Gestalt, wie einem Märchen von E. T. A. Hoffmann entnommen. Er war Prämonstratenser, trug jedoch kein Mönchskleid, sondern bei hohen Kanonenstiefeln einen bürgerlichen Rock, und zwar, weil er so viel mit der Kreide hantierte, einen blau-weißen

Rock, wie ein Müller. Auf seinem Gesichte, dem harten, eckigen Gesichte eines erbosten Gnomen, war ein furcht barer Eifer für die heilige Wissenschaft gleichsam erstarrt. Wenn er das Katheder erklettert hatte, was meist unter einem Sturme des Auditoriums geschah, hatte er die Gewohnheit, die Arme à la Napoleon über die Brust zu kreuzen und die Zuhörerschaft mit wilden Blicken zu beherrschen, bis Alles still wurde. Vor sich auf dem Tische das sogenannte „Me=mo ri a le", in der Hand die Kreide, unter dem Arme einen kurzen, weißen Stock, mit dem er zu demonstriren und oft wie besessen auf die Tafel loszuhämmern pflegte, begann er mit einer gellen den, durch jeden Sturm gehenden Stimme, jedes Wort in seine einzelnen Silben zerlegend, seinen Vortrag. „Klar heit!" war seine Losung, und „Das muß jetzt je=de Kö=chin be grei fen!" sein letztes Wort nach jeder längeren Auseinandersetzung, womit er sich selbst das, seiner Meinung nach, größte Lob zollte. Leider muß ich gestehen, daß ich sehr oft das, was jede Köchin begreifen sollte, nicht begriff.

Als uns einmal eine Sammlung alter Kupferstiche aus der Zeit der französischen Revolution in die Hand fiel, machten wir Beide gleichzeitig die Entdeckung, daß Professor Ladislaus Zandera die größte Aehnlichkeit mit Robespierre hatte. Es war ganz derselbe Kopf, nur weit älter, dieselbe Stirne, derselbe Mund. Ich kann aber auch den Mann mit keinem Anderen und keinem Gerin geren vergleichen, als mit dem tugendhaften Abgeordneten

von Arras. Auch Jandera war die personificirte Tugend,
die Gerechtigkeit und Unbestechlichkeit selbst. aber furchtbar,
weil er nichts als sein Princip gelten ließ und die Individuen vor seinen Augen nichts waren. Wer vor ihm
und seinem „Memoriale" nicht bestand, der hatte eben
„sei ne Un-brauch bar-keit für den wissen schaft-li chen
Be ruf dar ge than". Tausende von jungen Leuten hatten
schon ihre Laufbahn ändern müssen, weil sie seinen For-
derungen nicht genügten. Ihm störte das nicht den Schlaf.
Auch die persönliche Verwendung aller übrigen Professoren hätte ihn von einem ausgesprochenen „Nein" nimmermehr abgebracht.

Eines schönen sonnigen Vormittags stand Professor
Ladislaus Jandera vor seiner Tafel und erklärte uns
den Satz aus der Lehre von der Ellipse, daß, wenn man
durch die Achse KC eines Kegels eine Ebene KLM senkrecht gegen die Ebene RS lege, die Ebene der Curve
$AQMQ$ senkrecht auf dem Dreieck KLM stehen und jeder
beliebige Schnitt, der parallel mit der Grundfläche $LBMD$
gelegt würde, unbedingt seinen Mittelpunkt in der Achse
KC haben müsse.

Indeß saß Hartmann still beglückt in seiner Bank
und las ein Buch, das ich mir gestern verschafft und ihm
heute zugesteckt hatte, Grabbe's „Faust und Don Juan".
Grabbe zählte zu unseren Lieblingsdichtern. Schon der
erste Monolog, in welchem Faust vom Aventin aus Rom
anredet, war entzückend:

Hoch über dem eiszackigen Gebirg
Tirols erhebt der Adler sich zur Sonne,
Als wär' da sein heimatlicher Horst . . .
Wer war's, der Rom, der diesen Käsig brach,
In dem die Völker römisch erst und dann
Papistisch siegen lernten? Ja, hier war es,
Wo Alarich's, des gothischen, wo Karl's,
Des fränk'schen Landsmanns, wo der Hohenstaufen
Siegrauschende Paniere flatterten,
Geliebkost von der heißen Luft, die einst
Die Kön'ge tödtete —

Ein wie ein Hahnenruf in die Luft geschmettertes
„Quod erat de-mon-stran-dum!" weckte den Leser aus
seinen Träumen. Das furchtbare Nußknackergesicht da
oben war mit seiner Beweisführung fertig geworden.

„Und jetzt," fuhr der Schreckliche in scheinbar mildem
Tone fort — sein scharfes Auge mochte schon die längste
Zeit den Unachtsamen verfolgt haben — „und nun (langsam im Kataloge blätternd, bis er ihn gefunden), mein
lieber Hartmann Moritz, kommen Sie zu mir herauf und
zeigen Sie es Ihren Collegen, daß Sie mich capirt haben.
Hartmann Moritz, herauf!"

War das ein Schrecken, bei dem auch mir, dem
Freunde, Sehen und Hören verging! Dem Aufrufe mußte
unbedingt Folge geleistet werden. In der gewaltigen
Schüleranzahl regte sich schon der Sturm der Erwartung.
Es gab indeß nur einen ganz kurzen Auftritt. Hartmann
war hinaufgestiegen, hatte einige Linien auf die Tafel
gezogen und einige Worte gemurmelt. Dann hatte er

die Flucht ergriffen und war mit einem feuerrothen Geſichte in das Meer von Köpfen wieder untergetaucht, während auf der Höhe der bösartige Kobold, jammernd über ſo viel Unwiſſenheit, die Hände zuſammenſchlug.

Nun war aber auch das Los über ihn geworfen. Man durfte nicht ohne Furcht dem Kommenden entgegen ſehen.

Den ſchärfſten, aber auch den liebenswürdigſten Gegenſatz zu dem furchtbaren Zandera bildete Exner, damals noch ein junger Mann, der uns philoſophiſche Propädeutik, Geſchichte der Philoſophie, Pſychologie nach Herbart u. ſ. w. vortrug. Er war eine vornehme Er= ſcheinung, und ſein edles Denkerantlitz bleibt mir unver= geßlich. Er pflegte nie in ein Heft zu ſehen und ſpann, was er vortrug, ſozuſagen aus ſich ſelbſt heraus. Die Hand im vollen braunen Haare, in der Haltung und theilweiſe in der Sprache eines halbwachen Träumers, pflegte er zu unterſuchen, ob der Wirklichkeit irgend eine Realität zugeſchrieben werden könne, und ſoviel ich mich erinnere, gelangte er dabei zu keinem für die Wirklich= keit günſtigen Reſultate. Ob dem Seienden, als ſolchem, räumliche und zeitliche Beſtimmungen zukommen können, wie denn das Ding zu ſeinen Merkmalen komme, wie es ſich mit dem Ding an ſich verhalte, u. dgl. m. wurde weitläufig erörtert. Die Lieblinge Exner's, auf die er immer wieder zu ſprechen kam, waren die als Vorläufer Kant's erklärten Eleaten und ganz beſonders der ehr= würdige Zeno, welcher über das „ſich ſelbſt gleiche Sein" so viele Spitzfindigkeiten ersonnen hat. Daß der „fliegende Pfeil" in der That ruhe, weil er in jedem Punkte seiner Bahn seine bestimmte fixirbare Lage habe und sich hierdurch in sich selbst gleich erhalte, daß der schnellfüßige Achilles die langsame Schildkröte nimmermehr einholen könne, weil diese, während er den Vorsprung, den sie vor ihm voraus hat, zurücklegt, einen neuen gewonnen haben muß — diese und noch viele andere spaßhafte Sophismen, die uns von den alten Eleaten aufbewahrt sind, wurden mit einer, wie mir scheint, sehr ungerechtfertigten Gründlichkeit durchkritisirt und erwogen. Ach, was muß nicht die Jugend Alles über sich ergehen lassen! ... Indeß habe ich Exner eine aufrichtige Verehrung bewahrt. Seine Kritik der Willensfreiheit, seine Versuche, die Ethik aus ästhetischen Principien abzuleiten, haben sich meiner Erinnerung dauernd eingeprägt und auf meine späteren Ueberzeugungen Einfluß gewonnen.

Indeß war der Juli herangekommen. „Meine Herren," redete uns der Professor der Weltgeschichte an, „die Prüfungen stehen vor der Thür! Wir sind leider erst bei dem zweiten punischen Kriege angelangt. Es ist unwahrscheinlich, daß es uns gelingt, in den zwei Wochen, die wir noch vor uns haben, die gesammte weitere Geschichte bis in die neuere Zeit hinein zu bewältigen. Ich bemerke Ihnen aber, daß ich die ganze Weltgeschichte in den Kreis meiner Fragen ziehen werde." Und nun begann eine Arbeit, die uns fast aufrieb. Dicke Bücher und Berge von Explications-Heften waren zu verdauen,

Philosophie Mathematik, Natur- und Weltgeschichte. Man saß achtzehn Stunden des Tages dabei, trank Nachts schwarzen Kaffee, um wachzubleiben, und ging erst schlafen, wenn die rosenfingrige Eos am Himmel erschien.

Ach, man hätte sich schließlich mit Allem abgefunden! Mit allen Helden und Heerführern von Sesostris bis Napoleon, mit allen Thiergattungen, wie sie die Arche Noah's beherbergte, auch mit Anaximenes und Anaximander und sämmtlichen Eleaten — aber da war Ladislaus Jandera — das war eine entsetzliche Realität, die alle Eleaten zusammen nicht hätten leugnen können. Die schweren Tage kamen. Fünf Fragezettel mußten gezogen werden, und man setzte sich, sie auszuarbeiten, auf die sogenannte Schwitzbank. Ernst und feierlich saß der Robespierre der Mathematik im bläulich-weißen Rocke vor seinem Tische und sprach heute kein Wort. Einer nach dem Anderen hatte an die Tafel zu treten. Es kam einigermaßen anders, als wir gedacht. Hartmann fiel durch — wie ich durchgekommen, begreife ich heute selbst nicht. Ich weiß nur noch, daß mein Erfolg mich nicht freute, da der Freund unterlegen war.

Mit dem Medicin-Studiren war es nun für Hartmann vorüber. Die Bahn mußte aufgegeben werden. Zwar — vielleicht war die Erlaubniß einer Reparatur-Prüfung zu erwirken. Diese konnte aber Aussicht auf Erfolg nur vor einem anderen Forum haben. — Hartmann beschloß, nach Wien zu gehen. Vorerst schied uns die Ferienzeit, er sollte in seine Heimat zurück.

Die Trennung fiel uns Beiden schwer. Ein schwermuthvolles Gedicht, das Hartmann im Prager „Ost und West" veröffentlichte, gab seinen Empfindungen beim Scheiden von dem Freunde und von einem lieben Mädchen Ausdruck: auch ich schrieb ein Gedicht: „An den Jugendfreund" und ließ es drucken; es ist noch heute in meiner Sammlung zu finden. So viel Pathetik mußte unbedingt die Satire Friedrich Bach's herausfordern. Auch er brachte jetzt ein Abschiedspoëm, welches scheinbar ganz ernst war, aber dadurch hochkomisch wurde, daß es mit lauter falschen Betonungen gelesen werden mußte, um für gereimt zu gelten. Es begann:

Blaue Tage, froh und herrlich
Lebten wir im schwarzen Prag,
Und nun zieht ihr, o fürchterlich,
Von mir fort am nächsten Tag!

An des Brustkorbs starre Wände
Schlägt das Herz in wildem Weh,
Weil ich Freunde, treu liebende
Jetzt zum letzten Male seh'!

Hartmann, du, im Liede Sieger,
Reich' zum Abschied mir die Hand,
Ewig hält ein gewaltiger
Eindruck mich an Dich gebannt ...

So ging es durch viele Strophen fort, pudelnärrisch, aber die Komik verletzte uns.

Indeß Bach konnte jetzt übermüthig sein! Er hatte den lange gesuchten Verleger für seine „Sensitiven"

endlich in Leipzig gefunden. Dort lebten dazumal zwei
Verlagsbuchhändler, welche sich für die lyrischen Productionen noch unbekannter Dichter, wofern sie nur kein
Honorar verlangten, nicht allzu spröde zeigten. Der eine
derselben hieß Kummer, der andere Hunger. Trostlos
ominöse Namen — aber was war zu thun? Man hatte,
nachdem das Manuscript des Oefteren zurückgekommen,
nur noch zwischen diesen Zweien zu wählen. Wir riethen
zu Kummer, da Kummer noch immer besser als Hunger
klinge. Das Heft ging ab, Kummer acceptirte, und die
„Sensitiven“ traten ans Licht. Aber die Ausstattung
war auch kümmerlich. . . . .

X.

Moritz Hartmann in Wien. — Friedrich Bachs erster Patient.

Ich fühlte mich indessen, seit Hartmann fort war,
sehr vereinsamt in Prag: oft war mir, als sei im Gang-
werk meines Lebens etwas zerbrochen. Ein freudiges
Ereigniß war es immer, wenn ein Brief ankam, und
Hartmann schrieb nie weniger als vier Quartseiten voll.
Er hatte rasch in Wien zahlreiche Bekanntschaften gemacht,
konnte sich aber an das dortige Leben lange nicht gewöhnen. Allerdings waren ihm viele Vergnügungen
einer großen Stadt bei der Knappheit seiner Casse un-
zugänglich. Stundenlang geht er in den Bildersälen des

Belvedere herum; manchmal ist es auch ihm gegönnt, von
der letzten Galerie des Burgtheaters ein neues Drama
von Halm zu sehen. Er pflegt freundlichen Umgang mit
Nordmann, Alexander Schindler, mit L. A. Frankl, der
ihm gerne die Spalten seines „Sonntagsblattes" öffnet.
Vor Allem, und das war das große Ereigniß, ist er
von Nikolaus Lenau, den er sofort besucht hatte, freundlich aufgenommen worden. Noch denkt er daran, sich der
Medicin zuzuwenden, Lenau räth ihm dazu, und Hartmann will demnächst Schritte thun, die Erlaubniß einer
Reparatur-Prüfung zu erwirken, aber die Mathematik,
die ihm den Eintritt in die Universitätsstudien verwehrt,
erscheint ihm am Ende als eine unbesiegbare Sphinx,
und schließlich gibt er den Gedanken auf, ihre Räthsel
lösen zu wollen.

Man erlaube mir, einige Proben aus Hartmann's
Briefen mitzutheilen. Nachdem er eine Anzahl Wiener
Poeten (Vogl, Levitschnigg u. s. w.) charakterisirt hat, fährt
er fort:

„Es ist merkwürdig: einige dieser Leute kommen
Einem in der Entfernung klein, oft gemein vor (z. B.
Stelzhammer), in der Nähe besehen, sind sie echte, aber
zu Grunde gegangene Dichternaturen. Entweder haben
sie die vielen Journale an sich gezogen und zu Hand-
werkern gemacht oder es drückt und erschlafft sie nach
und nach der furchtbare Materialismus, der dumpf und
schwül wie eine dicke, heiße Sommerwolke über dem un-
seligen Wien liegt. Ich versichere Dich, die so weit

berühmte Wiener Heiterkeit wird einem unheimlich mit der Zeit. O, die Wiener sind nicht die unschuldigen, heiteren Phäaken, sondern größtentheils dem moralischen Untergange zutanzende, sardanapalische Eunuchen. Es kann hier unmöglich ein großer Dichter werden und leben. Nur weil Grillparzer unter den Bajaderen als ein ganz und gar einsamer, alle Berührung scheuender Klosterbruder wandelt, und weil Lenau, der singende Zugvogel, im Winter hier in seiner Hypochondrie erstarrt und im Sommer in sein geliebtes Schwaben flieht, haben sich diese Beiden ut ita dicam, conservirt und sind Dichter geblieben .... Gestern hat mir Umlauft Grillparzer gezeigt: mitten unter der ungeheuren Menschenmenge, in die er sich auch einmal am 1. Mai herausgewagt, ging er so allein, von Keinem vielleicht, als von mir, mit einem verehrenden Blick gefolgt. Er schien mir so unendlich einsam. Sein graues Haar, seine sehr die Spuren des Alters tragende Physiognomie, die zufällige Aehnlichkeit seiner höchst einfachen Kleidung mit der des Dulders Kaufmann machten mich so traurig. Gott im Himmel, ist das der Lohn, daß er jetzt Teutschlands größter Poet ist — denn dafür halte ich ihn. Ich hätte fluchen, aber auch weinen können ...."

Den enthusiastischen Freundschaftsgefühlen blieb Hartmann treu: er mußte immer etwas sehr lieben. Seine Zuneigung wirft sich nun auf einen um ein paar Jahre älteren Mediciner, der, in gleich beschränkten Verhältnissen eifrigst studirt.

Er schreibt:

„Mich macht der Umgang mit Kuh jetzt sehr glücklich. Von ihm ließe sich sagen, das ist ein echter Mensch, und wir alle sollten uns bestreben, so zu sein. Ich brauche Dir nicht erst alle Schönheit seines Herzens, alle Lichter seines Geistes herzuzählen, Du kennst ihn ja auch, aber wahrhaftig nicht so wie ich. Wir haben vor ungefähr einem Vierteljahre in Mißverständnissen gelebt, aber das hat sich aufgelöst, und ich hoffe, er ist so freudig in mir, wie ich in ihm. So wie ich mit Dir Rendezvous im Kaffeehause hatte, habe ich sie mit ihm auf dem Zimmer. Entweder ich schlafe auf seinem Sopha oder er auf dem meinigen, und da wird die halbe Nacht durchgeplaudert, nein, ich will's nicht plaudern nennen, denn das Größte, Schönste schwebt leuchtend durch die Nacht über uns. So neulich erst — er kam Abends zu mir, wir legten uns, begannen zu sprechen und sprachen, bis es mir einfiel, zu sehen, wie spät es sein möge. Ich mache Licht und sehe, es ist Fünf. Durch die Vorhänge guckt der Tag freundlich herein. Wir gingen fröhlich von einander und Keiner war schläfrig. . . .“

Niemand wird in Abrede stellen können, daß die Natur, die sich so ausspricht, eine liebenswürdige. Man hat, wenn man in diese Blätter blickt, Alles vor sich die Poetenstube im vierten Stocke eines alten Hauses auf dem Salzgries, in welcher ein Bett, ein altes hartes Canapee, ein Tisch, zwei Stühle das ganze Mobiliar bilden und in der die Kaffeemaschine den einzigen Luxus gegenstand darstellt. Ein einziger Anzug, womöglich ein Sammtrock, immer wohlgebürstet, die nothwendigsten Bücher, beim Antiquar erstanden, das ist die ganze Habe des Poeten, der doch voll guten Muthes ist und eine Welt von Gedanken und Plänen im Busen hegt. Noch immer trägt er sich mit Auswanderungsgedanken nach Teutschland, es fragt sich für ihn nur, wie er die Mittel dazu erlangen soll . . .

„Eben" — schreibt er im Herbste 1840 — „komme ich verdrießlich und gekränkt aus Renner's Kaffeehause. Bauernfeld, Lenau u. s. w. saßen an einem kleinen Tische beisammen, und ich mußte von einem Winkel aus die Goldkörner Lenau's verstohlen auffangen und mich damit begnügen, wenn er mir unter dem Reden zulächelte und seine Worte an mich richtete, worauf mich die Leute angafften. Gott, wann wird die Zeit kommen, da ich mich an den Tisch der Dichter werde setzen dürfen und mitsprechen können im Rathe der Weisen — oder wird sie nie kommen, diese Zeit, und werde ich mich mit allen Plänen und allen Gedanken immer im Winkel verstecken müssen? . . . . Lenau mußte mit der Gesellschaft plötzlich aufbrechen, und ich habe doch seit drei Wochen keine zwanzig Worte mit ihm gesprochen . . ."

Hartmann's Verhältnisse bessern sich mit einem Male, als er — im October 1840 — in's Haus eines Bankiers als Erzieher zweier Knaben eintritt. Mit gar leichtem Gepäck zieht er ein, frei, unbefangen, und fühlt sich gleich zu Hause. Er äußert eine naive Freude über den guten Tisch), an dem er sich gehörig sattessen kann, und das vortreffliche Bett: er fühlt sich wie neugeboren.

„Heute," schreibt er am 4. October 1840, „war ich bei Lenau. Ich fand ihn im Schlafrocke, „„in den Händen die Fidel"", die er bekanntlich meisterhaft streicht, wie ein Zigeuner. Ich versichere Dich, Freund, Lenau hat Augen, daß Einen eine wehmüthige Sehnsucht ergreift, wenn man hineinschaut.

Ich mache mir ordentlich Vorwürfe, daß ich seit zwei Tagen ein herrliches, wohleingerichtetes Zimmer bewohne, während Lenau in einem halb so großen, kahlen, düsteren Zimmer haust. Zwar thut er es nicht aus Oekonomie; aus Neigung wohnt er bei seinem Freunde Max Löwenthal. Dieser, ein reicher Mann, bewohnt fürstlich eingerichtete Zimmer, während Lenau in einem vier Ellen breiten, vier Ellen langen Zimmer steckt, wo Bett, Tisch, Kasten, Bücherschrank, Alles aufeinandergestapelt ist. Er schreibt jetzt an einem Ulrich von Hutten . . .

Doch schon lange habe ich eine Frage auf der Zunge. Warum höre ich nichts vom Sensitivus? Ist er wirklich in's Kloster der barmherzigen Brüder eingezogen? Man möchte glauben, sogar in das der Trappisten, weil er gar nichts mehr von sich hören läßt . . ."

Mit Friedrich Bach war es inzwischen nicht, wie wir fürchteten, zum Aeußersten gekommen: er hatte das Doctorat gemacht und war in eine deutsch-böhmische Gegend gezogen. Die Geschichte von seinem ersten Patienten ist ziemlich spaßhaft.

Mitten in der Nacht — es war in den allerersten Tagen — war an seiner Thür geklopft worden. Er springt auf, läuft an's Fenster und sieht mehrere Bauern vor seiner Hausthür. „Kommt schnell, Herr Doctor, der Bummel ist krank! Schnell, schnell!"

„Bummel?" denkt Fritz Bach, im deutsch-böhmischen Dialecte wenig bewandert. „Das muß hier ein vielbedeutender Mann sein, da seine Erkrankung solche Aufregung schafft . . . Gewiß ein Großbauer, Gemeindevorstand, Ortsrichter." „Ich komme gleich!" ruft er hinunter, indeß er in seine Kleider fährt, und denkt bei sich: „Welch' glücklicher Zufall, daß ich hier gleich bei einer allbekannten Persönlichkeit zeigen kann, was ich gelernt habe . . ." Bald steht er mitten unter den Bauern und trabt durch Nacht und Nebel ihnen nach.

„Was fehlt dem Patienten eigentlich?" fragt er. „Es ist ihm halt recht schlecht." — „Sind schon Hausmittel angewendet worden?" — „Ein Gelake haben wir ihm gemacht."

„Ein Gelake, was das nur wieder ist!" denkt Bach. Die Gruppe hält indeß vor einem Hofe, eine Laterne leuchtet voran, ein starker Stalldunst macht sich bemerkbar, ein finsteres, niedriges Gelaß wird aufgethan der Patient, vor dem Bach jetzt steht und der ihn breitstirnig mit funkelnden Augen ansieht, war — der Gemeindestier!

Welche Verlegenheit! Bach hat wohl seinen Cursus der Veterinärkunde durchgemacht, hat aber die Thierarznei

allzusehr als Nebensache betrachtet . . . Mit schiefgesenk=
tem Kopfe, wie dies seine Art, umkreist er den Patienten,
bis dessen furchtbares Gebrüll und ein Schlag des geho=
benen Schweifes ihn in eine Ecke scheucht.

Umsonst befragt er sein Gedächtniß, von welchen
Gebresten ein Gemeindestier plötzlich heimgesucht werden
könne, und welche Dosen man ihm verschreibt. Sein
Gedächtniß ist wie vernagelt . . .

„Ich denke," sagt er endlich, „es wird das Beste
sein, wenn ihr mit dem Gelake fortfahrt. Aber doppelte
Portionen! Dem muß man scharf beikommen!"

Man gab die doppelten Portionen, aber Herr Bummel
verschied schon am andern Tage.

Doch ich kehre zu Hartmann zurück. Im April 1841
schreibt er:

„Heute habe ich von Lenau Abschied genommen,
nachdem ich mit ihm gegessen und getrunken. Freund,
der Mensch in ihm steht unendlich höher als der Dichter
und spricht schönere Gedanken, als sein schönster Vers.
Ein herrlicher, göttlicher Mensch und mein Freund!
„„Wenn ich in Ihr Gesicht sehe, lieber Hartmann,"" sagt
er, „„ist es mir, als ob ich ein liebes Buch läse, Liebe
und Ruhe lese ich daraus. Sie werden ein herrlicher
Mensch, lieber Hartmann, und ich freue mich auf Ihre
Zukunft. Gefallen Sie den Weibern? Ich sollte meinen!"" . . .
Dergleichen Dinge freuen mich sehr, ich staune aber,
wenn ich ihm in einer aufgeweckten Stunde zuhöre, die
wunderbare Phantasie, dieser scharfe Geist! Was aber

sonderbarer, oft dieser unübertreffliche, edle Humor! Heute
zum Beispiel, da ich vor seiner Abreise zum letzten Male
mit ihm zu Tische war, da hat er gesprudelt über die
ganze Welt, über Oesterreich, Preußen, Metternich, Philosophie, Amerika, Physiognomik, Weiber u. s. w., kurz,
während anderthalb Stunden die größten Wahrheiten,
bald im Hohenpriestergewand, bald in der Harlekins-
jacke . . ."

Die Zeiten der Sorge und des Darbens waren
nun für Hartmann glücklich vorbei. Er faßt bald mehr
und mehr Fuß in der Gesellschaft und bringt sich und
sein Talent zur Geltung. Er tritt in angenehme Kreise
und macht zahlreiche literarische Bekanntschaften; der
geistvolle Landsmann (Hieronymus Lorm), Betty
Paoli, der Landsknecht Friedrich von Schwarzenberg
treten ihm näher. Der Sommer findet ihn behaglich
auf Schloß Gutenbrunn bei Baden installirt. Ein
neuer Abschnitt seines Lebens hat begonnen, sein Porträt
bekommt Züge, die an die des brillanten Hofmeisters
aus den „Problematischen Naturen", Oswald Stein,
erinnern.

Es erübrigt jetzt nur noch, zweier Persönlichkeiten,
die ich hier angeführt, kurze Erwähnung zu thun. Der
Schreckensmann Zandera ist zu Anfang der Fünfziger
Jahre gestorben.

Ja, er ist gestorben, aber für mich und vermuthlich für manchen anderen Zeitgenossen lebt er noch.
Es gehört heute noch — so stark graben sich schreck-

liche Erinnerungen der Menſchenſeele ein — zu mei=
nen Träumen, daß ich wieder Student bin und im
großen Parterreſaale des Prager Clementinums ſitze, ich
weiß nicht, in welche Gedanken verſunken, bis mich eine
gellende Stimme: Meißner Alfred, herauf! aufſcheucht.
Ich ſchaue empor und erblicke den einzigen Menſchen,
vor dem ich mich im Leben wirklich gefürchtet habe, den
Robespierre mit der Kreide, Ladislaus Zandera, leibhaftig
vor ſeiner Tafel, eine komiſche Schreckgeſtalt . . . Ich
ſoll ihm den pythagoräiſchen Lehrſatz demonſtriren. Ich
ergreife die Kreide, zeichne ein großes Viereck — die
Kreide zerbricht unter meinen Fingern, was immer für
ein böſes Omen angeſehen wurde. Ich ziehe einige neue
Linien — und habe ſchon mit der allererſten meine
Unwiſſenheit vor vierhundert bis fünfhundert Zuhörern
documentirt. Mit Angſtſchweiß auf der Stirne er=
wache ich.

Friedrich Bach hatte nach ſeiner verunglückten Behand=
lung des Herrn Bummel im deutſch=böhmiſchen Grenz=
bezirke keinen Boden faſſen können. Er bewarb ſich um
die erledigte Stelle eines Bergwerksarztes in Oravitza im
Banate. Dort heiratete er und hatte auch die Freude,
eine zweite vermehrte Auflage ſeiner „Senſitiven“ bei
J. J. Weber in Leipzig anbringen zu können. Sie ent=
halten Goldkörner echter Poeſie. Er war indeß von
Oravitza fortgezogen. Seinen ehemaligen Freunden ent=
fremdet, verbittert und einſam iſt Friedrich Bach 1865
in Werſchetz in Croatien, wo er bis zu ſeinem Tode als

Arzt thätig war, gestorben. Seinen Grabhügel kennt
man nicht mehr, weil das Holzkreuz schon seit Jahren
verschwunden ist.

XI.

Die Anatomie.   Professor Josef Hyrtl.

Im Haag, in der königlichen Bildergalerie, hängt
im breiten schwarzen Rahmen ein gewaltiges Bild des
großen Rembrandt, das sowohl durch seinen Gegenstand,
wie durch die Macht der Behandlung die Aufmerksamkeit
des Besuchers unwiderstehlich fesselt. Es wird „Die
Anatomie" genannt und stellt den Professor Nikolaus
Tulp vor, der seinen Zuhörern, schon gereiften Männern,
die Functionen der Flexoren der menschlichen Hand erklärt.
Er ist in ruhiger Darlegung begriffen. Vor ihm auf
dem Tische, quer verkürzt, liegt der Cadaver. Tulp hat
die Hautdecken abgelöst, die Muskeln des Vorderarmes
bloßgelegt und zeigt nun seinen Zuhörern, wie die einzelnen Sehnenbündel der Muskeln eine wunderbare Me=
chanik erzeugen. Das ist der Mittelpunkt der Darstel=
lung; dabei aber hat der gewaltige Rembrandt noch ein
Uebriges gethan, und jedem Gesichte der sieben anwesen=
den Zuhörer einen anderen Ausdruck zu geben verstanden.
Der Eine hat, was Tulp demonstrirt, schon im Voraus
begriffen und constatirt lediglich mit dem Blicke, was er

schon weiß: ein Zweiter ist ganz verwundert über das, was er ohne Demonstration des Lehrers nie gefunden hätte. Einer ist aufmerksam, vermag aber der Darlegung nicht zu folgen. Drei im Hintergrunde Stehende sind zerstreut und geistig abwesend. Man sieht das Schicksal eines Jeden klar voraus, falls die Herren noch eine Prüfung bei Tulp zu bestehen haben sollten. Zwei werden ein glänzendes Examen machen, zwei vermuthlich ein Genügend davontragen, minder gut dürfte es den Uebrigen ergehen, das leuchtet sofort jedem Beschauer ein.

Ein alter Kupferstich nach diesem Bilde hing in breitem schwarzen Rahmen im Studierzimmer meines Vaters. Ich hatte dasselbe schon als Knabe unzählige Mal angesehen: es wirkte mit unheimlicher Anziehung auf mich. Und nun war alles, wie es auf dem Bilde zu sehen war. Eine große Lampe mit tiefherabreichendem Schirm beleuchtete eine kupferne Tischplatte, auf der Tischplatte lag ein Cadaver. Wir standen um ihn herum, der Prosector demonstrirte.

Ich sehe noch immer sein blasses Gesicht mit den hellblauen Augen, die so starr hervorlugten hinter einer großen schweren, in Horn gefaßten Brille, die immer von seinem Nasenrücken heruntergleiten wollte und die er wieder, und zwar mit dem Handrücken zurückschob, damit er die Gläser mit seinen blutigen Fingern nicht beschmutze. Seine Erscheinung hatte etwas Gespenstiges, Grabentstiegenes. Seine Stimme, von öfterem Husten unterbrochen, klang so heiser. Es hieß, daß seine ungesunde Thätigkeit ihn zu Grunde richte. Und dessenungeachtet fleißig und

thätig zu allen Stunden! Welcher Eifer im selbständi
gen Forschen! Welche Plage mit den jungen Leuten, und
wie er sich Mühe gab, uns alle zu tüchtigen Scolaren
heranzubilden! Ich glaube, nur der ärztliche Stand bildet
so edle, enthusiastisch aufopferungsvolle Ausnahmsnaturen...

Und dennoch gab es nur Einzelne unter den Zu
hörern, die ihm mit aufrichtiger Aufmerksamkeit folgten.
Zu denen, die Alles schon im Voraus begriffen, gehörte
mein Freund Max Schlesinger, der später die publicistische
Laufbahn ergriff, und mein Freund Bernhard Brühl, der
heute in Wien eine Professur für vergleichende Zootomie
bekleidet. Dagegen war für Viele der Secirsaal eine Art
Casino, da sie kein Geld hatten ins Kaffeehaus zu gehen,
im Winter eine Wärmestube. Unberührt vom furchtbaren
Ernste der Umgebung, war ihnen die Beschäftigung mit
den Todten eine todte Beschäftigung. Wie oberflächlich
ist doch die Mehrzahl der Menschen! Von allen Gedanken,
die Hamlet durch den Kopf gehen, wenn er den Schädel
des armen Yorik in die Hand nimmt, Gedanken über die
Vergänglichkeit und das Elend des Lebens, kam ihnen
kein einziger in den Sinn!

Auch ich, ich fürchte es, gehörte zu denen, die sich
auf Rembrandts Bild etwas im Hintergrunde halten.
Kann man es ihnen eigentlich so sehr verdenken? Es gibt
Menschen, die vor dem Todten und Verwesenden zurück=
beben, und, ich merkte schon, ich zählte zu diesen.

Und doch hatte ich mir die Medicin als Lebensberuf
gewählt. Aber ich dachte: die Medicin ist ein ganzer

großer Organismus, theils von sie begründenden, theils von Hilfswissenschaften. Manche davon sind abstoßend und fordern eine große Selbstüberwindung, manche sind schön. Daß ich mir die Chirurgie oder die pathologische Anatomie zum Lebensberuf nicht wählen werde, wußte ich schon; wie aber, wenn ich mich unterwegs auf einem der erfreulicheren Felder ansiedelte? Was kann interessanter sein, als Arbeit auf physiologischem Gebiete? Oder auf dem der Chemie? Der glücklichste aller Menschen erschien mir ein Professor der Botanik mit seinem Mikroskop und seinem Häuschen inmitten eines großen botanischen Gartens. . . .

Sollte ich mich schließlich doch der praktischen Medicin zuwenden, so schien es mir nicht so übelgerathen, dem Beispiel meines Vaters zu folgen und Badearzt an einem großen Curort zu werden. Es ist eine internationale Thätigkeit. Jeder Sommer bringt uns mit interessanten Persönlichkeiten in Berührung. Und nach vier Monaten Praxis hat man acht Monate Ferien, sich seinen individuellen Studien oder Liebhabereien zu widmen. . . .

Es war eine oberflächliche und dilettantische Auffassung einer schweren, gewichtigen Angelegenheit. . . .

Vom großen Carolingebäude, zwischen der Eisengasse und dem Obstmarkt gelegen, gehörte der ganze rückwärtige, auf zwei Höfe gehende Tract uns Medicinern. Dort war das chemische Laboratorium, der Lehrsaal der Chemie, wo Professor Redtenbacher, ein Schüler Justus Liebig's, waltete, dort die Anatomie, das anatomische

Cabinet, und im zweiten Stocke die Privatwohnung des Anatomie-Professors.

Alles hatte hier seine eigenthümliche Physiognomie, die zur Umgebung stimmte, alles, bis auf die dienenden Persönlichkeiten. Da war der „Leichendiener“ Andres (Andreas) ein starker, breitschultriger Mann mit einem Stierkopfe, immer polternd, immer mürrisch, und nur durch Geldstücke zähmbar. Er war sehr geschickt im Skeletisiren und trieb einen, wie es hieß, sehr einträglichen Handel mit Schädeln und ganzen Skeleten. Trat man in seine ebenerdige Wohnung, traf man ihn meist mit einem Schädel zwischen den Knieen, beschäftigt, das Hirn mit Pincetten, Drähten und umgebogenen Löffeln herauszubefördern und die noch anhaftenden Sehnen mit scharfen Messern sorgfältig abzuputzen. Vor ihm auf einem niederen Tische standen allerhand Gläschen, welche Säuren zum Entfetten enthielten und Töpfe mit weißer Pfeifenerde. In dunklen Winkeln sah man größere und kleinere, mit Wasser gefüllte Bottiche, in welchen Körpertheile und ganze Leichen macerirt wurden.

Das zu dieser Arbeit verwendete Material bezog Herr Andres aus dem Strafhause, und dieser Umstand gab Einem von uns, der schon damals ein eifriger böhmischer Patriot war, der erste, der mir bisher vorgekommen war, häufig Anlaß zu bitteren Klagen. „Da sehe nur Einer,“ pflegte er zu sagen, „was dieser Kerl uns armen Czechen für Unheil bereitet! Kein Deutscher könnte mörderischer an unserer Ehre handeln!

Die Köpfe, die er präparirt, gehen sammt und sonders in die anthropologischen Cabinete nach England, Schottland, Nordamerika, wo, dem Himmel sei's geklagt, die Phrenologie im Schwunge ist, sie werden in öffentlichen und Privatsammlungen aufgestellt. Die Leute dort berücksichtigen nicht, woher Andres die Köpfe hat, sie betasten sie als types of the chech race und finden allerlei abscheuliche Buckel, Organe des Diebssinnes und der Mordlust. Die Folge davon ist, daß sie denken, wir Böhmen trügen alle solche Buckel herum. Welch' Verhängniß liegt doch auf uns armen Slaven! Ein Mensch, selbst ein Czeche, ein Kerl, der selbst nur gebrochen deutsch spricht, bringt uns in Mißcredit, schlägt uns die ärgsten Wunden! Einmal habe ich ihm zu Gewissen sprechen und von seinem verderblichen Handeln abbringen wollen. Aber dabei bin ich schön weggekommen!"

Die Leichen zu reinigen, sie die Treppe hinaufzutragen, die Ueberreste zu entfernen, und die Tische abzuwaschen, das alles stand natürlich unter Herrn Andres' Würde. Da mußte ihm eine arme Anverwandte, die er zu sich genommen, aushelfen. Ein ernsteres Mädchen ist mir nie im Leben begegnet. Man durfte sich mit ihr keinen Scherz erlauben, kaum hatte sie für heitere Anreden ein flüchtiges bitteres Lächeln. Ob sie wohl einen Liebhaber hatte? Schön war sie und jung genug, um gefallen zu können, aber todtenblaß wie ihre Leichen und wie geistesabwesend. Sie war, trotz ihres lieblichen Gesichts, das traurigste Geschöpf in diesen Räumen.

Was nun unsern Professor betraf, einen Gelehrten von mehr als europäischem Rufe, dessen Name für alle Zeiten mit dem seiner Wissenschaft verbunden bleiben wird, so war er damals ein Mann von etwa vierzig Jahren, dem volles braunes Haar die edelgeformte Stirn beschattete. Er gehörte, wie Franz Liszt, seiner Abstammung nach zu jenem Geschlecht in alter Zeit aus der Gegend von Regensburg ins westliche Ungarn eingewanderter Colonisten, die in Ungarn „Heinzen" heißen, sich selbst so nennen und ihr Teutschthum nach Kräften bis heute bewahrt haben. Ein reizbarer Hypochonder, voll Eigenheiten, Launen und Schrullen, die Zuchtruthe des jedesmaligen Prosectors, fesselte er seine Schüler durch einen eigentlich schwer definirbaren Zauber: die Verehrung, die wir ihm entgegentrugen, ging bis zur Liebe. War es sein gefeierter Name, der uns so imponirte? War es die merkwürdige Persönlichkeit, die er so wirkungsvoll in Scene zu setzen wußte? Hatte das blasse Gesicht mit den scharfgeschnittenen Zügen, welche unveränderlich den Ausdruck herber Schwermuth festhielten, solche Magie in sich? War's die klangvolle Stimme, die uns so an's Herz griff? Wir sahen ihn eigentlich nur in der Vorlesungsstunde. Im Secirsaal erschien er nur flüchtig: Abends, im Winter, wenn es viel „Einläufe" gab, trat er manchmal zu uns, immer mürrisch, wortkarg, reizbar, musterte ein Präparat, murmelte ein paar halb unverständliche Worte und war wieder in sein nebenanliegendes Arbeitszimmer verschwunden.

War unser Professor wirklich ein solches Original von einem Misanthropen, oder war auch das Streben dabei, dafür zu gelten? Darüber habe ich nie zu einer festen Meinung kommen können. Freilich, solche Beschäftigung ist nicht dazu angethan, Lebensfreude und gleichmäßige Stimmung aufkommen zu lassen. Vor Allem war er ein Feind jedes, auch des kleinsten Geräusches, insbesondere eines solchen, welches durch Räuspern oder Schneuzen entsteht.

Ein solches Geräusch, nach seinem Ausdruck das unanständigste und widrigste aller Geräusche, und doch in jeder größeren Versammlung beinahe unvermeidlich, konnte ihn bis an die äußerste Grenze des Unwillens führen.

Sein Eintritt in die Vorlesung ging jedesmal mit großer Feierlichkeit vor sich, wie um uns recht zu Gemüthe zu führen, daß jedes Wort, das wir zu hören bekommen würden, Gold sei. Nachdem die Glocke die Stunde angezeigt hatte, pflegte Andres als Vorläufer zu erscheinen und auf einer schwarzen Platte die für den Tag erforderlichen Präparate, zierlich ausgelegt, nebst Messern und Pincetten zu bringen. Einige Minuten tiefster Stille und gleichsam innerlicher Sammlung vergingen. Nun trat der Erwartete ein, erwiderte das Aufstehen der Zuhörer stumm mit raschem, leichtem Kopfnicken, stellte sich vor den Tisch, die Arme rechts und links aufgestemmt und sah zuerst, ohne sich zu regen, die Präparate aus der Ferne an. Wohl fünf Minuten vergingen. Dann nahm er dieses oder jenes Object in die Hand und betrachtete es mit eindringlicher Aufmerksamkeit, wie Jemand etwas ansieht, was ihm völlig neu ist. Die lautlose Stille konnte nicht noch stiller werden. Wieder vergingen einige Minuten. Der feierlichste Ernst lagerte auf dem Gesichte des Gelehrten. Es lag etwas tragisch Würdevolles, unaussprechlich Feierliches in diesem langsamen Vorgehen, in diesem berechneten Pomp einleitender Ceremonien. So sprach sich das volle Bewußtsein eines Hohepriesters der Wissenschaft aus. Es machte einen unbeschreiblichen Eindruck. Wir konnten es gar nicht erwarten, bis die Lippen, auf welche Aller Augen gebannt waren, sich endlich zum Worte öffneten. . . .

Schließlich öffneten sie sich doch. Hyrtl begann, mit wunderbarer Klarheit und Prägnanz den Gegenstand der heutigen Demonstration vorzulegen. Höchste Anschaulichkeit und Deutlichkeit sein Ziel. Allmälig belebte sich der Vortrag und wußte dem scheinbar trockensten Gegenstand Leben abzugewinnen. Hyrtl hatte ja alle Autoritäten wie lebendig um sich. Bald würzte er die Rede mit wörtlich angezogenen Citaten aus alten Autoren. Bald wirkte er poetisch, indem er ein glückliches Bild brachte, bald humoristisch, wenn er einen grotesken Irrthum der guten Alten anführte. So lauschten wir denn in tiefster Stille — doch selten erlebte eine Vorlesung ihr natürliches Ende. Gefiel es einem schadenfrohen Gnomen die Nase oder die Luftröhre eines Zuhörers mit einem unsichtbaren Grashalm zu kitzeln und der

Unglückliche nieste oder hüstelte — so war alles aus. Der Professor warf Skalpell und Präparat bei Seite und wäre, wenn die Vorlesung noch kaum erst eine Viertelstunde gedauert, um keinen Preis zu bewegen gewesen, den abgerissenen Faden seines Vortrages wieder anzuknüpfen. Er ging davon. Der herbe, vorwurfsvolle, an allem Menschlichen verzweifelnde Blick, mit dem er den Hörsaal verließ, fuhr durch jedes Herz.

Wir hätten den Collegen, der das Verbrechen zu niesen oder zu husten begangen, gleich zu Boden schlagen mögen!

So wurde jede Vorlesung als Weihestunde aufgefaßt. Dennoch gab es im Laufe des Jahres Tage, an welchen sich der Ernst und die Würde des Vortrags noch höher steigerte. Es waren die Tage, an denen der Professor bei den großen Centren des Lebens, den großen Gegenständen seiner Wissenschaft, anlangte. Es ist geradezu unbeschreiblich, wie er und in welchem Tone, nachdem er uns das Wissenwertheste über das Gefäßsystem vorausgeschickt, endlich eines Tages sagte: „Das Herz! Cor!" Oder, nachdem er mit den peripherischen Nerven fertig geworden, vor sich auf der Platte eine ovale von Windungen durchzogene Masse betrachtend, endlich sagte: „Das Gehirn! Cerebrum, Encephalon!"

Die Anatomie, die unser Professor bei stets verschlossenen Thüren trieb, stand natürlich himmelhoch über die, die er den Schülern tradirte. Ihn interessirte jetzt nur noch die vergleichende Zootomie und zwar die von

Geschöpfen, die uns völlig unbekannt waren und deren hochromantische Namen, wenn ich ihrer gedenke, heute noch merkwürdig auf meine Phantasie wirken. Lepidosiren paradoxa, cryptobranchus japonicus, Gymnarchus und Mormirys hießen die wunderlichen Gesellen, die ihn dermaßen beschäftigten, daß er ihre abnorme Structur später in elegant geschriebenen Monographien vor einer exclusiven Gelehrtenwelt erläuterte.

Eine andere Lieblingsbeschäftigung Hyrtl's war die Herstellung zierlicher Gehörapparate, wunderbarer anatomischer Filigranarbeiten, fast nur mit der Loupe zu würdigen, und die Herstellung von Injectionen verschiedener, mit den feinsten Capillarnetzen ausgestatteten Organe. Er hatte die verschiedensten farbigen Flüssigkeiten aufgefunden, die in die engsten Verzweigungen drangen und dort allmälig erstarrend, die letzten Capillaren zeigten. So erwarb er sich Verdienste um die feinere Anatomie und um den technischen Theil einer Wissenschaft, in der bereits alles entdeckt zu sein scheint. Wollte er uns einmal besonders wohl, so kündigte er uns nicht ohne Förmlichkeit an, daß er uns „zu besonderer Augenweide" ein Präparat zeigen wolle, wie selbes noch kein anatomisches Cabinet der Welt aufzuweisen habe. Er pflegte dann von den groteskesten anatomischen Objecten zu behaupten, daß sie „den Boudoirtisch jeder Dame schmücken würden und einen Platz auf demselben verdienten". „Diese Objecte," fügte er dann schwunghaft hinzu, „haben ja auch den Werth von Juwelen!"

Der „Mann der Leichen und der Bücher", wie er
sich schon damals nannte, war immer unnahbar, feierlich
und ernst, aber er hatte zuweilen humoristische Anwandlungen, die bei seiner sonstigen Weise um so frappanter
wirkten. Nur ein Beispiel davon. Israel war unter uns
stark vertreten und wir hatten neben den in Prag stark
verbreiteten Bebeles, Fleckeles, Kneipeles und Zeiteles auch
einen Collegen Jerusalem. Als nun dieser in der Semestral-
prüfung Unglück gehabt hatte, trat der Professor Tags
darauf mit grotesker Trauermiene in den Saal, schlug
nach der gewohnten langen Pause die Hände zusammen und
rief klagend: „Weine, Israel, weine. Zerreiße deine Kleider,
bestreue dein Haupt mit Asche. Jerusalem ist gefallen!"

Ja, der Mann, der mit Timon von Athen sagen
konnte: „mein Name ist Misanthropos", war auch humo-
ristischen Anwandlungen zugänglich. Wir aber waren der
Ansicht, daß Jerusalem haben fallen müssen, um dem
Professor Anlaß zu diesem Witze zu geben.

XII.

Professor Redtenbacher.　　　Das verschlossene Zimmer.

Im zweiten Jahrgang der Medicin hatten uns Chemie
und Physiologie ganz in Anspruch genommen.

Professor Redtenbacher, unlängst als Professor der
Chemie nach Prag berufen erschien mir als ein Phäno-

men. Eine ähnliche Beherrschung des schwierigsten Stoffes, wie sie ihm zu eigen war, ist mir nie wieder vorgekommen. Er erschien, ein Weltmann durch und durch, im modernsten Anzug und wußte spielend, in einer Art Uebermuth der Genialität die complicirtesten Rechnungen auf die Tafeln zu zaubern, leider auch mit einer Schnelligkeit, der zu folgen sehr schwer war. Seine Experimente wurden mit einer unirrbaren Virtuosität vorgeführt: er hantirte mit den hundert Fläschchen auf dem Tische, wie etwa Thalberg vor seiner Claviatur. Es war etwas Kaltes, aber auch etwas unendlich Ueberlegenes in der Art und Weise dieses noch ganz jungen Mannes, eines Lieblingsschülers Justus Liebigs. Er ist der Wissenschaft vorfrüh entrissen worden.

Die Physiologie lag in Hyrtl's Händen. Handbuch war uns Johannes Müller. Doch die alte Tradition verlangte damals noch lateinischen Vortrag der Physiologie. Hyrtl fügte sich dieser obsoleten Anordnung, doch nur scheinbar, indem er zwischendurch Prolegomena lateinisch vortrug. Er liebte es, ein Cicero medicus, mit seinem classischen, an Antonio Scarpa und Andreas Vesal genährten Latein zu prunken.

Ich wüßte gerne, wie sich der große Hyrtl seitdem zu Darwins Descendenz- und insbesondere Selectionstheorie gestellt hat. Damals stand er fest auf teleologischem Grunde. Die Frage: zu welchem Zwecke ist dies? wurde immer gestellt. Ich habe von dieser früh aufgenommenen Anschauung nie loskommen können. Ich kann dem Be-

griff des Zweckes, eines mir unentbehrlichen Fundamental-
begriffs, nicht entsagen, mag ihn die neuere Wissenschaft
immerhin als veraltete Hineindichtung verdammen. Wie,
von hundert anderen Erscheinungen nicht zu reden, auf
dem Wege der bloßen Anpassung ein augenloses Geschöpf
sich in ein mit Augen versehenes verwandelt, oder wie
durch zufälliges Saugen eine einfache Hauttalgdrüse sich
in eine solche umbildet, die dem Neugeborenen seine zweck-
mäßige Nahrung spendet, dies und hunderterlei anderes
ist mir bis heute unauffindbar geblieben . . . . . .

Inzwischen war unser Prosector, sonst der offenste,
treuherzigste Mensch auf Gottes Erde allmälig eine räthsel
hafte Persönlichkeit geworden. Es nahm seinen Anfang
damit, daß von den beiden Zimmern, die er bewohnte,
eines jetzt stets verschlossen blieb und der Hausherr seinen
Besuchern gegenüber behauptete, den Schlüssel verloren zu
haben. Aus dem Zimmer heraus roch es aber so seltsam . . . . Es waren keine anatomischen Gerüche, vielmehr, seltsam genug, der Duft von Harz und Weihrauch.
Um dieselbe Zeit ereignete es sich, daß ein Freund,
Dr. Lindblatt, als er den Tabaksbeutel suchte, zufällig
des Prosectors Commode Schublade öffnete und darin
zwei Frauenschuhe von carmoisinfarbigem Sammt, mit
Gold gestickt, fand. Der Schnitt derselben war wunderlich, schier wie aus der ersten Zeit des deutschen Mittelalters. Das Räthsel verwickelte sich. „Was ist das?"
fragte der Freund. „Du beherbergst doch nicht etwa im
verschlossenen Zimmer eine asiatische Prinzessin?"

„Dummes Zeug!" erwiederte der Prosector leicht erröthend. „Siehst Du denn nicht, daß diese Schuhe, trotzdem sie wie neu aussehen, uralt sind?"

Es war wirklich so.

„Bist Du etwa Antiquar geworden?"

„Und warum nicht? Du sammelst alte Bilder und hängst sie mit berühmten Namen darunter in Deinem Zimmer auf. Warum soll ich mich nicht für altes Costüm interessiren?" „Sieh," sagte er, indem er die Schublade wieder öffnete und einen sorgfältig verwahrten Gegenstand herausnahm, „da habe ich auch ein schönes, weiß atlaßnes Jäckchen."

„Wahrlich, es sieht wie das „Kürsit" einer deutschen Edelfrau zu Gottfried von Straßburgs Zeit aus," sagte Lindblatt. „Doch es kann ja auch ein Stück aus einer Theater Garderobe sein. Du wirst doch nicht ein Dämchen auf den Maskenball führen wollen?"

Der Anatom schüttelte den Kopf auffällig und brachte das Gespräch auf andere Dinge.

Bald nachher sah einer von uns, der zufällig in eine Kirche getreten war, zu seiner größten Ueberraschung unsern Freund im Gespräch mit dem Pfarrer des Sprengels. Was war das! Wollte der Gelehrte heiraten? Doch wohl nicht gar die abenteuerliche Persönlichkeit, der die altdeutschen Schuhe und die Atlasjacke gehörten? Wieder ein anderer traf den Prosector in einem Klosterhofe in eifriger Unterredung mit mehreren weißberockten geistlichen Herren. Unbegreiflich! Neigte er, jüngst noch ein entschiedener Materialist, zum Pietismus? Nun erhielt er Einladungen zu dieser und jener Klostertafel. Man stutzte, man zerbrach sich den Kopf.

Wochen vergingen. Warum war jetzt zu seiner Wohnung der Zutritt so schwer zu erlangen? Warum meldete er sich erst, nachdem man lange geklopft und er sich nach dem Namen des Besuchers erkundigt? Was waren das für Männer, denen ein Freund spät Abends auf seiner Treppe begegnete? Sie trugen einen mit einem großen Tuch bedeckten Gegenstand und schafften ihn mit großer Vorsicht hinauf. Es sah aus wie ein Sarg, aber dabei klirrte es wie von vielen Fenstern. Der Prosector kam mit dem Lichte in der Hand aus der halbgeöffneten Thür hervor und sagte wiederholt: „Schon da? Nur sachte   und Acht geben   Acht geben!" Darauf verschwand das Ding, das einem Sarge glich und unter dem bedeckenden Tuche wie lauter Fenster klirrte, in des Prosectors Zimmer; er selbst aber antwortete dem Besucher, der auf der Treppe stehen geblieben war und ihn fragte, was man ihm da bringe? „Nichts, was der Mühe lohnt, daß man davon spricht! Gute Nacht! Kommen Sie gut herunter." Und damit war er verschwunden.

Nein, hier handelte es sich augenscheinlich um große Geheimnisse. Jedoch, wie mit der Zeit so Vieles an den Tag kommt, so auch hier. Unser Freund hatte sich auf einen Zweig der Osteologie geworfen, welche man vielleicht   wenn der Ausdruck nicht allzugewagt erscheinen sollte   religiöse Osteologie nennen könnte. Die Sache

verhielt sich so: von einem durchreisenden berühmten
Arzte, der mit einer Gesellschaft die Domkirche und die
auf dem Hradschin gelegenen Kirchen besichtigte, sollte
bei einem Reliquienschrein die Bemerkung gemacht worden
sein, der darin verwahrte Heilige habe zwei rechte Schenkel=
beine. Diese Bemerkung war höheren Persönlichkeiten
und schließlich dem Cardinal=Erzbischof zu Ohren gekom=
men. Daß mit Reliquien nicht alles so bestellt ist, wie
es sein sollte, ist eine nicht zu leugnende Thatsache. Nicht
nur, daß gewisse heiliggesprochene Personen, welche un
zweifelhaft nur einmal gelebt haben, im Reliquienzustande
mehrmals vorkommen; es weisen auch Heilige, die sich
im Leben blos der normalen Anzahl von Gliedmaßen
erfreuten, im Reliquienzustande einen Ueberschuß von
Gliedmaßen auf. Es ist damit fast wie mit den Nägeln vom
Kreuze Christi, von welchen die Kirchen des Morgen=
und Abendlandes wohl an hundert Stück besitzen. So
kommen z. B. drei Arme der heiligen Anna, drei Arme
der Mutter Maria vor   in Köln, Nürnberg und Rom
     und Arme des heiligen Vitus sind in Siena und im
Dom zu Bamberg verwahrt, ohne daß darum, wie man
vermuthen möchte, dem Leibe dieses Märtyrers, den die
Prager Domkirche in ihrem Schooße verwahrt, irgend ein
Arm mangele. Es ist aber auch notorisch, daß in der
Anordnung und Aufstellung heiliger Ueberreste manches
seltsam und problematisch erscheinen muß, so daß Ana=
tomen von Fach darüber den Kopf schütteln. Genug,
die Bemerkung des durchreisenden Arztes hatte starke

Bedenken wachgerufen, so daß man eine Revision des gesammten Heiligenmaterials, eine kritische Prüfung durch einen Fachmann und theilweise Reparatur für nöthig gehalten hatte. Nun erklärten sich des Herrn Projectors Kirchenbesuche, die Einladung zu Klostertafeln, sein heimliches Arbeiten, die Vorfindung der seltsamen Schuhe, die alterthümlichen Gewänder in der Schublade und der geheimnißvoll herangeschaffte Kasten, der wie ein Sarg aussah und wie ein Fenster klirrte . . . .

Der Mann von Kraft und Stoff reparirte eine Anzahl Heilige. Es läßt sich nicht anders annehmen, als daß er die heiklige Aufgabe mit gewohnter Geschicklichkeit und der Sachkunde des Gelehrten löste.

XIII.

Noch nie hatten mir die Ferien in Karlsbad so wohl gemundet. „Von morgen an," sagte mein Vater zu mir, als er vom Brunnen heimkam, „wirst du Tanzstunde haben. Ich habe eben mit Madame B . . . . ska gesprochen. Es ist ein französischer Tanzmeister in Karlsbad eingetroffen und gibt der kleinen Celeste und noch einem paar ihrer Freundinnen Unterricht. Du sollst daran theilnehmen, es wird dir zu statten kommen. Du bist schrecklich ungelenk und unbeholfen." Ich hätte bei dieser Nachricht gleich vor Freude tanzen mögen. Wer war glücklicher als ich! Ich kannte schon längst die zierliche Gestalt vom zartesten Bau, mit den goldglänzenden Haaren, den tiefbraunen Augen, dem lieblichen Munde, in der linken Wange ein Grübchen, das sich bildete, wenn ein Lächeln über ihr Gesicht flog. Mit zwanzig Jahren weiß ein Student schon recht gut, wenn Mädchen hübsch sind. Celeste schien mir das reizendste Kind, das ich je gesehen.

Als ich am andern Morgen mich zu Madame B.....ska begab, fand ich neben Celeste noch drei andere junge Damen, gleichfalls Polinnen. Da war Fräulein Wanda, ein bildschönes Kind von sechzehn Jahren mit rabenschwarzem Haar und gleichen Augen, Fräulein Isa, eine stille, liebenswürdige Blondine, die Anmuth und Bescheidenheit selbst, endlich eine drollige Kleine, deren Namen ich vergessen habe.

Und der Professor der Tanzkunst stellte sich vor, ein kleines, uraltes, verwittertes Männchen, in feinstem, schwarzen Anzuge, mit grauem Haar, pedantisch trocken, der echte französische Tanzmeister. Nach einem feierlichen Schweigen, das als Vorbereitung gelten sollte, erhob er sich langsam auf seine Fußspitzen und eröffnete uns seine Absicht, uns in das Geheimniß eleganter Bewegungen einzuweihen. Wir mußten uns in zwei Reihen aufstellen, er zeigte uns die Positionen und forderte uns auf, ihm allerlei Pliez nachzumachen.

Monsieur Gaillard hatte auch eine ganz kleine Geige bei sich, eine Taschengeige, die längst verschollene Pochette,

der er mit dem Fiedelbogen dünne, grelle, häßliche Töne
entlockte. Er spielte uns die erſten Tacte einer Gavotte
vor. Bis dieſe aber getanzt wurde, dazu war es noch
weit hin. Es galt, die Kunſt in ihren Principien zu
erfaſſen. Eine Erklärung der Fußſtellungen, langſamere
und elegantere Kniebeugungen, Verſuche feierlicher Com=
plimente füllten eine ganze Reihe von Stunden aus.

So mancher Jüngling hat ſich bei Tanzſtunden ſein
Herz verbrannt: ſo ging es auch mir. Celeſte war, als
die Feſſeln der erſten Befangenheit gelöſt waren, mir mit
einer Offenheit und Liebenswürdigkeit entgegengeflogen,
als ſeien wir ſeit Jahren gute Bekannte. Weniger Adels=
ſtolz als ſie konnte man nicht haben. Sie war ganz
kindliche Offenheit, ganz Schelmerei, ganz argloſe Unbe=
fangenheit. Sie konnte Kreuz= und Querfragen ſtellen,
ſchwatzen, tändeln, lachen und ſie hatte ein Geſichtchen,
eine Art, einen Ton, Alles zu ſagen ich hätte gleich
am erſten Tage im Uebermaß der Hingeriſſenheit vor ihr
niederſtürzen und ihr ſagen mögen, daß ich ſie liebe . . . .

Nur allzubald geſtanden tiefe Seufzer, glühende
Blicke, verſtohlene Händedrücke und dergleichen Zeichen der
lautloſen Liebesſprache eine Glut, die im gepreßten Herzen
nicht mehr zu bewältigen war. Es wurde mir ermuthi=
gende Antwort zu Theil, aber eine ſchweigende nach
Mädchenweiſe. Seitdem ich ein gewiſſes Band, eine
gewiſſe Haartracht gelobt, erſchien Celeſte immer mit der=
ſelben. Das iſt der Selam der jungen Mädchen, die
damit bedeutungsvoll ſagen: Ja, ich will dir gefallen!

Meister Gaillard trieb noch immer seine Künste mit uns. Die vier jungen Damen mußten vor ihm auf- und niederschweben gleich den Horen, den Homer'schen Luft- und Windgöttinnen, den Pförtnerinnen des Himmels, „von denen alle Reize des Frühlings kommen"; ich aber war deren ungelenker, unmythologischer Begleiter. Den ersten Theil der Stunde füllte noch immer die Uebung der fundamentalen Bewegungen aus: „Allons mesdemoiselles!" und er hob sich auf den Spitzen seiner Zehen, während er einen kreischenden Strich auf seiner Geige machte. Und nun galt es, sich vorwärts, seitwärts und in der Diagonale in geschleiften Schritten zu bewegen.

Oft hatten wir lange Zeit in den sonderbarsten Positionen auszuharren. Meister Gaillard hielt Revue. Die jungen Damen hatten ihre Röcke hoch aufzuschürzen, daß die netten kleinen Füßchen bis über die Knöchel sichtbar wurden. Nun schritt der Meister hinter die Front. Wenn ihm die Haltung einer nicht gefiel, legte er die kleine Geige bei Seite und drückte der Huldin die Schulterblätter so aneinander, daß die vordrängende Brust das Kleid fast sprengte. Darüber verfiel ich nicht selten in zerstreutes Nachdenken, so daß ich auf einem Flecke stehen blieb und meine Pas zu machen vergaß. „Nur Muth, Muth! Nicht verzagen!" rief Meister Gaillard. „Vorwärts! Es wird schon gehen . . . . Wir werden auch aus Ihnen allmälig einen Menschen machen! Fortgesetzte Uebung vermag selbst einen Klotz in einen Seraph umzuschaffen!"

Im zweiten Theile der Stunde wurde dann der Uebergang zum Menuett gemacht, wir rückten in demselben, wie wenn es einem schweren classischen Autor gälte, in jeder Lection um ein paar Tacte vor.

Doch was waren mir jetzt diese Stunden! Erst wenn sie vorüber, ging für mich das Leben an. Ich war nun in die Zahl der guten Bekannten getreten und durfte nach jeder Lection eine Zeit lang bei Celeste und ihrer Mutter verweilen.

Madame B . . . . . ska, seit Jahren Witwe, war eine noch wohlerhaltene Frau in der Mitte der Vierzig. Sie war zweimal verheiratet gewesen; Celeste war ihr Kind aus erster Ehe. In beiden Ehen, hieß es, habe sie traurige Erfahrungen gemacht; ihr erster Gatte, Graf Z . . . . . ki, war ein Spieler, der zweite ein Trunkenbold gewesen. Sie hatte ein ursprünglich großes Vermögen allmälig eingebüßt, ihre Güter waren ihr abhanden gekommen, dessenungeachtet war sie noch voll Lebenslust und konnte ohne Geselligkeit nicht bestehen.

Bei Celeste's Erziehung war, wie ich es jetzt einsehe, von Unterricht nie viel die Rede gewesen. Wissenschaften, Sprachen, Künste — über die hatte sie sich wohl nie den Kopf zerbrochen. Sie hatte nie etwas systematisch gelernt. Französisch sprechen, etwas weibliche Arbeiten, ein klein wenig Piano und Zeichnen — das war alles. Und doch besaß sie Talente — Talente, deren sie sich allerdings kaum bewußt war.

Sie hatte ein ausgesprochenes künstlerisches Element in sich, das ein gesteigerter Schönheitssinn war. Wie

wußte sie in den beiden Zimmern alles malerisch und
poetisch zu ordnen und zu gruppiren, daß es darin gar
nicht wie in einer Miethswohnung aussah! Mit den
Epheuranken und Schilfrohren, mit den Feldblumen und
Gräsern, die sie von ihren Spaziergängen heimbrachte,
wußte sie die bizarrsten Decorationen zusammenzustellen.
Ueberall waren Blumen angebracht. Und unter diesen
Blumen bewegte sie sich langsam, wie ein etwas müde
Falter.

Sie war eine Träumerin und hatte eine eigenthüm
liche Trägheit in ihrem Wesen, die wie physische Ermüdung
aussah. Stundenlang lag sie auf ihrer Causeuse mit einem
Buche in der Hand und träumte so hin mit großen, weit
geöffneten Augen. Märchen, Kindermärchen, die von
Prinzen und Feen erzählten, waren ihre Lieblingslectüre.
Und was sie für eine Langschläferin war! Täglich versprach sie, am andern Morgen recht früh aufzustehen und
an den Brunnen zu kommen, immer wieder hatte sie ver-
schlafen.

„Ach, schlafen ist so süß," sagte sie, wenn ich ihr
Vorwürfe über ihr Nichterscheinen machte. „Ich habe
so wunderschöne Träume, besonders gegen Morgen. Da
sehe ich alles, wovon ich tagüber in meinen Märchen-
büchern lese. Zankt mich nur nicht aus: es ist stärker
als mein Wille".....

Die Mutter stellte sich nun, als ob sie schmolle,
brachte es aber nicht zu Wege. Celeste war ein ver-
wöhntes Kind und konnte thun, was sie nur mochte.

Einmal war bei Madame B . . . . . eine große Soirée. Frédéric Chopin war in Karlsbad angekommen und wurde von seiner Landsmannschaft sehr gefeiert. Er hatte zugesagt, zu erscheinen. Er kam in der That und ich hörte ihn spielen, was zu meinen interessantesten Erinnerungen aus jener Zeit gehört. Chopin's Vortrag war eigenthümlich zart und wie mir schien, traumhaft und regellos. Es war, als kehre er sich an gar keinen Tact und an kein Tempo, bald stürmte er vorwärts, bald hielt er zurück — sein Spiel machte den Eindruck einer Flamme unter einem Luftzuge, die jetzt hoch aufflammt, jetzt zu verlöschen scheint.

Später wurden die Stühle in einen großen Kreis gerückt, eine Dame setzte sich an's Clavier, das der Meister verlassen hatte, die Flügelthüren wurden aufgethan und herein schwebten, sporenklirrend, zwei Krakusen. Im Tänzer erkannte ich sofort Celeste. Sie trug einen blauen polnischen Rock, der bis an die Knie hinabreichte, weite bauschige Beinkleider und niedliche rothe Stiefel. Auf ihrem goldblonden Haare, das gekräuselt und aufgewickelt war, daß es dem Gelocke eines Knaben glich, saß schief aufgesetzt eine blaue Mütze mit viereckigem Deckel. Ein mondsichelförmig geschweifter Säbel hing von ihrem reichen seidenen Gürtel herab. So schwebte sie herein bei den Klängen der Mazurka, ihre Partnerin, die dunkellockige Wanda, an den Fingerspitzen haltend und sie mit den Blicken fixirend. Jetzt führte sie ihre Erwählte im Kreise herum im Ausdrucke des Gesichtes ein zartes Schmollen

über die Zaghaftigkeit der Kleinen, die in ihrer zobel
besetzten Kazawaika, ihren niedlichen rothen Stiefelchen,
ihrer Sammetmütze auch gar lieblich aussah. Jetzt war
diese ihr entschlüpft und Celeste verfolgte sie, mit den
glühenden Augen sie keinen Moment freilassend. Jetzt
endlich hatte sie die Flüchtige erreicht, faßte sie und
schwenkte sie um und um in ekstatischer Lust, während
die Sporen der kleinen Füße laut in diesem Jubel mit
klangen. O, welcher Tanz! Es war alles da   ein
Muthwille, eine Sicherheit, ein Tragen des zierlichen
Körpers, ein Werben, ein Liebesdrang   Poesie in jeder
Bewegung.

Mir war Sehen und Hören vergangen. Stumm,
geistesabwesend, unfähig ein Wort hervorzubringen, ganz
Auge geworden, stand ich da. Erst Meister Gaillard
weckte mich aus meiner Verzückung. „Nett, nett, aber
eigentlich kein Tanz!“ äußerte er. Verächtlich wendete
ich dem Dickhäuter den Rücken.

Nur zu bald war alles vorüber. Das polnische
Tänzerpaar war verschwunden, Alles rückte an kleinen
Tischen zum Nachtessen zusammen. Celeste, zum Fräulein
zurückmetamorphosirt, erschien wieder. Sie setzte sich mir
gegenüber, machte an unserem Tische die Hausfrau, unsere
Gläser klangen zusammen. Unser Einverständniß konnte
für die, die neben uns saßen, fast kein Geheimnis mehr sein.

An diesem Tage ging ich selig nach Hause. Noch
beim Fortgehen hatte ich den vielsagenden Druck einer
kleinen Hand verspürt. Tanz, Wein, Celeste's Liebreiz –

alles das wirkte zusammen: ich faßte meine Brust mit beiden Händen und meinte, sie müsse zerspringen. So süße Wohlgerüche hatte der Gartenplan noch nie gespendet, so lieblich hatte ich die Sterne noch nie funkeln sehen. . . . Nein, sagte ich zu mir, das ist kein Mädchen, das ist ein Engel!

Aber ach, das Scheiden stand vor der Thür. Noch zwei Tage, dann hieß es: Auseinander! Wer nennt doch die Schwere des eisernen Wortes: Scheiden! Nur eine Spanne Zeit gehörte uns noch, und eigentlich auch die nicht mehr! . . .

Ich sah Celeste ein letztes Mal allein und ergriff ihre Hand. Ich nannte sie mein Liebstes auf der Welt, ich bekannte, daß ich es als das größte Unglück fühle, ihr Wohlwollen, ihre Freundschaft, ihre   nein, ich sagte ihr das eigentliche Wort nicht   zu verlieren. Ihre Augen leuchteten mir entgegen und sprühten in Thränen: „Wir sehen uns wieder," sagte sie. „Nächstes Jahr, gewiß, nächstes Jahr! Ich schwöre   ".

„Schwöre nicht," sagte ich. „Ich will nichts, das Dich bindet. Nichts beschränke die Freiheit Deines Herzens. Vergiß mich, wenn Du kannst. Ich werde es für das Härteste halten, das mich treffen kann, aber Dir nicht zürnen. . . . ."

„Nein, keinen Andern," sagte sie und flog an mein Herz. Noch bildeten wir eine Gruppe à la Pyramus und Thisbe, als durch die offen gebliebene Thür Jemand eintrat. Es war die Mutter. Sie blieb stehen und sagte im Tone der Verwunderung, aber doch sehr ruhig:

„So steht es zwischen Euch? . . So? . . . . Kinder, Kinder, es ist gut, daß Ihr bald auseinander kommt!“

Am andern Morgen in aller Frühe war Madame B . . . . . ska mit ihrer Tochter abgereist.

XIV.

Im allgemeinen Krankenhause.   Oppolzer.   Professorengeschichten.

Ein paar Monate später befand ich mich auf einem ganz anderen Schauplatz. Ich war die längste Zeit des Tages einquartiert und angesiedelt im allgemeinen Krankenhause. Noch oft versetzt mich ein Traum in das ungeheure Haus mit den weiten Sälen, in denen die Krankenbetten durch Schirme geschieden, nebeneinander stehen. Ich wandle in den hallenden Gängen. Und jetzt aus dieser, jetzt aus jener Thür treten Männer im Gefolge ihrer Schüler – fast jeder mit einer charakteristischen Physiognomie – ich erkenne die Züge Derer, auf deren Antlitz mein Blick einst mit Verehrung, Achtung, ja Andacht geweilt hat.

Wohl eine andere Zeit als die heutige! Wer möchte behaupten, daß Prag heute noch in der medicinischen Welt gar viel bedeute? Damals aber war es, als habe aller wissenschaftliche Geist Oesterreichs sich in den medicinischen Studien concentrirt. Eines großen Rufs vor allem genoß die medicinische Hochschule Prags. Sie

zählte Männer in ihren Reihen, die in der Wissenschaft
tonangebend waren und aus allen deutschen Ländern, aus
Rußland und der Schweiz kamen Schüler herbei, ihren
Vorträgen zu lauschen. Diese bildeten, alljährlich sich
erneuernd, eine Fremdencolonie, die viel studirte, viel
braunes Bier trank und gelegentlich auch viel Lärm
machte in den melancholischen Gegenden in der oberen
Neustadt, zwischen dem „Steinernen Tisch" und dem
„Windberg". Die Männer, die damals zugleich oder
doch rasch hintereinander in diesen Räumen wirkten —
sei es als Professoren oder Assistenten — werden in der
Geschichte der Medicin ihren Platz behalten. Ich nenne nur
die Namen J. Oppolzer — Pitha - Arlt — Hammernjk
— Bochdalek — Scanzoni — Josef Hasner. . . .

Die bisher übliche Medicin hatte durch diese Männer
eine vollständige Umgestaltung erfahren. Müde des
Wechsels von Systemen, von denen das eine das andere
widerlegen will, wollte man lediglich auf der sicheren
Basis der reinen Erfahrung bleiben. Jede aprioristische
und philosophische Speculation war verbannt, man hielt
sich lediglich an das, was die fünf Sinne an die Hand
gaben, drang aber auf die gründlichste und allseitigste
Krankenuntersuchung. Es wurde sehr scharf beobachtet,
fast durchwegs mit Zugrundelegung der von Skoda und
Rokitansky gewonnenen Resultate. Allerdings, in Bezug
auf Therapie interner Krankheiten waltete bei uns eine
arge Skepsis. Man ließ die Krankheitsprocesse ihren
Verlauf nehmen und beschränkte sich darauf, ihre Ver-

heerungen möglichst einzudämmen. Es gab auch einen crassen Widerspruch zwischen der Masse der Heilmittel, die man in der Pharmakologie aufzählen gelernt hatte, und der Zahl derer, die man wirklich anwendete. Man kam mit gar wenig aus, und die Gegner konnten mit Recht sagen, daß die damalige Prager Schule sich bescheide, die Kranken zu beobachten, anstatt es zu versuchen, sie zu heilen.

Wir hatten ausgezeichnete Männer an unserer Anstalt, unser klinischer Lehrer, Professor Oppolzer, damals noch in den Dreißiger Jahren stehend, überragte sie alle an Geist und Persönlichkeit. Er genoß schon eines ausgebreiteten Ruhmes. Seine Lehrgabe war groß und selten; seine Klarheit in der Entwickelung des Lehrstoffes, sein großer, ja unfehlbarer Blick am Krankenbette, seine Ruhe, Würde und Sicherheit machten ihn zum Vorbild eines Arztes.

Er war ganz seiner Pflicht hingegeben und lebte einzig seinen Kranken und der Wissenschaft. Zu allen seinen großen Eigenschaften trat aber als schönste die Humanität. Er war den Bedürftigen und Armen wie ein brüderlicher Freund und empfand es fast als ein Zugeständniß und als eine Verkürzung seiner eigentlichen Gemeinde, wenn er an das Bett der Begüterten und Vornehmen trat. Er schränkte darum seine äußere Praxis so viel als möglich ein.

Er hatte einen schönen Johanneskopf, auf dem ein ernstfreundliches Lächeln wie festgehalten stand, ein bart-

loses Gesicht von blühendem Roth, und trug das dunkel-
blonde Haar fast bis auf die Schultern fallend. Von seiner
Persönlichkeit ging ein Zauber aus, den Alle empfanden.
Jeder Kranke richtete sich auf, jedes müde Auge begann
zu leuchten, wenn er in die Nähe kam.

Er war geradezu bezaubernd in seinem Umgang
mit Kranken, immer gut, ein freundlicher Tröster, immer
geduldig: kein barsches Wort kam von seinen Lippen.
Irgendwelche Scheu kannte er nicht. Auch der stärkste
Grad der Ansteckungsfähigkeit einer Krankheit konnte ihn
von der genauesten Untersuchung nicht abhalten. Es
war grausig und bewundernswürdig zugleich, wie er, als
ob er gefeit wäre, sein Ohr der Brust eines am Fleck-
typhus Erkrankten auflegte, ruhig die Herzenstöne belau-
schend, als ob da keine Gefahr sei. Aber, gut wie er war,
zwang er keinen seiner Schüler, es ihm darin nachzuthun.

Geld schien für ihn keinen Werth zu haben. Jeden
Nachmittag, bis spät in die Dunkelheit, empfing er in
seiner Wohnung Leute, die bei ihm Hilfe suchten, und
nahm von ihnen kein Entgelt für seinen Rath entgegen.
Waren die häuslichen Consultationen vorüber, erschien er
wieder zum Abendbesuch auf der Klinik. So verging
ihm Tag um Tag, er kannte keinen Spaziergang, suchte
keine Zerstreuung. Einem Fond für die Pflege erkrankter
Studenten pflegte er alljährlich schlicht und einfach eine
Banknote von Eintausend Gulden zuzuwenden.

Den schärfsten Gegensatz zu Oppolzer, den Edlen
und Milden, nicht sowohl was die wissenschaftliche Ueber-

zeugung, als was den Charakter betraf, bildete Professor
Hamernjk, der der Klinik für interne Krankheiten auf
der wundärztlichen Abtheilung vorstand. Er war ein
geborener Czeche und merkwürdig unbeholfen in der
Handhabung der deutschen Sprache. Als Arzt stellte er
sozusagen die äußerste Linke in der damaligen Medicin
dar, als Mensch war er die Incarnation des kaustisch
scharfen Verstandes ohne jede auffindbare Gemüthsseite.
Seiner Ueberzeugung zufolge, daß nur die Natur selbst
unter Beihilfe passender Diät die Krankheitsprocesse heile,
war er ein abgesagter Feind aller Arzneimittel, die seiner
Ansicht nach der alten alchymistischen Epoche der Medicin
entstammen. Seinen gesammten Arzneischatz bildete Wasser
– natürlich nur solches, das nicht von „Chemicalien
verunreinigt" war, etwas Chinin, etwas Jodkali, etwas
Morphium. Und seine sonstigen Ueberzeugungen! Welche
Fortschritte auch seitdem die materialistische und pessi-
mistische Anschauung gemacht haben mag, schärferen
Ausdruck in einem Kopfe hat sie wohl schwerlich gefunden!

Hamernjk büßte bald seine Stellung ein und zwar
aus Ursachen, die mit der Wissenschaft nichts zu thun
hatten: er war seit langer Zeit schon die Zielscheibe
clericaler Denunciationen. Er hatte Conflicte mit dem
Spitalgeistlichen gehabt. Hamernjk, der unverbesserlich
Ungläubige, dachte gering von den Tröstungen, die der
Priester an's Sterbebett bringt und sah in dessen letzten
Besuchen nur schädliche, ja verderbliche Beunruhigungen

der Sterbenden sowohl, wie der umliegenden Kranken. Wenn der Spitalgeistliche dahergekommen war im vollen Ornate, die Monstranz in Händen, da pflegten alle Kranken im Saale unter ihre Decke zu schlüpfen, denn es war Volksglaube, daß der, den der Priester mit dem Blicke oder dem Kleide streife, demnächst selbst an die Reihe komme. Und die Folge davon im ganzen Krankenzimmer waren beschleunigte Pulse, erhöhte Temperaturen, schlaflose oder unruhige Nächte. Der Geistliche dagegen, verpflichtet, die Sterbenden mit den Gnadenmitteln der Kirche zu versehen, wenn diesen nicht unermeßlicher Schaden an ihrer Seele zugefügt werden sollte, hatte seinen Standpunkt zu vertheidigen. So gab es Conflicte und endlich Berichte an die oberen geistlichen Behörden.

Die Sache wurde ärger, als Hamernjk nun — er sagte, es wäre der Wanzen wegen — die kleinen bunten Heiligenbilder hatte wegreißen lassen, welche gläubige Wärterinnen an die Tapetenwände zwischen den Betten aufzukleben pflegten, ein andermal den Kranken die Gebetbücher weggenommen und verächtlich bei Seite geworfen hatte. Angeberei und Denunciation gelegentlicher extravaganter Aeußerungen trieben die Sache auf die Spitze. Hamernjk kam um seine Stelle. Er ward vom Ministerium unter möglichst schonender Form seiner Professur enthoben.

Es läßt sich von ihm sagen, daß er als Diagnostiker seines Gleichen suchte und daß es sich unzählige Male am Sectionstisch erwies, daß der menschliche Organismus mit seinen geheimsten Complicationen für ihn gleichsam durchsichtig war. Anderseits ist ein Kliniker, der alle Pharmakopoe leugnet, eine fast unmögliche Existenz. . . .

Noch mancher andere Name, der jetzt der Geschichte der Medicin angehört, wäre hier zu nennen, denn, wie gesagt, die Prager Facultät vereinigte damals die ausgezeichnetsten Forscher wie in einem Kranze. Aber es ist hier nicht der Ort, ihrer zu gedenken. Natürlich fehlte es auch bei uns nicht an bizarren Figuren; sie waren gleichsam die Folien und Gegensätze jener Ersteren. Denn wo der Eifer, Großes zu leisten, Alles durchdringt, und das Streben, sich hervorzuthun, an der Tagesordnung ist, wird immer zugleich auch das Komische geboren, weil der mittelmäßige Kopf sich den Heroen gleichzustellen sucht.

Wer es aus seinen Erinnerungen heraus noch zu schildern vermöchte, dies Professoren- und Studentenleben mit seinen leidenschaftlichen Episoden, die nie fehlen, wo scharf ausgeprägte Charaktere nebeneinander wirken, das Alte seinen Platz behaupten will und junges Verdienst nach Anerkennung ringt! Wer sie noch zeichnen könnte, diese Charakterköpfe, wie sie sich aus dem eigenthümlichen Rembrandt'schen Halbdunkel hervorheben, das in einem Spital waltet! Wenn uns der Griffel eines Callot oder die Feder eines Dickens, Bilder, Porträts aus dieser Zeit malte!

Leider wird alles ungeschildert in die Vergessenheit zurücksinken. Sei mir vergönnt, nur eine heitere Episode zu zeichnen, wie sie mir bei einer flüchtigen Ueberschau jener Tage entgegenblitzt.

Es war eben ein Buch erschienen voll Gemeinplätze, „Reisen durch die Bäder Böhmens" genannt, in welchem jedoch ein auffälliger und anstößiger Satz frappirend hervortrat. Derselbe lautete:

„Wie Dresden die Stadt der Buckligen, so ist Prag die Stadt der Einäugigen zu nennen."

Auf Niemand wirkte dieser Satz aufregender, als auf den guten alten Professor Fischer, den Vorstand der opthalmologischen Abtheilung. Sah er doch darin einen Vorwurf, seiner Behandlungsmethode ins Gesicht geschleudert, eine persönliche Beleidigung, da er sich doch seit Menschengedenken als den ersten Augenarzt Prags und den Begründer der Opthalmologie auf der dortigen Hochschule ansah.

Zornentbrannt begab sich der alte Hitzkopf zum „Protomedicus" Nahderny.

„Haben Sie schon das schändliche Büchlein von Dr. Plöß gelesen?" rief er beim Eintreten in das Bureau des Gewaltigen und schwang die Broschüre in der drohend erhobenen Hand. „Da steht es und ich habe die Stelle roth angestrichen: „Wie Dresden die Stadt der Buckligen, so ist Prag die Stadt der Einäugigen." Als Beleg dafür gibt er an, er sei noch nie in einer Stadt gewesen, in welcher so viele Leute eine schwarze Binde über einem

Auge tragen. Abscheuliche, niederträchtige Verleumdung! Ist Prag vielleicht ein anderes Cairo, eine Stadt der Cyklopen? Die ganze Facultät Prags ist durch diesen Ausspruch beleidigt, und muß wie ein Mann gegen die Anklage dieses Dummkopfes Protest erheben."

„Sie meinen?" fragte der Gubernialrath.

„Kann da ein Zweifel obwalten?" rief der Alte. „Bedeutet es nicht so viel, als daß wir in der Augenheilkunde hier zu Lande hinter anderen Staaten zurück sind? Die Behauptung ist die eines ungerechten, böswilligen Ignoranten, ich aber bin gesonnen, ganz gehörig gegen dieselbe anzutreten. Ich werde eine Entgegnung in Form einer Brochure schreiben und an der Hand der Statistik den Nachweis liefern, daß es nirgendwo in Europa so wenig Einäugige, wie gerade in Prag gibt."

„Und Sie glauben, dies mit einiger Wahrscheinlichkeit darthun zu können?"

„Allerdings. Ich erwarte für diese Schrift auch Ihre Bekräftigung, Herr Gubernialrath. Es muß sich aus den Registern nachweisen lassen, daß"

Der Gubernialrath hüstelte leise und zuckte mit den Achseln.

Dann antwortete er in jenem klagenden Unkentone, in den er gewohnheitsmäßig zu verfallen pflegte:

„Ich dächte, lieber Herr Professor, wir hielten mit dieser Erklärung zurück. Ist es Ihnen denn nicht eingefallen, daß wir beide am wenigsten dazu angethan sind, sie zu erlassen? Wir haben ja beide zusammen nur zwei Augen!"

Und so war es in der That. Beide, Professor Fischer und der Gubernialrath waren einäugig.

XV.

Herz und Welt. — Zerissenheit.

Ich fühle nur allzusehr das Unzulängliche der Darstellungsweise in den vorhergehenden Capiteln. Mit einzelnen Strichen und Streiflichtern ist kein Bild zu malen. Und doch habe ich keine anderen Farben zur Verfügung. Nur solche kleine Funken, wie sie aus einem düsteren Hintergrunde aufblitzen, leuchten in meine Erinnerung hinein.

Es ist unbestreitbar, daß über Prag eine Atmosphäre der Melancholie lagert. Jeder Fremde, der längere Zeit innerhalb Prag's Mauern lebt, empfindet sie und fühlt sich davon bedrückt. Was aber muß der empfinden, den sein Beruf fast den ganzen Tag im Krankenhause festhält und der, wenn er es verläßt, keinem frischen Luftzug begegnet, keine Aufheiterung findet? Das Düstere der Umgebung begann mehr und mehr auf mich einzuwirken; es war ein gar zu grausiger Aufenthalt für ein von Hause aus allzu zart besaitetes Gemüth.

In diesem Gemüthe sah es seltsam aus. Der ganze innere Mensch befand sich in einem gährenden Ent-

wicelungsproceß. Die Phantasie schweifte mit leidenschaftlicher Vorliebe in einer dichterischen Welt, der Kopf
grübelte und machte sich mit den Grundfragen der Philosophie unendlich viel zu schaffen, an das Herz trat das
Leid der Welt in allen Formen und erschreckend nahe
heran. Verließ ich das Haus, wo Krankheit und tiefstes
Elend gewissermaßen angehäuft und registrirt beisammen
lagen, so war es, um in ein anderes hinüberzugehen,
wo umnachteter Geist wild tobte oder stumpfsinnig vegetirte,
und in ein drittes, das durch das Martyrium kreisender
Weiber und alles, was sich daran knüpft, noch entsetzlicher
als die beiden anderen war.

In diesem Kreis eingeschlossen, fühlte ich mich
unglücklich über das Leid der Welt. Hang zu einsamer
Träumerei, Hypochondrie, Schwermuth überkamen mich
mehr und mehr.

Ich hatte Hegel so gut wie mancher andere studirt,
aber das Resultat, zu welchem er scheinbar gelangt, das:

> „Was vernünftig ist, das ist wirklich,
> Was wirklich ist, das ist vernünftig,"

wollte mir gar nicht in den Kopf. Dieser Spruch erschien
mir eigentlich nur als die modernisirte Fassung des alten:

> „Was ist, ist von Gott.
> Was Gott thut, das ist wohlgethan."

Ich konnte mich über die Zustände der Welt nicht
beruhigen und meine Ueberzeugungen waren die revolu-
tionärsten. Ich sah, wohin ich blickte, eine grausame

harte Nothwendigkeit, in die ich mich nicht ergeben, mit der ich mich noch weniger einverstanden erklären konnte. Der Zufall der Geburt, der den einen von Kindheit an trägt und begünstigt, dem Anderen jedes Mittel des Emporkommens entzieht, der Fluch der Armuth, welche die Entartung der Familie im Gefolge hat, schien mir die Weltordnung laut anzuklagen. Dazu eine, auf die Lehre vom Sündenfall, der Erbsünde und einem sühnenden Opfertod basirte Religion. Das Ganze erschien mir als ein schnöder, nur bei systematischer Irreführung der Massen möglicher Betrug — wer sich nicht dagegen erhob, mußte ein Feigling sein.

Auf politischem Gebiete verlangte mein Verstand einen Volksstaat, ein Gemeinwesen, in welchem die Pflege des Gemeinwohls erster und letzter Zweck ist. Im Gegensatz zu dieser Forderung sah ich im existirenden Staate den baaren Absolutismus, die Herrschaft eines mit der Geistlichkeit verbündeten, übermüthigen und ungebildeten Adels; dagegen die zahlreichste und intelligenteste Classe von jeder Betheiligung am politischen Leben ausgeschlossen. Der ewige Stillstand war decretirt worden, jede freie Aeußerung des Gedankens wurde innerhalb der chinesischen Mauer, die die regierenden Kräfte erbaut hatten, ausgeschlossen. Ein argusäugiges, Wort und Thun controlirendes Polizeisystem wachte Tag und Nacht.

Oesterreich führte damals im Auslande das Epitheton „das glückliche", zog man aber das Denken und Fühlen der unendlichen Mehrzahl in Betracht, konnte

man es ebensogut „das unzufriedene" nennen. Seine
Cultur lag trotz aller Begünstigung der Natur tief dar
nieder. Der Adel war im Erbbesitz aller höheren amt
lichen und militärischen Stellungen. Die Klöster waren
im Zunehmen begriffen und die Unterrichtsverhältnisse so
eng mit der Kirche verknüpft, daß nicht nur die Volks
und Mittelschule, sondern auch die höheren Unterrichts
anstalten von Geistlichen, sogar von Mönchen, geleitet
wurden. Die bäuerlichen Unterthanenverhältnisse bestan
den noch in mittelalterlicher Form fort mit Robot und
Zehnten. Vom Staatshaushalte war gar nichts bekannt,
jede Controle durch eine Volksvertretung fehlte, kein amt
licher Bericht gelangte zur öffentlichen Kenntniß.

Alle Berührungen mit dem Auslande wurden ver
mieden, Pässe waren schwer zu erlangen, eine strenge
Censur hielt alles unter Vormundschaft. Jeder Bewe
gung von unten herauf wurde entgegengearbeitet, jede,
wo sie sich nur im Bereiche der österreichischen Macht
sphäre zeigte, kräftig durch Waffengewalt niedergezwungen.

Der deutsche Stamm Oesterreichs, berufen, der histo
rische und politische Mittelpunkt des Staates zu sein,
machte keine sichtbaren Anstalten, sein Dasein zu bethä
tigen. Wien schien sich nur um seinen Prater und
Lanner's Geige zu kümmern. Ja, alles wünschte Aen
derungen und zeitgemäße Umgestaltungen, aber in ver
schwiegener Brust. Innerhalb der schwarzgelben Schran
ken durfte Niemand solch hochverrätherische Wünsche zur
Sprache bringen. Es gab, ein paar wortkarge Regie

rungsblätter ausgenommen, keine politischen Zeitungen, in den literarischen Journalen wurden Anspielungen auf Politik nicht geduldet. Das Unbehagen war allgemein, aber Niemand wußte, wie es anders werden könne.

Leute, die sich draußen umgesehen hatten, wollten Oesterreich den Bildungsverhältnissen Deutschlands genähert, die Unterthanenverhältnisse umgemodelt, die Jesuiten zurückgedrängt, das Lehr- und Bildungswesen von der Kirche emancipirt sehen, aber wie sollte das geschehen? Es gab keine Tribüne für das gesprochene Wort: dagegen herrschte die Verpflichtung, jede Zeile, die im Druck erscheinen sollte, der Censur zu unterbreiten.

Nein, für diesen Staat konnte man keine Liebe empfinden. Ich war ein Oesterreicher, hatte aber nicht nur über die Regierungsform Oesterreichs, die ich für den höchsten Ausdruck des Absolutismus und Ultramontanismus hielt, sondern auch über den Staat an sich die ketzerischsten Ansichten.

Es ist seitdem oft gesagt worden, indem man die bekannten Aussprüche Voltaire's über die Nothwendigkeit des Deismus variirte: Oesterreich müsse erfunden werden, wenn es nicht bereits existirte. Ich höre dies geflügelte Worte noch immer, zum Theil von sehr gescheidten Leuten wiederholen. Abgesehen davon sagen sie, daß die in Oesterreich so häufige Racenkreuzung von großem Vortheile für die Welt sei, so gehe aus der großen Annäherung und theilweisen Verschmelzung im Gegensatz zu einander stehender Nationalitäten sehr viel Gutes hervor. Indem

ferner die Steuerkraft der industriell vorgeschrittenen
deutschen Provinzen fortwährend dazu verwendet werde,
um zahlreichen anderen materiell zurückgebliebenen und
in Mißwirthschaft verlotterten Ländern zu Hilfe zu
kommen und deren Ausfälle zu decken, werde gerade in
diesen Ländern eine regere Vitalität, eine lebendigere
Thätigkeit hervorgerufen. Wenn auch das Princip der
Verlegung deutscher Beamten und Soldaten in fremde,
mitunter halbwilde, fast immer feindselig gesinnte Länder
für die Betreffenden anfangs sehr unangenehm werden
könne, so gehe doch schließlich für sie selbst und ihre
Familien ein Zuwachs an Kenntniß fremder Sitten, Ge-
bräuche und – mitunter höchst absonderlicher – Sprachen hervor. Auch übernähmen dafür wieder Persönlichkeiten aus den für alles, was mit Polizeidienst zusammen-
hängt, besonders talentirten slavischen Stämmen die
Ueberwachung des bürgerlichen und politischen Lebens in
deutschen Provinzen. Das Alles ist als sehr heilsam
und zweckmäßig erkannt worden. Darauf beruht die
Lehre vom „echten" Oesterreicherthum und sie wird von
Allen vertheidigt, die „das politische Princip über das
nationale stellen". In der Zeit, von welcher ich rede,
war nun der Kreis dieser großen österreichischen Cultur-
aufgabe noch viel weiter gezogen, als heutzutage: er
reichte bis nach Mainz, Frankfurt, Rastadt, er reichte
bis an den Po und den Ticin, ja er dehnte sich nicht
selten bis über die Marken am adriatischen Meere und
über die päpstlichen Staaten hinaus. Bald rückten die

weißen Röcke im Neapolitanischen, bald in ein oder dem anderen italienischen Fürstenthum ein. Der Territorial- bestand der Monarchie hatte seit dem Wiener Congresse keine Alteration erfahren und geheiligte Verträge gaben ihr das Recht, bald da, bald dort eine kleine Execution auszuführen.

Wir nun, und eine ganz kleine Anzahl junger Leute, konnten uns damals mit den regierenden Anschauungen durchaus nicht befreunden. Wir hielten das Zusammen- leben mit so vielen fremdsprachlichen Elementen in einem Staatsverbande, die Gemeinschaft der Deutschen Oester- reichs mit so vielen andern, in ihrem Naturell entgegen- gesetzten Stämmen, für eine unglückliche Thatsache, die uns dem übrigen deutschen Thun entfremde, für eine Kette, ein Hemmniß jedes wirklichen nationalen Fortschrittes. Wir träumten von einer nicht mehr allzufernliegenden Vereinigung aller deutschen Länder in ein Deutschland, das heißt in eine compacte Nation von vierzig Millionen, die eine Sprache sprechen, vereinigt in einem National- heer, befähigt, sich allenthalben niederzulassen, daheim von denselben Staatsmännern regiert, im Auslande von den- selben Gesandten vertreten. In diesem Bunde wollten wir nicht fehlen. Aber wie sollte es dazu kommen? Uns umgaben lauter Leute ohne jedes nationale Bewußtsein, die sich lediglich als Unterthanen und beherrschte Masse fühlten. Diese unnationalen Zwitter, die weder kalt noch warm, weder Fisch noch Vogel, waren uns besonders widerwärtig. Noch eher, so schien es, könnte man sich mit Individualitäten fremder Nationalitäten verständigen, die dasselbe wollten, wie wir: die Trennung und Auseinanderlegung einer unharmonischen Verbindung. Man geht eben in der Jugend sehr weit, sträubt sich gegen gewisse Nothwendigkeiten und ist allen Compromissen abgeneigt.

Kurz, in dieser Welt schien mir getrennt, was zusammengehörig und zusammengeschmiedet, was innerlich unvereinbar. Geistesbildung und Soldatenthum waren Gegensätze geworden, das Soldatenthum nur der verlängerte bewaffnete Arm des absoluten Monarchen, der blos durch den anderen Arm des bewaffneten Volkes parirt werden könne. Oft fühlte sich das Gemüth gleichsam von allem Jammer der Welt zugleich angefaßt. Sehnsuchtsvoll blickte der junge Mensch nach Abhilfe her, hoffte auf andere Zeiten und meinte, nur aus einem vollständigen Zusammenbruch des alten Systems könne eine bessere Welt hervorgehen.

XVI.

Wien. Venedig. Schicksale eines Koffers.

In den Ferien 1843 kam ich zum erstenmale nach Wien und wohnte dort auf dem „Salzgries". Die Stadt erfüllte meine Erwartungen nicht. Die eigentliche Stadt, die ein Fußgänger bequem in einer Stunde umgehen konnte, schien mir, in ihren Wallgürtel, in das Corset

ihrer Basteien eingeschnürt, eine große und düstere Kaiser
und Adelsburg zu bilden, die vierunddreißig weiten Vor
städte aber waren von trostloser Monotonie. Die Herr
lichkeit der Stephanskirche war mit Baugerüst umstellt,
am Thurme wurde geflickt und gequacksalbert, er war
wie ein Kranker, von Bandagen umwickelt. Nur die
beiden Plätze des Neumarktes und des Grabens mit ihren
verzierten Brunnen machten einen heiteren Eindruck auf
mich. Nein, Alt Wien war nicht schön! Das „'s gibt
nur a Kaiserstoadt, 's gibt nur a Wean" war mir ein
Ausbruch des auf's Höchste forcirten Localpatriotismus.

Da es ein Sonntag war, wanderte ich Nachmittags
dem Prater zu. Eine unabsehbare Reihe von Wagen
bewegte sich langsamen Schrittes die Jägerzeile entlang.
In der bis an die Donau führenden Hauptallee gab es
ein Durcheinander von herrschaftlichen Wagen, Cabriolets
und Fiakern, nicht wenige Reiter, zu beiden Seiten eine
wogende Menschenmenge. Mädchen und Frauen: theils
niedliche Püppchen mit blitzenden Augen, theils üppige
Matronen, wandelten in den auffallendsten Trachten. Der
Wurstelprater bot das Bild eines Jahrmarkts mit buntem
Gewühl. Schaubuden und Ringelspiele luden von allen
Seiten ein. Mir aber schien die rechte Heiterkeit, die
Stimmung echten Volkslebens zu fehlen. Allerdings war
die Hitze drückend, der Staub sehr arg und ich wanderte
einsam in der Menge.

Das „Capua der Geister" hatte für mich keine son
derliche Anziehung. Am anderen Morgen holte mich Moritz

Hartmann nach Baden ab und ich ließ mich gern ent
führen. Er hatte dort bei einer reichen Bankiersfamilie
als Erzieher zweier Knaben eine angenehme Stellung.
Ich wurde freundlich aufgenommen. In Baden traf ich
meinen älteren Freund Max Schlesinger und schloß gute
Freundschaft mit Karl Beck, der, nachdem er sich draußen
im Reich mit „Gepanzerten Liedern" Ruhm ersungen,
nach längerer Abwesenheit in sein Vaterland zurück
gekehrt war.

Wir theilten einander unsere Arbeiten, unsere Pläne
mit. Nachmittags pflegten wir Pferde in einer dortigen
Reitschule satteln zu lassen und jagten, wiewohl wir
sämmtlich mangelhafte Reiter waren, durch's Helenenthal
und in die Brühl, wobei es nicht ohne Fährlichkeiten
abging.

Eines Tages, als ich zu kurzem Besuch nach Wien
zurückgekehrt war, machte mich Hartmann auf einen ält
lichen Herrn aufmerksam, der, verdrießlich vor sich hin
redend, daherschritt: es war Franz Grillparzer. Ich sah
ihn mit seltsamen Gefühlen an. Wir betrachteten die
Censur als ein geistiges Inquisitions=Tribunal und hatten
sie nie respectirt. So ließen wir denn unsere Gedichte
und sonstigen poetischen Erzeugnisse über die Grenze
wandern und da sie in Blättern erschienen, die in Oester
reich nicht gelesen wurden, blieben wir unbelästigt. Ich
glaube, wir jungen, unzufriedenen Köpfe hielten damals
diejenigen für gar keine eigentlichen und rechten Poeten,
die sich einer unserer Meinung nach unwürdigen Institu=

tion fügten oder wir blickten auf sie, wie etwa wilde ungezähmte Elephanten auf solche blicken, welche den Palankin der Fürsten tragen. Mit Kopfschütteln hörten wir, daß ein Friedrich Halm, ein Grillparzer, von allen Anderen nicht zu reden, sich solchem Joche fügten. Da wurde uns gar gesagt, daß Grillparzer das Institut der Censur sogar principiell billige, rechtfertige, gutheiße. Das war doch zu viel. Ich sah mir den sonst verehrten Mann mit Empfindungen an, wie sie sich etwa in der Brust eines Niederländers regten, wenn ihm ein Spanier begegnete, von dem es hieß, daß er die Inquisition billige und zeitweise selbst im San Benito erscheine. . . . . . .

Indeß zog es mich nach dem Süden. Ueber Graz und Laibach reiste ich nach Triest und nach kurzem Aufenthalte von dort nach Venedig. Nach einer stürmischen Seefahrt sah ich am Frühmorgen des 18. August 1843 die wunderbare Meerstadt, nach der ich mich seit Jahren fieberhaft gesehnt hatte, vor mir aufsteigen.

Mein Eintritt in Venedig sollte aber unter unerhörten Aufregungen stattfinden. Aufregungen, die mir noch heute so gegenwärtig sind, als habe ich sie unlängst erlebt. Ich war mit meinem Koffer in eine Barke gestiegen und hatte mich in das Innere der Stadt fahren lassen, wo ich mir ein bescheidenes, meinen Mitteln entsprechendes Wirthshaus aussuchen wollte: es war mir in Wien eine ganze Liste kleiner Gasthäuser genannt worden. Nun hatte aber, wie schon die allenthalben wehenden Fahnenwimpel bezeugten, in Venedig irgend ein großes

Feſt ſtattgefunden, die kleineren Locanden waren alle über
füllt. Vom Vapore abgewieſen, wandte ich mich zur
aquila d'oro, von dort fortgeſchickt zur stella, zur biscia
und ſo weiter und weiter, bis mir der Kopf zu wirbeln
anfing. Das Hin und Her in einem Labyrinth von Ca
nälen macht mich ganz wirr. Endlich finde ich Platz im
Falcone. Ich laufe die Treppe hinauf, ein Zimmerchen
wird mir aufgeſchloſſen, ich nehme mir nur eben Zeit,
mich zu waſchen, den polizeilichen Meldezettel auszufüllen,
dann eile ich hinaus, meinen Weg nach dem Marcusplatz
zu erfragen.

Den ganzen Tag treibe ich mich dort herum, wie
in einem Rauſche, glücklich, überglücklich, ſo viel Schönes
zu ſchauen, erſt als es dämmert, kehre ich in den Fal
cone zurück. Dort will mich nun Niemand kennen, alle
Räume ſind beſetzt. Ich frage nach meinem Koffer, man
weiß von keinem. Mein Gott, denke ich, ſollte ſich im
Drang, in der Hitze, beim Herumfahren in ſo viel Canälen,
eine Confuſion in meinem Kopfe erzeugt haben? Sollte
ich, „von einem böſen Geiſt im Kreis herumgeführt",
doch anderswo abgeſtiegen ſein, als im Falcone? Dieſe
Spelunken ſehen ſich eigentlich alle ähnlich. Ich gehe
fort und jage nun zurück von Locanda zu Locanda. Das:
Non qui! (Nicht hier), das mir allerorten entgegen gerufen
wird, macht mich ganz toll. Endlich bleibt mir nichts
übrig, als auf das Fremdenbureau zu gehen. Es iſt zum
Glück noch offen. Ein finſterer Polizeicommiſſär hört
mich ernſthaft an. Nein, mein Meldezettel iſt noch nicht

abgegeben worden. Der Polizeicommissär bestellt mich auf den anderen Tag. Ich muß für heute mein Nacht quartier in einem vornehmen Hotel auf der Riva suchen.

Dort verbringe ich eine schlaflose Nacht. Sollte ich meinen Koffer verlieren? Er enthält Dinge, die für mich von unschätzbarem Werthe sind. Ich darf aber auch nicht wünschen, daß die Polizei mit meinem Koffer zu thun bekomme und seinen Inhalt genau prüfe. . . . . .

Als ich am anderen Morgen wieder auf das Polizei bureau komme, sagt mir der Beamte: „Sie sind in der That im Falcone eingekehrt. Wir haben zwar noch immer nicht von dort Ihren Meldezettel erhalten, aber der Bar- carole ist ausfindig gemacht, der Sie gefahren hat und ist soeben vernommen worden."

Ich fliege wieder in den Falcone. Was, sagt ein schmierig glänzendes Gaunergesicht, Sie kommen schon wieder? Sie wohnen nicht in unserem Hause. Was wollen Sie eigentlich hier?

„Meinen Koffer."

„Il baule? Wir wissen von keinem!"

Streit beginnt. Ich komme zu kurz mit meinem Italienisch. Doch da wird mir unerwarteter Succurs. Ein Individuum, das ich bereits hinter mir bemerkt habe, hat bescheiden vor der Hausthüre gewartet und ergreift jetzt sehr unerschrocken meine Partei. Man scheint im Hause den Mann sehr wohl zu kennen. Er ist offenbar ein geheimer Polizist, ein Detectiv. Ich höre nur immer das Wort: il baule! il baule! Das muß wohl Koffer bedeuten; der brave Mann verlangt, daß mir der Baule ausgeliefert werde. Die Scene wird immer heftiger, ich stehe als stummer Zuschauer dabei. Der ganze Corridor füllt sich mit zweifelhaften Gestalten. Plötzlich läuft, wie es scheint auf einen Wink des Wirthes ein Kerl davon, die Männer streiten noch weiter. Eine Minute später wird ein schwerer Gegenstand über die jäh ansteigende Treppe hinabgeworfen und fliegt uns vor die Füße. Es ist mein Koffer. Ich prüfe sofort, ob das Schloß unversehrt, es ist es. Der Wirth wirft dem Koffer einen tiefverächtlichen Blick nach, murmelt ein paar Flüche und trollt sich davon. Der Polizist hilft mir meine Habe forttragen und ruft einen Gondolier. Ich schenke dem Biedern einen Silbergulden, er steckt ihn hastig ein und sagt: era forse un sbaglio! (Es wird ein Mißverständniß, ein Versehen gewesen sein.)

Ja, so bist Du, Italien, sind deine Söhne! Ich habe in späteren Jahren noch hundertmal derlei erlebt.

Ich hatte die Lust für wohlfeile Locanden verloren und kehrte in's Hotel auf der Riva zurück.

Die häßliche Scene war bald vergessen. Venedig war ja so schön! Ich schwelgte förmlich im Anblick des Marcusplatzes und des sonnigen Meeres zwischen den Inseln. Ich durchwanderte den Dogenpalast, stieg in die Pozzi hinab, und in die Piombi hinauf, besuchte die Academie delle Arte, zahlreiche Kirchen, die Paläste Vendramin, Manfrini, sah Murano mit seinen Glasbläsereien, den öden Lido und die liebliche Insel der Armenier. Abends war es gar angenehm den Kaffee zu trinken auf den weißen Marmortischchen in den kleinen, eleganten, spiegelgezierten Localen oder draußen, unter den Procurazien, bei den Klängen der österreichischen Militärmusik. Im Café militare, wo die „Augsburger Allgemeine Zeitung" gehalten wurde, hörte man fast nur Teutsch sprechen. Ich wurde dort mit zwei jungen deutschen Landschaftsmalern, Fink und Jörissen, bekannt und verdankte ihnen manche archäologische Belehrung.

Venedig ist stetig bergab gegangen. Es ist heute öder und ärmer, als es vor vierzig Jahren war und wird in vierzig Jahren herabgekommener aussehen, als heute. Damals gab es noch echtes Volksleben auf der Riva dei Schiavoni. Diese war ein heiteres und bizarres Volkstheater, dem die Volkstracht noch Charakter verlieh. Kaffeebuden und Weinkneipen waren voll von Gästen von Morgens früh bis Mitternacht. Gruppen von Facchinis und Schiffern umstanden noch hier einen Taschenspieler, dort einen Comödianten, der mit allerlei kunstvollen Stimmen ein ganzes Lustspiel zu improvisiren verstand.

Es fehlte in diesem Volkstreiben nicht an Sängern. Ein liebliches Mädchen in südslavischer Tracht, das in Begleitung eines alten Geigers, vielleicht ihres Vaters, bald sang, bald das Tambourin schlug, während sie einen melancholischen Solotanz aufführte, steht noch lebendig in meiner Erinnerung. Sie war höchstens sechzehn Jahre, schlank, fein und biegsam wie eine Psyche und trug goldene Münzen im rothblonden Haar. Die weißen Aermel ihres Hemdes waren mit Blumenstickerei geziert, vom Gürtel, der ihre schmale Taille umschloß, und mit großen rothen Achaten geziert war, hing eine schmale bunte Decke herab. An den Füßen waren rohe Sohlen mit ledernen Schnüren befestigt. So sehe ich sie noch heute vor mir. Sie begann jedesmal mit den anmuthigsten Armbewegungen und einem Wiegen des Oberkörpers in den Hüften, worauf ein rhythmisches Stampfen der Füße folgte, ohne daß sie dabei von der Stelle rückte. Das war ihr Tanz. Ich wußte sie bald zu finden und stellte mich jedesmal ein, wo Tambourin oder Lied erklang. Die Worte desselben habe ich nicht verstanden, aber die Noten der Melodie klingen noch heute in mir nach. Sie kannte mich bald und grüßte mich jedesmal mit einem kurzen, traurigen Kopfnicken. Gesprochen habe ich sie nie — in welcher Sprache hätten wir reden können? — wohl aber habe ich ihr Verse geweiht.

Den Eindruck aber, den Venedig auf mich gemacht, habe ich damals in einem Gedicht „Venezia" wiederzugeben versucht. Ich schrieb dasselbe auf den Betstühlen des Doms von Sanct Marc, in dessen Kühle ich mich vor der Gluth des August zu flüchten pflegte.

Doch das ging nur so nebenher. Seit Monaten schon schrieb ich an einem epischen Gedichte „Zadok", das auf einen großen Umfang berechnet war, mehrere hundert zwölfzeiliger Strophen waren auch schon fertig. Ich führte das Manuscript immer mit mir herum: kein Tag verging, ohne daß es einen Zuwachs erhalten hätte.

Der Stoff meines Gedichtes war natürlich wieder ein nach damaligen Begriffen revolutionärer. Bendin, ein junger Liovländer von geheimnißvoller Herkunft, gehört einer geheimen Studentenverbindung an und wird verhaftet. Man will ihm Geſtändniſſe erpreſſen, er bleibt ein Jahr in Unterſuchungshaft. Er iſt erſt achtzehn Jahre alt. Die ſchönſte Zeit, die Zeit der Jugend, verbringt er in Feſtungskaſematten, ohne Beſchäftigung, er ſieht nicht Vater, Mutter, Verwandte. Er ſieht kein menſchliches Geſicht außer dem des Wächters, der ihm die Speiſe bringt. Doch nein, die Einförmigkeit ſeines Lebens wird zuweilen durch einen ruſſiſchen Soldaten unterbrochen, der ab und zu in ſeine Zelle blickt: „Lebſt du noch? haſt Du Dir noch nicht ein Leid angethan?" Sie wird unterbrochen durch das Raſſeln der Schlöſſer, durch das Anſchlagen der Gewehre der ſich ablöſenden Schildwachen, durch die Schläge der Uhr drüben auf dem Thurme. Er iſt allem Menſchlichen entrückt. Nichts lebt in ihm, nur das Mitgefühl, daß rechts und links Genoſſen leben, die ebenſo die Tage verbringen, wie er. Jeder politiſcher Verbrecher iſt ihm ein Freund.

Eines Tages, da der Polizeihauptmann in ſeine Zelle kommt, iſt er ſtörriſch. Der Polizeihauptmann geht fort, unmittelbar darauf kommen Soldaten mit einem Bündel Ruthen. Bendin wird gepeitſcht. Jetzt erſt iſt er ganz elend, das Leben iſt ihm zur Laſt. Man hat ihm ſeine Menſchenwürde genommen. Thiere peitſcht man, nicht Menſchen!

Man steckt Bendin unter die Soldaten und führt ihn gegen die für ihre Freiheit kämpfenden Polen. Er wird verwundet und kömmt mit vielen Andern in's Lazareth.

Hier entschließt er sich, für die Welt zu verschwinden. Ein Cholerakranker, der neben ihm liegt, stirbt, Bendin steckt dessen Papiere zu sich, schiebt ihm dafür die seinigen unter das Kissen, der Arzt wird getäuscht. Bendin gilt für verstorben. Bendin kommt in die Todtenliste; indessen genest er und es gelingt ihm sogar, zu entkommen.

Aber er heißt jetzt Zadok und ist ein Jude. Einen inzwischen an Zadoks Adresse angekommenen Geldbrief mit einer großen Summe, die der alte Zadok abgeschickt hat, daß sich der Sohn vom Militär loskaufe, muß er annehmen, wenn er sich nicht verrathen will. Bendin, in der Knechtschaft zum glühenden Republikaner geworden, geht nach Amerika, das für ihn das Land der Freiheit ist. Von dort kann er ja das Geld dem übel berüchtigten Juden zurückerstatten.

Er kommt aber in die Südstaaten und findet die armen Farbigen dort in einer Sclaverei, gegen die gehalten die Lage russischer Leibeigenen Freiheit ist. Sein Gerechtigkeitsgefühl revoltirt sich. Bendin wird in eine abolitionistische Verschwörung hineingezogen, die ihn in neue Conflicte stürzt.

Auf diesem Punkte angelangt, hatte ich etwa ein Fünftheil meines Gedichtes fertig.

Das war der Schatz, den ich in meinem Koffer verwahrte und um den ich so sehr in Sorge gewesen war. In Folge seines eigenthümlichen Charakters hatte ich aber auch unmöglich wünschen können, daß die Polizei jemals in die Lage komme, den Inhalt meines Koffers näher zu besehen.

Indessen hatte ich mich in Padua zwei jungen deutschen Landsleuten angeschlossen. Wir wollten die Reise bis an den Gardasee gemeinsam machen und mietheten uns sodann einen Vetturin. Zum Aufbruch von Padua wurde die Nacht gewählt; die Hitze war tagsüber allzu lästig.

Ein gar enger Wagen nahm uns auf. Meine Gefährten, die nur Handtaschen bei sich führten, brachten diese im Sitzraum unter, mein Koffer wurde hinten mit einem Stricke festgebunden und durch eine dicke Rohrdecke geschützt. Eine Kette wäre besser gewesen, doch Stricke thaten es auch.

Beim schönsten Mondenscheine durch die Ebene fahrend, vertrieben wir uns zuerst die Zeit mit der Erzählung unserer gegenseitigen Reiseerlebnisse. Die beiden jungen Leute kamen aus dem Süden, Neapel und Rom. Sie erzählten Räubergeschichten. Hier im Venetianischen, unter österreichischem Regiment, waren keine Ueberfälle zu fürchten, dennoch wurde verabredet, daß Jeder von uns eine Stunde wachen und nach allen Seiten scharf aus lugen solle.

Indeß, wie das geht, wir lagen bald alle im tiefen Schlafe. Plötzlich wurden wir durch das Stillstehen des Wagens wach, ich blicke um mich. Ueber der weiten,

weiten Ebene liegt eine silbergraue, durchsichtige Nacht, der Mond ist untergegangen, aber die Sterne blinken. In den sumpfigen Gräben quaken die Frösche.

Plötzlich steht der Vetturino, der abgestiegen und nach der Hinterseite des Wagens gegangen war, vor dem Wagenschlag.

O Signori, il baule! il baule!

„Was, wieder der baule in Gefahr?“ Ich springe aus dem Wagen.

Der baule ist nicht mehr da.

„Ist er heruntergerutscht? Sind die Stricke los gegangen?“

Als Antwort zeigt mir der Mann die zerschnittenen Enden derselben.

Kein lebendes Wesen war nahe oder fern zu erblicken. Wir hatten nichts gesehen, nichts gehört. Und doch war das Schlimme nur allzu wahr. Ich hatte Kleider, Wäsche und den gemünzten Theil meiner Baarschaft eingebüßt, das Schmerzlichste aber war der Verlust meines Zabok.

Wahrlich, es lag ein Fluch auf dem baule!

Wir fuhren in Vicenza ein, ich eilte auf die Polizei und machte die Anzeige, ohne jede Hoffnung, daß sie etwas fruchten werde.

Mit meiner Reiselust war es plötzlich vorbei. Statt, wie ich es im Sinne gehabt, bis Genua vorzudringen, wandte ich mich unmuthig gegen Norden und kehrte über Bozen und Innsbruck nach Hause zurück.

Vier Wochen später wurde ich mittelst gedruckten Vorladungsscheins, in welchem nur mein Name mit der Feder ausgefüllt war, auf das Prager Criminalgericht citirt. Ich betrat das unheimliche Eckhaus auf dem Karlsplatze. Ein finsterblickender alter Beamter empfing mich in seinem Bureau. Das Protokoll über meinen Verlust, das ich dem Polizeibeamten in Vicenza dictirt hatte, lag auf dem Pulte. Der Beamte forderte mich auf, die gemachten Angaben zu wiederholen, sodann richtete er an mich eine Ermahnung über die Bedeutung des Eides vor Gericht, zündete zwei Wachskerzen vor einem Crucifix, das auf seinem Bureautisch stand, an und ich hatte mit erhobenen Fingern meine Aussage zu beschwören. Als dies geschehen war, athmete ich freudig auf. So viel aufgewandte Feierlichkeit schien mir ein gutes Omen. „Ich erhalte meinen Koffer wieder!" rief es in mir. „Er ist offenbar dem Diebe auf der Flucht abgenommen oder in dessen Hause gefunden worden. Ich werde meinen Zadok wiedersehen und vielleicht ist dessen Inhalt gar nicht näher geprüft worden."

Währenddem hatte mein finsterblickender Beamter einem Untergebenen einen Wink zugeworfen. Dieser verschwand und erschien sofort wieder, in der Hand einen leeren, offenen, zerschnittenen und kaum noch kenntlichen Sack.

„Hier ist Ihr Reisekoffer," sagte der Beamte. „Man hat ihn, wie Sie ihn da sehen, in einem Reisacker unfern Vicenza gefunden. Von seinem Inhalte ist nichts vorgefunden worden."

Der zersetzte Leichnam meines Zaule war, wiewohl er keinen halben Gulden mehr werth war, ordnungsmäßig von Venezien nach Böhmen geschafft worden. Ich hatte dafür nichts zu zahlen. Ich durfte gehen, und der Hausmeister des Criminalgebäudes hatte die Freundlichkeit, das Object als Geschenk von mir anzunehmen.

Ich habe meinen „Zabot" nie wiederherzustellen versucht. Er war zu rasch entstanden, als daß ich die Verse hätte im Gedächtniß behalten können. Er hatte eine Erfindung, complicirt wie die eines Romans; ich glaube, es wäre ein schöneres, an Abwechselung reicheres, an Empfindung vollstimmigeres Gedicht geworden, als mein Ziska, an dessen Bearbeitung ich bald darauf ging um mich einigermaßen über den Verlust des „Zabot" zu trösten.

XVII.

Aufnahme neuer Pläne.   Der Garten beim Spitale.

Nie, wenn ich die Geschichte Böhmens, zumal die seiner Religionskriege, las, hatte ich mich eines tiefen Mitgefühls erwehren können. Es war doch ein arger Frevel an diesem Volke begangen worden, es hatte ein schreckliches Schicksal erfahren! Aus seinem Schooße waren die ersten reformatorischen Bestrebungen auf dem Gebiete der Kirche hervorgegangen. Aber sein großer Reformator starb elendiglich auf dem Scheiterhaufen. Das Volk rächte seinen Tod in einem furchtbaren Aufstand, zu dessen Niederwerfung ganz Europa herbeieilte. Darauf war dasselbe Volk unter Georg von Podiebrad zu großer Bedeutung und Blüthe gelangt, zum Beweis, daß ein tüchtiger Kern darin war. Böhmen befand sich auf einer hoch zu nennenden Stufe intellectueller Bildung und wehrte sich seiner Freiheit. Dem Allen machte die von den Jesuiten in Scene gesetzte Gegenreformation ein Ende, und wie das geschah, bleibt ewig ein Schandfleck in der Geschichte. Die protestantische Religion, zu der sich mehr als drei Viertheile der Einwohner bekannten, wurde gewaltsam ausgerottet, der Adel des Landes nach der verlorenen Schlacht am Weißen Berge theils hingerichtet, theils verbannt und seiner Güter verlustig erklärt. Mehr denn dreißig Tausend Familien wanderten aus. Nun wurde dem Volke eine ihm fremde Sprache aufgedrängt und sein ganzes Geistesleben damit zerstört. War denn das alles nicht unleugbar wahr und war das nicht tragisch?

Das Alles wirkte auf mich und ich beschloß, ein historisches Gedicht in drei Theilen zu schreiben. Der erste Theil der Trias sollte den Hussitenkrieg schildern. Der zweite das große Zeitalter Böhmens unter dem edlen und tapfern Georg von Podiebrad, der ja nahe daran war, deutscher Kaiser zu werden. Das dritte Gedicht sollte mit der Wahl Friedrichs von der Pfalz beginnen, den Kampf gegen Ferdinand den Zweiten, die Schlacht am Weißen Berge und die Greuel der Gegenreformation malen, in welcher Böhmen an Körper und Geist erlag.

Damit glaubte ich in eine reiche Fundgrube dichterischer Motive zu greifen.

Ich begann mit dem Hussitenkriege. Da konnte ich wenigstens nach einer Seite hin die volle Seele entladen. Der Kampf eines ganzen Volkes um Rechte der Glaubens- und Gewissensfreiheit, tragisch auslaufend in der Vernichtung einer ganzen Generation — dem Vorwurf schien es mir nicht an Großartigkeit zu fehlen. Und welche Gelegenheit bot mir dieser Theil, in Hussitenpredigten gegen Rom und das Papstthum loszustürmen!

Das Bedenken, daß der Kampf der Böhmen dazumal ein Krieg gegen das deutsche Reich gewesen, schien mir unerheblich, da es sich um eine so ferne Vergangenheit handelte und stets die allgemeinen freiheitlichen Ideen im Vordergrunde des Gedichtes standen. Hatte doch auch Fr. Lessing seinen „Huß vor dem Concil“ und seine „Hussitenschlacht“ gemalt und damit ein geistiges Erwachen der Malerei zu neuen Stoffen kundgegeben. Warum sollte die Dichtung nicht wagen, was die Malerei bereits gethan? Es sollte aber auch mein Gedicht ein Mahnruf an Deutschland sein, welches, meiner Ansicht nach, die begonnene Führung der protestantischen Idee, die mit der deutschen identisch, des lieben Friedens wegen eingestellt und dadurch eine Rückbildung in der ganzen mittel-europäischen Welt verschuldet hatte.

Es war kurz vor meinem letzten Rigorosum, im Sommer 1846, daß mir der Gedanke, den Ziska zu

schreiben, gekommen war. Ich ging sogleich an die
Arbeit. In unmittelbarer Nähe des Prager Kranken-
hauses steht ein großes altes Gebäude, vom fünfzehnten
Jahrhundert her als ein den Herzögen von Troppau
gehöriger Palast bezeichnet. Man nennt es das „Fau-
stische Haus" und die Sage behauptet, der Alchymist und
Buchdrucker Dr. Johannes Faust habe hier Jahre lang
gewohnt und in den unteren Kellerräumen unheimliche
Künste getrieben. Ein kleiner, sich selbst überlassener,
von einem steinernen Geländer umfaßter Garten liegt
daneben, von welchem man einen Blick in die Tiefe
hinter dem Kloster Emaus und weiter hinaus auf die
kahlen Höhen des Wischrades und dessen sagenberühmte
Mauern hat. Dieser Garten war mir besonders lieb.
Hier, auf dem Boden einer romantischen Vorzeit, alte
Mauern neben mir und vor mir, saß ich, von einem
seltsamen Reize angezogen, viele Stunden, während mir
das alte Steingeländer als Schreibtisch diente.

XVIII.

Gordigiani und seine Oper. — Marietta Alboni. Meine Promotion.

Am letzten Tage des Jahres 1845 hatte ich mein
erstes Rigorosum abgelegt aus den Fächern der Anatomie,
Physiologie, Botanik, Mineralogie und allgemeinen Pathologie. Nun sollte die fortgesetzte und angestrengte

Repetition der weiteren Studiengegenſtände folgen, damit auch das große Examen aus der Chemie, ſpeciellen Pathologie, Pharmakologie, der gerichtlichen Medicin und der Geburtshilfe mit Ehren vor ſich gehe.

Voll Eifer hatte ich mich auf meine Studien geworfen, ſteckte über Hals und Ohren in meinen Büchern und Heften und ließ mir kaum Zeit zum Schlafen. Alle Gedanken an meinen „Ziska“ waren verbannt und eine Zeitlang ging Alles gut. Ich arbeitete unverdroſſen. Aber es war mir vorausbeſtimmt, daß ich neue große Störungen erleben ſollte. Diesmal kamen ſie nicht von meinem Kopfe, ſondern von meinem Herzen.

Ich war ſeit Jahren einer ausgezeichneten Prager Familie befreundet und in ihrem Kreiſe wie ein Sohn aufgenommen.

Ihr gehörte ein herrlicher Beſitz, die ſchöne, mitten in der Stadt gelegene Färberinſel, in deren Saalgebäude alle Bälle und Concerte abgehalten wurden. Vier in gleicher Weiſe für Muſik begeiſterte Schweſtern theilten ſich in das Regiment des edlen, gaſtfreien Hauſes, in dem alle in Prag wohnenden und alle nach Prag kommenden Künſtler Aufnahme fanden. Zu den erſteren gehörte W. Ambros von Hauſe Juriſt und Beamter, dabei Muſikſchriftſteller, Alexander Dreyſchock, ſodann Fr. Kittl, unlängſt Director des Prager Conſervatoriums geworden, ein großes Talent; er componirte eben an einer Oper „Die Franzoſen vor Nizza“, zu der ihm Richard Wagner den Text überlaſſen hatte.

In diesem Hause hatte ich Hector Berlioz kennen gelernt, der im Januar 1846 nach Prag gekommen war und uns in großen starkbesuchten Concerten seine Symphonie fantastique, seinen Romeo und Julie, die großen Ouvertüren Harold, Lear und den Carneval romain vorgeführt hatte, Productionen, von denen ich einen gewaltigen, unverlöschlichen Eindruck empfangen.

In dieser Familie saß als Hausgeist, als spiritus familiaris, ein alter Italiener, ein Musiker, Namens Giovanni Gordigiani. Er war Opernsänger gewesen, hatte auf allen größern Bühnen Italiens gespielt und gesungen und hatte, als seine Stimme nachließ, eine Stelle als Gesangslehrer am Prager Conservatorium übernommen. Er war ein sanfter und freundlicher alter Mann, dessen Kopf noch die auffallenden Spuren ehemaliger Schönheit zeigte und der durch absonderliche Tracht, bis auf die Schultern fallendes Haar und langen schwarzen Bart eine Stadtfigur geworden war. Er glich in seiner Erscheinung dem Harfner aus Wilhelm Meister.

Dieser alte Künstler hatte eine Oper, Consuelo nach George Sands Roman — gedichtet und in Musik gesetzt. Sie sollte am Schlusse des Sommercurses von den besten Schülern und Schülerinnen des Conservatoriums aufgeführt werden. Dazu war ihm die Benutzung des Stadttheaters zugestanden worden, auch der Opernchor sollte mitwirken.

Der Alte wollte nicht aus der Welt gehen, ohne gezeigt zu haben, was er vermöge.

Eines Tages traf ich in der befreundeten Familie ein wunderbares Geschöpf, das mir wie ein schöner Knabe in Frauenkleidern vorkam. Dies Geschöpf hatte einen herrlichen Kopf, umflattert vom üppigsten, nach Knabenart kurzgeschnittenem Haar, schwarz wie Ebenholz. Die Wangen waren voll und kindlich zart, wie die einer rosig angehauchten Camelie und auf einer dieser Wangen saß ein kleines schwarzes Mal, das einem Schönpflästerchen glich. Dies Zwitterwesen zwischen Knabe und Mädchen hatte schwellend rothe Lippen, dunkelbraune, feurige Augen und welche Büste! Welche Arme! Dabei eine Stimme, fast wie die eines Mannes.

„Diese schöne Dame," sagte Gordigiani, indem er mich an der Hand nahm und mich vorführte, „ist die große Sängerin Marietta Alboni. Schon mit sechzehn Jahren ist sie in Bologna aufgetreten wie ein Phänomen. Alles ist fehlerlos an ihrem Gesang, alles virtuos, und doch alles Gabe der Natur, nicht des Studiums. Auch eine ausgezeichnete Darstellerin ist sie, die Alles aus dem Leben herauszugreifen weiß. Nun kommt sie von Wien, wo Merelli sie engagirt hat, und wird hier in mehreren Rollen auftreten. Aber aus Freundschaft für den alten Gordigiani, ihren Landsmann, hat sie ihm soeben ihre Mitwirkung in seiner Oper zugesagt. Sie wird den Barcarolenknaben Pierrotto singen."

Meine Freude über dies Anerbieten war groß.

Das Piano war aufgethan, Gordigiani setzte die Finger auf die Tasten und Marietta sang die große Arie aus Händel's Rinaldo:

Lascia, ch' io pianga la dura sorte.

Nein, etwas Mächtigeres und Herzenbezwingenderes als diesen Alt hatte ich nie im Leben gehört! Mein Herz gerieth in große Unruhe und diese wuchs, als ich Marietta als Arsace in Rossini's Semiramis und als Maffio Orsini in Donizetti's Lucrezia gehört. Wenn ich fortan über meinen Büchern saß, wie tauchte ihre Gestalt vor mir auf! Zudem gab es nur zu viel Verlockungen, sie da und dorthin in die Stadt zu begleiten. Abende wurden ihr geopfert, die besser angewendet hätten sein können. Die Aufführung der „Consuelo" rückte immer näher; die Theaterwelt war mit der Macht einer Invasion bei mir eingebrochen. Ich ließ mich verleiten, größeren und kleineren Proben beizuwohnen, das nahm viel Zeit fort. Die Gattin des Compositeurs hatte sich an einer Uebersetzung des Librettos versucht; als man es in Druck geben wollte, zeigte sich, daß viele Verse nichts taugten und eine Umarbeitung dringend nöthig sei. Da sollte ich helfen und half nach Kräften. So wurden Verse geschrieben in einer Zeit, da ich ungetheilt über meinen Büchern hätte sitzen sollen.

Ich liebte und machte alle Qualen der Eifersucht durch. Marietta reiste nicht nur mit einer alten Duenna, sie hatte auch einen Begleiter zur Seite, der als ihr Secretär bezeichnet war. Signor Carlo war ein kleines unbedeutendes, bescheidenes Männchen, ganz jung, in Marietta's Jahren, nahm sich aber vieles seiner Herrin gegenüber heraus. Das konnte zu denken geben. Zudem wohnten sie neben einander, Zimmer an Zimmer, nur durch eine Thür getrennt. Carlo folgte seiner Herrin wie deren Schatten. Und wenn man ihn irgendwo hinschickte, zog er es vor, die Commission einem Lohndiener zu übergeben und sofort wieder zur Stelle zu sein. Ein seltsamer Secretär! Außer dem Italienischen verfügte er nur über einige Brocken Französisch, führte aber auch im Italienischen die Feder höchst ungelenk. Hatte er den einfachsten Brief an eine Theaterdirection zu schreiben, so verfaßte er mehrere Entwürfe, die er uns zur Begutachtung vorzulegen pflegte. Dessenungeachtet sprach er von seiner gewaltigen Correspondenz. Aber eines Tages als er in seine Brusttasche griff, um uns den Artikel einer Mailänder Musikzeitung vorzulesen, zog er zugleich einen langen, schmalen, mit Linien und Sternchen bedruckten Lederstreifen heraus. Was das sei, darüber konnte Niemand im Zweifel sein, der einmal ein Schneidermaß gesehen.

Hocherröthend steckte er es hastig wieder ein.

Eines Tages war ich, da die Sängerin noch nicht zu sprechen war, in Signor Carlo's Zimmer getreten. Er saß — auf einem Tische, und zwar noch in Hemdärmeln. Vor ihm lag ein halbfertiges Wamms von braunem Tuch. Rasch räumte er alles weg, sprang herunter, war sehr verlegen. Aber eine Scheere und ein

Endchen Wachslicht, welches noch die Spur gewichster Fäden trug, war auf dem Tische liegen geblieben.

„Wer ist Signor Carlo?" fragte ich an diesem Tage den alten Maestro.

Er erwiderte mit einem Seufzer:

„Carlo ist Marietta's Jugendgeliebter, ein Schneider! Beide stammen aus einem Dorfe unfern Cesena in der Romagna. Er hat ihr aber- und abermal eine wahre Hundetreue bewiesen das hat sie gerührt, denn sie ist die beste Seele. Nun führt sie ihn als ihren Secretär mit sich. Er näht ihr die Männerkleider, auch Pierrotto's Wamms und Beinkleid geht aus seiner kunstfertigen Hand hervor. Nun wirst Du vieles verstehen . . ."

„Sind sie am Ende verheiratet?" fragte ich.

„O nein. Für einen so dummen Streich ist Marietta zu gescheidt. Sie hat sehr viel Ehrgeiz. Carlo wird sich nicht lange mehr bei ihr halten. Doch noch ist für den armen Teufel der böse Augenblick nicht gekommen . . .

Ich war von diesen Eröffnungen ganz niedergeschmettert. Was, die himmlische Marietta, diese große Sängerin liebte eine erbärmliche Schneiderseele? Wenn irgend etwas, hätte mich das von einer übertriebenen Begeisterung heilen sollen. Aber ich stand bereits in jenem Stadium, wo kein Heilmittel mehr anschlägt.

Der Tag der Consuelo Aufführung kam. Der alte Maestro hatte eine Oper im Stile Mozart's und Cimarosa's geschrieben. Consuelo hatte mehrere innige, ergrei

fende Momente, Porpora — Gordigiani selbst gab den
Porpora — konnte mit seiner gealterten Stimme nicht
durchgreifen, nur Marietta als Knabe Pierrotto war un-
übertrefflich. Es gab einen Achtungserfolg. Die Oper
war melodiös, hatte aber einen Haarbeutel mit auf die
Welt gebracht: die Instrumentation war in kindlichen,
längst überwundenen Formen gehalten.

Einige Tage später legte ich mein zweites medicini-
sches Rigorosum ab. Ich bestand mit Ehren, aber es
wäre alles noch weit besser gegangen, wenn nicht Marietta
Alboni nun schon seit sechs Wochen in Prag gewesen
wäre.

Jetzt wurde, abermals unter großen Störungen, eine
bereits früher ausgearbeitete Dissertation, „De Helmin-
thiasi" in Druck gegeben. Demnächst sollte die Promotion
stattfinden.

Dieser Act ging damals unter Formen vor sich,
die einer längst vergangenen Zeit angehörten.

Zur Feier einer Doctorpromotion wurde der schöne,
hohe, mit den Bildern aller Rectoren geschmückte Saal
des Carolinums weit aufgethan, das eingeladene Publicum aufzunehmen. Nicht nur Männer, auch Frauen,
die beste Gesellschaft pflegte diesen Feierlichkeiten beizuwohnen. Der Doctorand empfing die herankommenden
Gäste, die verwandten und ihm befreundeten Familien
schon an der Treppe und geleitete sie gruppenweise zu
ihren Sitzen. Das weibliche Geschlecht, das sonst nie die
geheiligten Räume der alma mater betrat, drängte sich

mit Vorliebe zu dieser Feier. Es fehlten nie die schönen Mädchen, mit denen man auf den Bällen getanzt; sie erschienen an der Seite ihrer Mütter in den elegantesten Promenadetoiletten, denn ein gemachter Doctor darf ja demnächst an's Heiraten denken. Die, welche den Vorgang nie gesehen hatten, waren sehr neugierig, die Doctoranden aber befanden sich immer im Zustand großer Erregung. Beim Eintreten lächelten wohl die Schönen über die seltsame Tracht, in der sie ihre jungen Freunde trafen. Vorgeschrieben war ein schwarzer, rundgeschnittener Frack, dazu Kniehosen, Seidenstrümpfe und Schnallenschuhe, ein mit Straußfedern besetzter Dreispitz unter dem Arm, ein Galanteriedegen an der Seite.

Inzwischen schlug die feierliche Stunde, das Professoren Collegium versammelte sich auf dem erhöhten Podium. Der Rector magnificus, der spectabilis Decanus, alle präsidirenden Männer erschienen in Amtstracht, der Oberpedell in scharlachrothem Mantel, stand im Hintergrunde, in der Hand das Abzeichen seiner Würde. Nun hatte der Doctorand in wohlgefügter lateinischer Rede seinen Lebenslauf zu erzählen und seine Studien gehörig herauszustreichen; schließlich richtete er an den Herrn Promotor die Bitte um Verleihung der ersehnten Doctorwürde. Der Promotor erwiderte, wieder lateinisch und in weitläufigen ciceronianischen Formen, daß der Herr Candidat dieser Auszeichnung würdig befunden sei. Der Rector magnificus trat vor, und nachdem auch er sich in breiter Gegenrede ergangen, entschloß er sich zum feier-

lichen Acte. Er hing, vom herbeigetretenen Pedell bedient,
dem Doctoranden eine schwere güldene Kette um den Hals
und steckte ihm an den zweiten Finger der rechten Hand
einen ansehnlichen Ring, zum Zeichen, daß der junge
Doctor auf Lebenszeit mit der alma mater vermählt sei.
Während nun von der Höhe Trompetengeschmetter und
Paukenwirbel erscholl, wurde die Scene mit feierlichen
Umarmungen beschlossen. Jetzt war der Glückliche aller
academischen Ehren theilhaftig.

Ganz nach diesem Ritual bin ich am 2. Juli 1846
um elf Uhr Vormittags im großen Carolinsaale zum
Doctor der Medicin promovirt worden. Es war gebräuch-
lich, gleichzeitig zwei bis drei Candidaten zu promoviren:
ich erlangte die Doctorwürde gleichzeitig mit meinem
lieben Freunde Johannes Spielmann, der später eine
Autorität auf dem Gebiete der Geisteskrankheiten geworden
ist. Wir hatten beide viel Bekanntschaften. So war denn
die Versammlung eine glänzende. Man war zu Fuß und
zu Wagen herangekommen. Auch schöne Töchter fehlten
nicht, der Saal war bis zum Drücken voll. Ich war
bei dem Acte sehr gerührt. Dankbarkeit gegen meine
Lehrer erfüllte meine Seele. Wiederholt blickte ich zum
Bilde meines Großvaters empor, der mich von der Wand
ernst und nachdenklich ansah. Thränen traten mir in die
Augen, als Professor Oppolzer, den ich wie ein höheres
Wesen verehrte, mich in seine Arme schloß. Und nun
war alles vorbei, die Trompeter auf der Estrade bliesen
ihre uralte, traditionelle Fanfare.

Ich hieß fortan Doctor. Der Name hat doch einen eigenen Klang in deutschen Ohren, im Lande, wo man von Doctor Faust und Doctor Martin Luther zu sprechen gewohnt ist!

Als ich unmittelbar darauf auf meinem Zimmer Rococofrack, Kniehosen, Seidenstrümpfe und Schnallenschuhe abstreifte und den federbesetzten Dreispitz wegwarf, hatte ich doch das Gefühl, daß mir etwas für alle Zeit von diesem Acte geblieben sei.

Dann flog ich in den „blauen Stern", um mit Marietta, die dort wohnte, zu speisen. Sie war bei der Festlichkeit zwar nicht anwesend gewesen, doch hatte sie mir bei dieser Erhebung zum Doctor einen kleinen Beistand geleistet. Sie hatte mir nämlich, als meine schwarzen Seidenstrümpfe beim Anziehen gerissen waren, mit einem Paar ihrer Theaterstrümpfe ausgeholfen. Ich verwahre sie noch heute als eine Erinnerung an die große Sängerin, die ich später mit ihrem Carlo in Paris wiedertraf, aber seitdem sie Gräfin Pepoli wurde, nie mehr gesprochen habe.

So war ich denn Doctor der Medicin, aber schon während meines Studiums hatte ich einsehen gelernt, daß mir zum praktischen Arzte die rechte Befähigung abgehe. Wenigstens zum praktischen Arzte von ernster, ich möchte sagen, heroischer Richtung. Das Messer in ruhiger Hand zu führen, war mir versagt. Dazu fehlten mir die nöthigen Stahlnerven. Nie würde ich, das fühlte ich, den tragischen Theil des ärztlichen Berufes, der aber den Arzt erst zum Arzte macht, erfüllen können. Ein ernstes

Duell mit dem Tode zu führen, dem weinenden Gatten die freudige Kunde der Rettung zu geben, der liebenden Mutter den Neugeborenen zum Kusse zu reichen und dabei die halbgebrochenen Augensterne wieder aufleben zu sehen — das Alles und vieles andere, den edelsten Theil, den Triumph des Medicinerlebens, würde ich nie erfüllen können. Selbst im Laufe der Jahre war es mir nicht gelungen, mich gegen die furchtbaren Eindrücke nach dieser Seite hin abzuhärten. Ich bewahrte ein Grauen vor Operationen, der Schmerzensschrei des Patienten lähmte mich. Selbst vor stark widrigen Gerüchen habe ich eine krankhafte Scheu nicht überwinden können.

Ich habe die Erinnerungen an mein Medicinerleben viele Jahre später in einem in Prag spielenden Roman niedergelegt. Wer zwischen den Zeilen zu lesen versteht, wird aus dem düstern Colorit der bezüglichen Partien das geheime Grausen herausfinden, das alle diese Dinge in meiner Erinnerung umgab. Und in der That, es hatten die Gegenden der oberen Neustadt Prags, in denen das „allgemeine Krankenhaus“, die Frauenklinik, die Irrenanstalt stehen, noch in späteren Jahren für mich ihre Schauer behalten. Wohl sind die bezüglichen Scenen meines Buches mit den Scherzen des Studentenlebens durchflochten, aber der düstere Hintergrund blickt starr und dräuend durch. Als Typus des finstern, ganz in seinen Beruf versenkten Gelehrten findet der Leser eine Figur hingestellt, die theils Züge meines verehrten Lehrers, Prosector Gruber, jetzt Professor der Anatomie in Peters

burg, theils Züge meines verstorbenen Freundes Wilhelm
Treiz, späteren Professors der pathologischen Anatomie
in Prag, an sich trägt.

XIX.

In Karlsbad. — Auszugsgedanken.

Ungeduldig erwarteten indessen meine Eltern in
Karlsbad den jungen Doctor. Wohl begab ich mich
hin, — die Saison stand auf ihrer Höhe — doch statt
mich als Praktikus in die Badelisten einrücken zu lassen,
ging ich allem geselligen Leben aus dem Wege und schloß
mich ein, um an meinem „Ziska" weiter zu arbeiten.

In meinem kleinen Dachzimmer im „Englischen
Hause", den Blick aufs Egerthal und das Erzgebirge,
entstand ein Gesang um den anderen; es gab keinen
Tag, der nicht mindestens seine fünfzig Verse ein-
gebracht hätte.

Und doch zeigte es sich bei jedem Schritte klarer,
daß das Werk nicht nur den Verfasser in arge Conflicte
mit der Staatsgewalt bringen müsse, sondern auch in
Allem, was seinen Beruf und seine Stellung zu den
Eltern betraf, eine gewaltige Aenderung herbeiführen
werde.

Vor Allem ist zu sagen, daß dazumal für den Oesterreicher, der ein Buch oder auch nur ein Blatt daheim

oder draußen im Reiche in Druck geben wollte, die Ver=
pflichtung bestand, es der einheimischen Censur als Manu=
script zur Begutachtung vorzulegen. Erhielt es das be=
hördliche Admittitur, so durfte es gedruckt werden; war
es mit einem Damnatur zurückgekommen und erschien es
trotzdem, so wurde gegen den Autor eine gerichtliche Ver=
folgung eingeleitet. Nun aber widersprach es meinen
Grundsätzen, mich diesen Anordnungen zu fügen: die
österreichische Censur war mir wie Geßler's Hut, den
nicht zu grüßen ich für eine Ehrensache hielt.

Ich hatte bis jetzt bei meinen poetischen Arbeiten
keine namhafte Behelligung erfahren. Erst meine bei
Philipp Reclam erschienenen „Gedichte" hatten mich in
Conflict mit der Polizei gebracht, der jedoch noch so
ziemlich still verlief — ich wurde zu einer Geldstrafe ver=
urtheilt.

Anders stand es jetzt. Ich konnte nicht erwarten,
daß mein „Ziska" unbeachtet bleibe und brachte ich den
in ihm liegenden politischen und religiösen Inhalt zu
lebensvollem Ausdruck, konnte es nicht ohne Fährlichkeiten
geschehen. Sollte ich auswandern, mich auf Jahre aus
meiner Heimat entfernen? Auch das hatte seine Schwierig=
keiten. Man bedurfte, um sich in den deutschen Städten
zu halten, eines von der Heimatsbehörde ausgestellten
Passes. Verweigerte die Behörde die Verlängerung des=
selben, war man gezwungen von Ort zu Ort umherzu=
wandern und den Punkt zu suchen, wo man geduldet
wurde.

So hatten erst nach längerer Irrfahrt Eduard Duller in Darmstadt, Dräxler-Manfred in Wiesbaden, Hormayer in Bremen, Fallmerayer in München, Schuselka in Hamburg ruhige Stätten gefunden. Ohne Trangsal ging es nicht ab. Wie glücklich stand es um Nikolaus Lenau, Karl Beck, Anastasius Grün, die allerdings auch bei ihren Publicationen die österreichischen Censuredicte nicht achteten! Die ersten beiden waren Ungarn, somit einer anderen Gesetzgebung unterworfen, der letztere war ein Graf, einer der ersten und ältesten Adelsfamilien des Landes angehörig. Ihn anzutasten unterließ man. Man ließ sein Pseudonym gelten und ignorirte sein Wirken.

Rastlos wanderte ich auf den Waldwegen um Karlsbad umher und erwog, was ich zu thun habe? Wenn ich mein der Beendigung entgegenreisendes Buch drucken lassen wollte, blieb mir nichts übrig, als, wie kurz zuvor Moritz Hartmann gethan, aus Oesterreich auf unbestimmte Zeit auszuwandern. Aber Hartmann hatte keine Stellung aufzugeben. Für mich dagegen hieß Auswandern so viel, als der Berufswissenschaft, für die ich mich an der Universität gemüht und der durch den Doctorsgrad errungenen Stellung wieder entsagen.

Heute, ruhiger und gerechter als ich es ehedem war, begreife, entschuldige, rechtfertige ich alles, was mich damals so schwer traf: den Zorn des Vaters, der den Sohn nicht die kaum eingeschlagene Laufbahn aufgeben sehen wollte und dessen Vorgehen Thorheit, Trotz und Verblendung schalt, ich verzeihe ihm die Härte der Drohung, für immer seine Hand von mir abzuziehen. Es war der letzte Versuch, mich zum Einlenken zu zwingen.

Aber dämme Einer den überschwänglichen Ueberzeugungseifer eines jungen Menschen, der mit seinem bald fertigen Büchlein sein Theil zur Befreiung der Geister beitragen zu müssen glaubt! Keine Einschüchterung verfing. Ich hatte bei mir beschlossen, den „Ziska" erscheinen zu lassen und demnächst die dazu nöthigen Schritte zu thun.

XX.

Die Polen von dazumal. — Nachrichten von Celeste.

Indeß war die Erinnerung an meine Jugendliebe in meinem Herzen noch immer nicht erkaltet, ja der Aufenthalt in Karlsbad fachte sie nur um so lebhafter an.

Drei Jahre waren verflossen, und die Hoffnung Celeste wiederzusehen, war unerfüllt geblieben — wir hörten nichts von ihr. Und doch gab mir eines Hoffnung, daß ich sie endlich wiedersehen würde: die Mutter hatte bei dem Hauswirthe einen großen schweren Koffer mit Effecten zurückgelassen, der noch immer bei ihm stand und nicht zurückgefordert worden war.

Ich dachte fortwährend an Celeste. Nie ging ich am Hause, in welchem sie gewohnt hatte, vorüber, ohne ihr Bild vor mir zu sehen. Ja, ihr Bild stand heller als je vor meiner Seele. Ich hatte seitdem manch reizendes Kind gesehen, aber kein schöneres oder keines, das mir schöner erschienen wäre. Ihre Kindesliebe, ihre Herzensgüte, ihr fröhliches Lachen, ihr kindlich unbefangenes Wesen — ach, die Entfernung idealisirt den geliebten Gegenstand, hebt ihn höher und höher empor. Alle Mängel und Schwächen streifen sich ab, das geliebte Wesen steht als das Urbild aller Vollkommenheiten da. Und noch immer war Hoffnung, sie wiederzusehen: der Koffer war ja noch da! . . .

Nur ein einzigesmal im langen Laufe der Jahre hatte ich etwas von Madame B . . . . . ska und ihrer Tochter gehört; aber es war nichts Gutes und Vortheilhaftes. Eine Landsmännin derselben erzählte gelegentlich bei einem Besuche in unserem Hause, daß sie die Beiden in Paris gesehen.

„Celeste wird schon in die Welt getreten sein?" meinte meine Mutter. „Mein Gott, in die Welt!" war die Antwort. „Es sind harte Zeiten über die arme Frau B . . . . ska gekommen, sehr harte Zeiten. Sie ist mit ihrem Vermögen glücklich fertig geworden. Sie hatte von jeher einen unglücklichen Hang, zu glänzen und über ihre Mittel hinaus zu gehen — nun behilft sie sich, wie sie eben kann. Es ist eine Thorheit, daß Madame B . . . . ska immer nur in Brüssel oder Paris leben will. Sie thäte besser, in ihre Heimat zurückzukehren. Aber wem nicht zu rathen, dem ist nicht zu helfen. . . . ."

„Und die kleine Celeste dürfte somit noch lange unverheiratet bleiben?"

„Natürlich; der reiche Mann, den die Mutter so lange für ihre Tochter gesucht hat, wird sich schwerlich finden. Nie!"

Das war Alles, was ich hörte, es bewegte mich sehr und ich dachte viel darüber nach.

Die Polen standen damals in den Badeorten, wiewohl sie zumeist mit Grafentiteln auftraten, in einer seltsamen Mißachtung. Man hielt sie für gutherzig und leutselig, aber nicht für vertrauenswürdig, schon weil sie immer in Finanznoth. Den prakticirenden Aerzten war es bekannt, daß sie es liebten, sans congé abzureisen und das ärztliche Honorar schuldig zu bleiben. Auch die Kaufleute folgten nicht gern ihre Waaren den „polnischen Grafen" ohne Baarbezahlung aus. Eine charakteristische Aeußerung dieses Mißtrauens ist mir noch immer in Erinnerung. Eines Nachmittags waren alle Tische vor dem großen Kaffeehause auf der „Alten Wiese" mit Menschen besetzt, als ein Platzregen eintrat und alles jählings in die Flucht trieb. Ich, der ich in unmittelbarer Nähe des Hauses im Schutze des Vordachs sitzen geblieben war, wendete mich an die Wirthin, die gerade vor mir stand und unbeweglich, kaltblütig dem allgemeinen Aufbruch zuschaute. „Bei solchen Vorfällen," sagte ich, „müssen Sie wohl großen Schaden haben; denn es läßt sich kaum annehmen, daß alle wiederkommen und ihre Zeche berichtigen?" „Alle kommen wieder!" entgegnete die Frau, „gar keinen Schaden werden wir haben. Denn — wir sind noch im Juli." „Was hat der

Juli damit zu thun?“ fragte ich weiter.   „Ja, sehen
Sie, da sind noch wenig Polen da; die pflegen erst im
Herbst nach Karlsbad zu kommen.“ — „Wie?“ fragte ich,
„sind die Polen so unsolide?“   „Allerdings sind sie das,“
erwiderte die Frau. „Bei polnischen Gästen muß man
immer auf der Hut sein. Es müssen dann auch immer
die Brote abgezählt werden, die man in die Körbe legt,
denn jede polnische Familie gibt weniger an, als sie ver=
zehrt hat.“

Damit entfernte sich die Frau, mir hatte sie Anlaß
gegeben, über die Charakterschwächen der heroischen Nation
nachzudenken.

Abermals schien der Sommer vorübergehen zu wollen,
ohne mir von Celeste, an die ich noch immer dachte, eine
Nachricht zu bringen, da sprach mich eines Tages, als ich
am Hause, in dem sie gewohnt hatte, vorüberging, der
Hausbesitzer an.

„Sie erinnern sich gewiß noch der guten Madame
B . . . . ska?“ sagte er. „Denken Sie doch. Die gute
Dame ist todt. Gestern habe ich die Nachricht durch die
kleine Comtesse erhalten.“ Er holte auf meine Bitte den
Brief und zeigte mir ihn. Er war deutsch mit latei=
nischen Lettern geschrieben, sehr unorthographisch und
lautete folgendermaßen:

„Lieber Herr Scherer, ich bin sehr unglücklich. Ich
habe verloren meine gute Mutter, die gelitten hat viel
Kummer in den letzten Jahren. Vor zwei Wochen haben
wir die Gute, die Sie auch gekannt haben, gelegt ins

Grab mit vielen Thränen. Lieber Herr Scherer, seien Sie so gut zu senden uns den Koffer, den wir bei Ihnen haben gelassen vor drei Jahren, im Glauben, daß wir wiederkommen nach Karlsbad, was nicht ist gegangen in Erfüllung. Er wird noch ruhig stehen bei Ihnen. Ich weiß nicht, ob sich lohnen wird die großen Kosten von der Sendung hierher, aber ich hab mich doch entschlossen dazu, die Adresse von Ihrem Frachtbrief ist: Madame Alibert, Paris, Rue de Provence 16, pour Mademoiselle Céleste, aber die Comtesse bitte lassen sie weg, denn das ist eine Dummheit, wenn man nicht mehr reich ist.

Mit vielen Grüßen Ihre
Celeste B . . . . ska."

„Ja ja!" sagte ich, den Brief zurückstellend, „das hat sie geschrieben mit ihrer lieben, weißen Hand, und ein trauriger Brief ist es! Unglück und knappe Lage blicken allenthalben durch. Rue de Provence Nr. 16. — Der Himmel segne die brave Frau, die sich der armen Waise angenommen! Er lasse sie in ihrem alten polnischen Koffer Schätze finden aus alter Zeit, Bernsteinschnüre und türkische Shawls, Juwelen — was weiß ich! Sie haben ihn doch schon abgeschickt, Herr Scherer?"

„Heute habe ich ihn aufgegeben," war die Antwort.

„An mich hat sie nicht gedacht, ein Gruß an mich ist nicht im Briefe!" dachte ich weiter vor mich hin. „Doch ich preise den Zufall, der mir diesen Brief in die Hand gespielt. Wenn mich mein Schicksal, was ja möglich ist, jemals nach Paris führt, weiß ich doch, wo ich Celeste nachfragen kann. Rue de Provence 16, bei Madame Alibert."

XXI.

Leipzig.   Herloßsohn, Kuranda und Andere.   Selbstvermehrung meiner Gedichte.

Leipzig, das jetzt einen kalten und vornehmen Eindruck auf mich macht, erschien mir, als ich im September 1846 dort eintraf, äußerst interessant, sogar romantisch. Der Charakter Leipzigs war damals noch der einer alten deutschen Stadt. Die herannahende Michaelimesse hatte eine Bretterstadt innerhalb der großen Plätze hervorgezaubert, es wogte von Menschen in den Gassen. An allen Schaubuden wurde geblasen und getrommelt. Man fand sich in diesem Wirrsal kaum zurecht. Nun hatte ich auch Moritz Hartmann lange nicht mehr gesehen und wenn zwei Freunde einander wieder begegnen, die sich lange nicht getroffen, was gibt es da nicht alles zu erzählen! Es war eine Zeit, wo man der Idee lebte und derselben eine weltbewegende Kraft zutraute. Jeder dachte: es muß bald anders werden, und hielt es für seine Pflicht, dazu zu thun, daß es also werde.

Ich hatte den Kopf voll Lectüre und wollte alle historischen Gebäude sehen. Zuerst das Haus in Gohlis,

in welchem Schiller 1785 sein Lied „an die Freude"
gedichtet: tiefbewegt besichtigte ich die jämmerlichen Räume,
in denen ein hochgewachsener Mann wie Schiller nur
barhaupt einhergehen konnte. Nun wollte ich wissen, wo
Gottsched und seine Gattin Adelgunde, die Ahnfrau aller
schreibenden Frauen, und wo der Studiosus Wolfgang
Goethe logirte. Sogar das Wohnhaus des frommen
Christian Fürchtegott Gellert und der Quandt'sche Hof,
dem mein Onkel entstammte, durch Zacharias Renommisten
unter dem Namen des Zotischen Hofes bekannt, war mir
nicht gleichgiltig.

Wir gingen in's Rosenthal; die Bäume dort waren
noch nicht vom Herbste gestreift, das Wetter noch außerordentlich schön; ich wünschte zu erfahren, wo der Ort
sei, an welchem Schrepfer von den Geistern geholt worden
war? Aber Niemand wußte davon.

Ich machte viele Bekanntschaften. Ich lernte Heinrich
Laube kennen, der unlängst unter die Dramatiker gegangen
war; er hatte die Freundlichkeit, uns beiden jungen Leuten
seine eben beendeten Karlsschüler vorzulesen. Ich sah Ger-
stäcker, den schon damals vielgereisten, der in seinem
Zimmer in einer Hängematte zu liegen pflegte, den sanften
und boshaften Maria Oettinger, der damals für den
deutschen Paul de Kock galt, aber dabei gar sentimentale,
thränenfeuchte Lieder dichtete: ich lernte den biederen
Ernst Willkomm, den vornehmen Gustav Kühne und den
längsten aller deutschen Schriftsteller, Friedrich Saß, kennen,
dem es, wenn er in's Theater ging, wiederholt passirte,

daß ihm zugerufen wurde, er möge sich doch setzen, während er längst saß. Ich machte auch die Bekanntschaft Herloßsohns, des talentvollen Romanschriftstellers und vortrefflichen Menschen, dem man schon nach fünf Minuten herzlich gut sein mußte, des Mannes, den der Wein, den er so liebte, immer trauriger stimmte, bis er endlich ganz in Wehmuth zerfloß, und der, wenn die Stunde, nach Hause zu gehen, endlich heranrückte, gar so schwer in seine Galoschen hinein kam. Endlich wäre noch Dr. Haltaus zu nennen, der Verfasser einer Weltgeschichte, die im Stile der nach kerniger und gedrängter Kürze strebenden Römer geschrieben war. Es wurden damals aus derselben im Kreise der Freunde viel komische Stellen citirt. Eine derselben ist mir noch im Gedächtniß, es ist die, wo er vom Sturze des Tarquinius berichtet: „Sie stritten im Lager über die Vorzüge ihrer Frauen. Bei dem nächtlichen Ritte trug Lucretia den Sieg davon."

Ich wohnte in einem kleinen Gasthause, zur „Stadt Wien" genannt, fast am Ende der Hainstraße. Der wackere Johannes Nordmann, der Dichter und Feuilletonist, war mir ein lieber Zimmernachbar. Ich hatte ein schönes, helles Erkerzimmer inne, von welchem man die Straße und die Leute, die sich unten tummelten, nach beiden Seiten übersehen konnte. Da stand ich stundenlang am Fenster.

Nach des Tages literarischen Mühen suchte man das unterirdische Leben auf und traf sich bei Aeckerlein oder in Auerbachs Keller. Der Ort der wahren Einkehr ist immer ein unterirdischer. Man suchte damals keine großen, eleganten Locale, man liebte das trauliche, enge, nachgedunkelte Stübchen. Dort, in der rauchgeschwängerten Atmosphäre, mundete der Wein und das „Töpfchen" Bairisch am besten. Da war auch der „Nobiskrug", in einem gar engen Gäßchen, zu dessen Auffindung man die Führung eines wohlbewanderten Freundes nöthig hatte. Schon der Name wirkte anlockend, wenn man erst unlängst Friedrich Daumers „Geheimnisse des christlichen Alterthums" gelesen und daraus erfahren hatte, daß das geheimnißvolle Wort „Nobiskrug" keineswegs von nobis abzuleiten sei (locus, ubi potus nobis concessus), sondern jedenfalls von abis, abyssus, gleichbedeutend mit Abgrund, Krypte, Ort des Grenels, Teufelswirthschaft, ein Ort, wo ehedem finstere Mysterien vollzogen worden seien.

Kuranda, der Herausgeber einer Wochenschrift, die besonders in Oesterreich viel gelesen wurde und alle Kräfte der dortigen liberalen Opposition in sich zu sammeln verstanden hatte, war ein geistreicher Mann und liebenswürdiger Redacteur. Er war mehr der Capellmeister der „Grenzboten", der das Zustandekommen eines Programms von schöner Abwechslung, das gute Ensemble und die tadellose Aufführung überwachte, weniger ein executirender Künstler; selten griff er selbst zur Geige. Seine Artikel schrieb er mit großer Sorgfalt, und sie waren so elegant wie seine Erscheinung. Er redigirte eigentlich auf Reisen, bald von da, bald von dort aus und wohnte auch jetzt im Hotel de Bavière, wo der König aller Wirthe, der treffliche Redslob, waltete. Kuranda's Auge wachte über jeder Nummer mit zärtlicher Sorgfalt, und er sprach am liebsten davon, was das letzte Heft enthalten habe oder das nächste bringen werde. Er war mit ganzer Seele bei der Sache. Man konnte es ihm auf dreißig Schritte ansehen, wenn wieder einmal eine Feder ersten Ranges ihm ein Manuscript eingesandt. Dann trug er sein Haupt mit besonderem Schwunge, die Hand führte noch lecker als sonst das zierliche Stöckchen, die Augen strahlten von siegreichem Feuer. Er hatte damals etwas von einem kleinen provençalischen Troubadour, und das war er auch in der That. Auf seinem Zimmer, ganz allein, pflegte er die Guitarre zu spielen, er besaß auch eine angenehme Tenorstimme.

Schon in den ersten Tagen meines Aufenthaltes in der großen Buchhändlerstadt sollte ich darüber orientirt werden, was es mit den Buchhändlern auf sich habe.

Ich hatte meinen neuen Verleger geneigt gefunden, zu meinem „Ziska" die „Gedichte" zu erwerben, die vor anderthalb Jahren als dünnes Löschpapier-Heft erschienen waren. Ich sollte mich erkundigen, wie viel Exemplare davon noch auf Lager seien, dann könne man es vielleicht mit einer neuen vermehrten Auflage versuchen.

Ich eilte zu meinem früheren Verleger und trug ihm mein Anliegen vor. Er gab sofort einem seiner Leute den Auftrag, die Reste abzuzählen.

Während dies geschah, hielt mir der Buchhändler einen Vortrag, daß „Siebenhundert und fünfzig Exem-

plare" eben die richtige Zahl für das Buch eines jungen
Autors sei. Sechs Frei-Exemplare fielen dem Verfasser
zu, mit vierzig Exemplaren seien die Redactionen zu beden=
ken, so blieben ungefähr siebenhundert Exemplare übrig,
mit welchen der Bedarf der lesenden Welt genügend
gedeckt sei. Ich fand dies wenig, aber: es war nun einmal
nicht anders im deutschen Vaterlande, selbst bei Büchern,
die Aufsehen gemacht hatten.

Da kam der Gehilfe zurück und meldete, daß noch
achthundert Exemplare vorräthig seien.

„Das ist entsetzlich!" rief ich. „Nicht nur kein Absatz;
die Exemplare haben sich auf Lager noch selbst vermehrt!"

Der Buchhändler wurde verlegen. Er sprach von
einem Irrthum, den er persönlich aufklären müsse. Uebri=
gens möge sich mein neuer Verleger zu ihm verfügen,
da werde man sich über die Sache leicht einigen.

Und sie einigten sich in der That. Schriftsteller
wird schwer mit Kaufmann fertig; Kaufmann mit Kauf=
mann schon weit leichter.

XXII.

Dresden. Bei meinem Onkel. B. Auerbach. R. Wagner und
sein „Tannhäuser".

Als ich mit meinem Verleger in Bezug auf meine
beiden Bücher ins Reine gekommen, eilte ich nach Dresden,
um dort in größerer Stille und Zurückgezogenheit mein

Gedicht zu beendigen und Lücken darin auszufüllen. Es hatte deren genug, beinahe das ganze letzte Buch war zu schreiben.

Dresden war damals ungewöhnlich interessant. Es ist von jeher der Fall gewesen, daß eine Stadt zeitweise die geistige Führerschaft in Deutschland übernahm. Einst war Weimar ein Hauptpunkt der Entwicklung gewesen, dann Berlin, jetzt war es Dresden mehr als Berlin. Es war entschieden ein geistiger Vorort. Bedeutende Männer der Kunst und der Literatur waren beisammen und bedeutsame Schöpfungen tauchten fast gleichzeitig auf. Gutzkow, Auerbach, Richard Wagner, Robert Schumann, Rietschel, Semper — waren diese Namen nicht glänzend genug, um den Blick auf diese Stadt zu lenken?

Es war eine literarische Stadt. Alles las dort, vor Allem die Frauen, allerdings mit dem Strickstrumpf zwischen den Fingern. Es lasen selbst die kanariengelben Portchaisenträger in der Schloßgasse und die Soldaten auf der Hauptwache, wenn sie nicht gerade das Gewehr auf der Schulter hatten. Auch ein literarischer Prinz und Thronfolger war da; aber damit der Schiller'sche Vers von des Mediceers Güte nicht Lügen gestraft werde, kümmerte er sich gar nicht um seine literarischen Collegen. Philalethes übersetzte den Dante und alle Danteforscher sind furchtbar ernste Geschöpfe. Das Theater besuchte er nur, wenn ein Stück seiner Anverwandten, der Prinzessin Amalie gegeben wurde.

Mir war im Hause meiner Tante ein bescheidenes Quartier angewiesen worden. Es bestand aus zwei Stuben

im dritten Stockwerke, aus deren Fenstern ich eine pracht
volle Aussicht auf die Elbufer, die Brücke, die Altstadt
Dresden hatte. Hier wachte ich noch lange in die Nacht
hinein, wenn schon alles schlief. In einer unbeschreiblichen
Aufregung, in welcher ich gleichsam aus mir selbst her
austrat, schrieb ich den „Winzerzug", die „Adamiten"
und den vielbesprochenen Schlußgesang meiner Dichtung
und nun war das Buch fertig.

Allwöchentlich einmal sah mein Onkel die Maler,
Architekten und Bildhauer Dresdens bei sich, im großen
Bibliothekzimmer, das mit Cartons von Overbeck, Thor
waldsen und Carstens, mit Gypsabgüssen von Antiken
und römischen Marmorresten reich geschmückt war. Es
wurde in diesen Reunionen, die früh Nachmittags be
gannen und sehr spät endigten, sehr viel guter Bordeaux
getrunken und viel feine Havanna's geraucht. Ich durfte
als bescheidene Existenz diesen Symposien beiwohnen. Da
lernte ich die Maler Julius Hübner und Julius Schnorr,
die Bildhauer Rietschel und Jul. Hähnel, den Architekten
Semper kennen. Letzterer, der Erbauer des Dresdener
Theaters, Professor der Baukunst an der Dresdener Aka
demie, war eben epochemachend aufgetreten. Er hatte
bereits seine Schrift über die Polychromie der Alten ver
öffentlicht. Durch ihn entschied sich, daß weder die Wieder
aufnahme des griechischen Stils noch die Wiederaufnahme
der Gothik möglich sei, sondern die Bauformen der Re
naissance unsern Culturformen entsprachen. Er hatte zu
erst beim Baue der Dresdener Synagoge coloristische

Wirkungen angewendet und hatte durch den Theaterbau
gezeigt, was er vermöge. Nun war ihm der Bau des
Museums übertragen worden, zunächst um die Schätze
der alten Bildergallerie aufzunehmen. Es war bestimmt,
es dem Zwingerpalaste vorzulegen und so beide Flügel
desselben zu einem Ganzen zu verbinden. Die Debatte
über diesen Bau und was damit zusammenhing, füllte
den ganzen Abend aus. Ich hörte von nichts als von
Einkehlungen und Lissenen, von selbständig und organisch
gegliederten Bogen; von Friesen, Pilastern, Füllungen
und Gurtbändern, bis mir der Kopf zu wirbeln anfing.
Im Stillen beschloß ich, von der Erlaubniß, diesen Sitzun-
gen beizuwohnen, nur den mäßigsten Gebrauch zu machen.
Doch bewahre ich eine dankbare Erinnerung an Professor
Rietschel, der freundlich und liebenswürdig an mich herankam und das Gespräch auf mir näher liegende Dinge
lenkte.

Da war es doch unterhaltender bei Ferdinand Hiller!
Dieser, ein feiner, weltkluger, behaglicher Mann, ein ausgezeichneter Pianist, als Musiker im Mendelssohn'schen Geiste
in allen Formen thätig, hatte sich seit ein paar Jahren in
Dresden angesiedelt und sah jeden Mittwoch Alles, was
Kunst betrieb oder sonst einen Namen hatte, in seinem
Salon. Dort eingeführt zu sein, war eine Auszeichnung und
bot Gelegenheit Alles kennen zu lernen, was Dresden an
einheimischen und durchreisenden Notabilitäten aufwies. An
manchen Abenden waren alle Räume gedrängt voll und fast
jeder der Anwesenden hatte auf irgend einem Felde einen

bekannten Namen. Es war kein ausschließlich deutscher Salon, man hörte auch viel französisch reden: die Hausfrau, eine ausgezeichnete Sängerin, die unlängst erst, um ihrem Gatten zu folgen, der Bühne Lebewohl gesagt hatte, war eine Polin, schön, jung, von halbslavischem Reize. Sie hatte die wunderbarsten Augen. Drei oder vier glänzende Schön-heiten gruppirten sich um sie, Verwandte, die längere oder kürzere Zeit in Dresden zubrachten. Seit Mazarin hat vielleicht Niemand so schöne Nichten gehabt wie Fer-dinand Hiller. Sie sind auch alle durch ihre Schönheit zu Heiraten in ungewöhnlichen Sphären gelangt: die eine wurde eine Gräfin Kolowrat, die andere die Frau des französischen Schriftstellers Ernst Feydeau u. s. w.

Bei Hiller als Gast wohnte Berthold Auerbach. Er hatte eben, nachdem seine früheren Romane fast unbe-achtet vorübergegangen, mit der ersten Sammlung seiner Schwarzwälder Dorfgeschichten einen großen Erfolg erlebt. Man verdankte ihm die Mahnung, daß in der einfachen Heimatswelt, in dem anspruchlosen Menschenthume eine sittlich erhebende Kraft ruhe. Nun hatte er seine Novellen „die Sträflinge" und „die Frau Professorin" geschrieben, und arbeitete damals an einer Schrift „Schrift und Volk". Seine Compositionsweise war eine auffallend musivische. Auf den weiten Spaziergängen, die wir in die Umgebung Dresdens unternahmen, trug er beständig ein Büchlein mit sich, in welchem er sofort jeden sich ihm aus der Debatte ergebenden Gedanken fixirte. Aus seinen und empfundenen Bemerkungen wurde so allmälig ein Buch.

Eines Tages wurden in Hiller's Salon einige vierzig oder fünfzig Stühle aufgestellt, Einladungen waren nach allen Seiten ergangen, Auerbach sollte seine „Frau Professorin" vorlesen. So lernten wir das Lorle kennen, das vollendetste Porträt, das er je gemalt, seine vollkommenste Schöpfung, lebendig, wahr in allen Zügen, rührend, bezaubernd, theilweise — z. B. im Abschied Lorle's — von tragischer Größe. Nicht zu seinem Vortheile hat Berthold Auerbach später seine Form zu erweitern gesucht. Seine Stärke lag nicht in der Composition, sondern in der rührend einfachen, schlichten und väterlichen Weise zu erzählen. Er beeinträchtigte selbst seine edelsten Eigenschaften, wenn er ausgebildeter Technik nachtrachtete. Seine Muse selbst war jenes Lorle, welches in der Stadt seinen Reiz einbüßte.

Wieder einmal hieß es, Robert Schumann sei aus Leipzig zu Besuch in Dresden angekommen. „Nun, das ist schön, daß Du da bist," hatte Hiller beim Wiedersehen lachend zu ihm gesagt. „Da werden wir uns tüchtig ausschweigen können." Mir, der seit den Knabenjahren die tiefste Bewunderung und Verehrung für Schumann im Herzen trug, schien der Scherz pietätlos. Indeß lernte ich bald das merkwürdige Insichgekehrtsein des Meisters kennen. Er war der größte Schweiger, sei's, daß der Gegenstand der meisten Reden ihm zu unbedeutend schien, oder daß ihm, der doch auch so glänzend zu schreiben verstand, der hergebrachte Ausdruck nicht genügte. In Hiller's Salon, im Schwarme der Besuchenden, versteckte er sich wohl einen ganzen Abend ohne zehn Worte zu sprechen. Ich erinnere mich auch einer Kahnfahrt auf der Elbe, bei der die Frauen Lieder von ihm sangen, er aber schweigend, dann und wann mit zugespitzten Lippen vor sich hinsummend, stumm am Steuer saß und in das Abendroth hinausstarrte. Er lebte nur in sich und in der wunderbar tönenden Welt, die er in sich trug.

Auch Gutzkow war eine ganz meditative, in sich gekehrte Natur, aber wie verschieden geartet, wie ganz anders als Schumann! Sein Schweigen barg ein ununterbrochenes Verarbeiten der Eindrücke, die ihm von außen zukamen. Und alle Fragen der Zeit gingen ihm nahe. Wie er mit gewohnheitsmäßig halbgeschlossenen Augen alles aufnahm, alles bemerkte, so beschäftigten ihn alle Probleme, wofern sie sein Jahrhundert in Anspruch nahmen. Alles wurde zum Stoffe, aus dem er seine Fäden spann: während seines ganzen literarischen Wirkens waren ihm seine Stoffe durch Ereignisse dictirt worden. Sein Verfallen in Selbstversenkung alternirte mit plötzlichem Erwachen, in welchem er das Wort scharf wie eine Stahlklinge führte und die Dinge wie mit einem fremdartigen elektrischen Lichte zu beleuchten verstand. Eine große Weichheit des Gemüths war in ihm mit durchdringender Schärfe des Verstandes beisammen.

In diese Kreise trat der junge Mensch und war vorerst schon glücklich, in ihnen geduldet zu werden. Alle diese Männer standen noch in der Fülle ihrer Kraft, hatten ihr Bestes gegeben, nach dem sie beurtheilt werden konnten, und traten fortwährend mit neuen Werken her vor. Der junge Mensch wünschte nichts dringender, als sich die Achtung dieser Männer zu erwerben, der Beifall ausgezeichneter Menschen war ihm das Höchste. Und dieser Beifall wurde ihm zu Theil, als sein Buch endlich gedruckt vorlag. Da begannen für ihn glückliche Tage . . .

Gutzkow war seit 1845 als Dramaturg der Dres dener Bühne angestellt, er war mit Leib und Seele dabei und glaubte an eine Wiederbelebung der deutschen Dra matik. Es ließ sich aber nicht ersehen, daß seine Ober leitung viel geändert habe. Das war begreiflich, denn Emil Devrient war der heimliche oberste Leiter der Bühne. An allen bedeutenden Männern die es besaß, hatte Dres den zu mäkeln, einzig Emils Größe stand unbestritten da. Er war der Abgott der Frauen, der „göttliche Emil". Er galt für den ersten deutschen Schauspieler. Ein Helden spieler war er gewiß schon damals nicht mehr, schon da rum, weil meist schon im dritten Acte Kraft und Stimme zu Ende waren. Dann forcirte er nur noch und stieß die Worte zwischen den halbgeschlossenen Zähnen hervor. Seine Affectation und Effecthascherei waren ohne Gren zen. Hatte er sich wieder einmal den Dresdnern in einer neuen Rolle gezeigt, so ging er auf Gastrollen aus, kein Theater war ihm zu gering. Trotz allem laut procla mirten Cultus des Ideals spielte er am liebsten in Stücken der Frau Birch-Pfeiffer, Holtei's und Raupachs, die ihm vergönnten, in Paraderollen beliebig aus dem dramatischen

Rahmen herauszutreten. Unendlich viel hat Gutzkow von der Eitelkeit dieses Mimen zu leiden gehabt, die unersättlich war und nach immer neuem Lob in den Zeitungen verlangte.

Schon in den ersten Wochen meines Dresdener Aufenthalts hatte ich Richard Wagner kennen gelernt, ich hatte mit ihm und zahlreicher Gesellschaft, zu der auch Gutzkow gehörte, einen Spaziergang nach dem Waldschlößchen gemacht.

Fast unter Mittelgröße, eher klein, mit stechenden Augen, zusammengekniffenen Lippen und scharf gebogener Nase, auffallend breiter, stark ausgearbeiteter Stirn und vorstehendem Kinn, hatte er viel von einem Professor an sich, wie er denn auch in einer Zeit der Bärte sich ganz rasirt zeigte. Aber frühe Kämpfe hatten ihm schon eine ungewöhnliche Reizbarkeit gegeben, er hatte bereits etwas ewig Aufgeregtes, Gereiztes, Giftkochendes in sich. „Tannhäuser" hatte unlängst das Licht der Bretter gesehen. Man hatte das Textbuch gelobt die Ausstattung war eine ungewöhnlich brillante gewesen – den musikalischen Theil fand man „ungenügend". Man vermißte eigentliche Charakteristik und geniale Naturkraft, man meinte, das Ganze sei mehr künstlich zurechtgelegt und leide an Langweiligkeit.

Auf diesem ersten Spaziergange hatten wir viel mit einander gesprochen, doch ausschließlich über Politik. Richard Wagner hielt die politischen Zustände für reif zur gründlichsten Aenderung und sah einer in nächster Zeit stattzu-

habenden Umwälzung als etwas Unausbleiblichem ent=
gegen. Die Umwandlung werde leicht und mit wenig Schlä=
gen vor sich gehen, denn die staatlichen und gesellschaft=
lichen Formen hielten nur noch ganz äußerlich fest. Ich
erinnere mich noch genau der Worte: eine Revolution sei
bereits in allen Köpfen vollzogen, das neue Deutschland
sei fertig wie ein Erzguß, es bedürfe nur eines Hammer=
schlags auf die thönerne Hülle, daß es hervortrete. In=
zwischen hatte sich Gutzkow uns genähert, er opponirte,
betonte die Kraft der Trägheit, die Macht des Alten und
Furcht vor Neuem, die Gewohnheit der Massen zu dienen
und zu folgen, den Mangel an Charakter in der unend=
lichen Mehrzahl. Er äußerte in seiner vorsichtigen Weise
hunderterlei Bedenken.

Wagner verlor die Selbstbeherrschung und brach
die Debatte mit starken, unmuthig gesprochenen Wor=
ten ab.

Wem hat die Zukunft Recht gegeben? Bald genug
kam das Jahr Achtundvierzig! Wohl fielen schon in
nächster Zeit die geweissagten Schläge, aber sie änderten
kaum etwas an der Gestalt der Welt. Am allerwenig=
sten trat ein neues Deutschland in Erzguß zu Tage.
Der kreisende Berg gebar eine rothe Maus
und bald war wieder alles wie vorher. Deutschland
legte sich nach der ungewohnten Aufregung bald wieder
aufs Ohr, um wieder sechzehn Jahre zu schlafen.

Am 6. October kam ich endlich dazu, den Tann=
häuser zu hören: es war die dritte Aufführung. Bei der

zweiten war es nicht glatt abgegangen, das Publicum war in eine gereizte Stimmung gerathen, es war viel gezischt worden, nun hatte sich Tichatschek krank gemeldet und die Wiederholung war neun Tage ausgesetzt worden.

Diesmal war der Erfolg ein solcher, daß der Componist — damals gab es noch keinen Meister! — zufrieden sein konnte. Das Haus war anständig gefüllt und die Stimmung eine so gute, daß Wagner und seine Sänger nach jedem Acte gerufen wurden.

Ich gestehe offen, daß ich dieser Musik nie die weltaufregende Wirkung zugetraut hätte, die sie denn doch gehabt hat. Nur das Lied zum Lobe der Frau Venus, das Finale des ersten Actes, in welchem die Wartburggenossen den wiedergefundenen Freund begrüßen, der Einzugsmarsch und das Lied an den Abendstern rissen mich aus der Ermüdung heraus, die mich bald überfallen hätte.

Für das Verschwimmende, Träumerische, das bloße Auf und Nieder der Tonwellen hatte ich keinen Sinn; die Pilgerlieder erschienen mir eintönig, der Sängerkrieg, in welchem ich die frappantesten Melodien erwartet hatte, mißlungen.

Mein für derlei Hören noch ungeschultes Ohr glaubte in den zur Liebe lockenden Dämonengesängen des Venusberges eine gelinde Katzenmusik und in den schneidenden Violinfiguren, welche das Pilgerlied mit den Venusbergsklängen durchsetzen, ein unorganisches Tohuwobohn zu vernehmen.

Dagegen hatte das Textbuch, das keck genug die Gestalt Heinrichs von Osterdingen im Tannhäuser aufgehen läßt und die Hörselbergsagen mit dem Sängerkriege auf der Wartburg verschmilzt, mich sehr interessirt. Der Stoff behandelte gewisse Punkte, die man noch nicht auf der Bühne behandelt gesehen: das Versinken eines genialen Individuums in die Sinnlichkeit und sein Sichherausreißen aus dem Sinnestaumel. Das war neu und einer Wirkung sicher.

Und doch war wieder die Durchführung dieses Problems eine solche, die man auf keine Weise mit dem Freidenker und Revolutionär, den ich unlängst hatte sprechen hören, vereinigen konnte.

Wenn man mit einem etwas modernen Geiste an den Stoff herantritt, denkt man sich doch den Tannhäuser als einen Mann, der sich von mittelalterlich christlicher Anschauung emancipiren wollte. Nun war aber alles ganz im Sinne eines Mönchsthums gefaßt, das sich die alten Götter als ein herabgekommenes Geistergesindel vorstellt und in dem Schwärmer für die antike Welt nur einen Gesellen von liederlichen Sitten sieht.

Und nichts anderes ist Tannhäuser in der Oper.

Darum erfaßt ihn auch bald Mißbehagen und Ekel vor solchem Heidenthum und vor sich selbst, und durch den Ruf: „Mein Heil ruht in Maria!“ sieht er sich schon wieder in die Oberwelt versetzt: denn vor dem heiligen Namen der Gottesmutter ist aller heidnischer Spuk verschwunden. Auf der Wartburg geräth er nun

wieder in eine Versammlung von Minnesängern und
Rittern, welche, höchst absurd, nur eine Liebe feiern,
die vom bloßen Anschauen lebt. Liebe soll absolute
Enthaltsamkeit sein: man meint, Tannhäuser sei unter
lauter Mönche gerathen. Kaum wagt er eine Rechtfer=
tigung und tritt schon schuldbewußt, ein gar sonderbarer
Held, die Bußfahrt nach Rom an. Er erhält dort keine
Absolution, kehrt, ein gebrochener Mann, in die Heimat
zurück und ruft wieder Frau Venus an, ihm den Lust=
garten aller Freuden zu öffnen. Doch wir erleben wieder
Wunder, ja Wunder über Wunder. Auf bloße Nennung
des nunmehr heiligen Namens Elisabeth schwindet aller
heidnische Spuk; Tannhäuser sinkt todt zur Erde
die Fürbitte einer Heiligen hat ihn erlöst. . . . Sein
Stab grünt. —

Wenn das nicht der bare mittelalterliche Katholi=
cismus ist, verstehe ich das ganze Stück nicht. Jeden=
falls muß man zu solcher Dichtung bedenklich den Kopf
schütteln.

Lange noch nach der Aufführung saß ich, alles dies
besprechend, mit Hähnel im Wirthshause zusammen. „Und
doch irren Sie," sagte dieser, der zu den besonderen
Freunden Wagner's zählte, „wenn Sie wegen alledem
Wagner für einen Kryptokatholiken halten . . . Er ar=
beitet nur mit Vorliebe mit den Mitteln der alten Ro=
mantiker Tieck, Arnim, Brentano. Er ist sehr klug und
weiß recht wohl, welche Macht diese Romantik noch über
die Geister ausübt . . . Was wollen Sie? Meyerbeer

ist wohl auch ein schlechter Christ und arbeitet in den Hugenotten mit protestantischen Tendenzen? ... Schließlich," fügte Hähnel lächelnd hinzu, „ist Eines zu bedenken, wenn wir die Oper im Licht der Tagesfragen ansehen: Tannhäuser müßte ja ein Deutschkatholik sein, weil er sich vom Papste lossagt" ...

An einem der folgenden Tage sah ich Ferdinand Hiller eine Rolle in der Hand halten. „Da hat Richard Wagner," sagte er, „einen neuen Operntext geschrieben und mir ihn zu lesen gegeben. Er heißt „Lohengrin" und behandelt die Sage vom Schwanenritter. Ein ganz vortreffliches, höchst effectvolles Libretto! Wie schade, daß Wagner selbst es componiren will! Seine musikalische Begabung reicht dazu nicht hin! In anderer Hand würde das eine ganz andere Wirkung haben!"

So urtheilte man zu jener Zeit. Richard Wagner strafte allerdings dies Urtheil Lügen und gab in seinem Lohengrin sein bestes Werk, meiner Ansicht nach, dasjenige, das von seinen Werken am längsten leben wird. Mit der „Unzulänglichkeit", die damals so allgemein betont wurde, hatte es aber doch seine gute Verwandtniß. Man verstand darunter den Mangel an wirklicher Dramatik, das geringe Maß von Melodienzauber, das stete Vorwiegen pathetischen Ernstes, den Mangel an wirklicher lebendiger Charakteristik. Allerdings, alle diese Unzulänglichkeiten sind seitdem als der Anfang einer neuen Kunstform gepriesen worden. Darauf gehe ein, wer alle Moden und Thorheiten seiner Zeit mitmachen zu müssen glaubt! Viel-

leicht muß man, um das Kunstwerk der Zukunft recht zu
fassen und zu würdigen, schon heute mit den Ohren der
Zukunftsgeneration ausgestattet sein.

XXIII.

Die Premičre der Karlsschüler.   R. Wagner's Laubefeier.

Vor ein paar Jahren hatte man von Leipzig aus
einen schüchternen Anfang gemacht, Schiller's Geburts-
tag als geschichtlichen Festtag zu feiern. Nun hatte Heinrich
Laube es versucht, unsern nationalsten Dichter zum Helden eines Theaterstückes zu machen und trug sich mit der
Hoffnung, dasselbe werde am Schillertage gleichzeitig auf
allen Hauptbühnen gegeben werden. Diese Hoffnung war
zu sanguinisch gewesen, aber drei Theater fanden sich, die
an Schillers Geburtstage mit den „Karlsschülern" hervor-
kommen wollten: Mannheim, München und Dresden.
Alles blickte der Aufführung mit Spannung entgegen,
Alles war begierig zu sehen, wie der verwegene Mann
seine Aufgabe gelöst habe. Er kam herüber, der Inscene-
setzung beizuwohnen. Emil Devrient spielte den Schiller,
Fräulein Bayer, spätere Frau Bürk, die Gräfin von
Hohenheim, Frl. Berg die Generalin, Fräulein Lebrun
die „Laura". Der Erfolg war ein bedeutender und durch-
greifender. Der Autor wurde nach dem zweiten Acte
und im vierten Acte, Fräulein Bayer sogar bei offener

Scene gerufen, was in Dresden nicht wenig sagen wollte. Am Schlusse des Stückes mußte der Dichter nochmals vor dem Publicum erscheinen und man ging mit dem Eindruck fort, daß dem deutschen Theater ein wirksames und interessantes Stück gewonnen sei.

Nach dem Theater versammelten wir uns, etwa zwölf Personen, bei Richard Wagner. Der geistreiche Friedrich Pecht, der unlängst mit einem Bilde „die Bekränzung Goethe's durch Corona Schröter im Park von Tiessurt" Aufsehen machend hervorgetreten war, der Novellist Robert Heller, der mit Laube aus Leipzig herübergekommen, ferner ein Redacteur R. Schmieder befanden sich unter den Eingeladenen, die den gedeckten Tisch in einer bescheidenen Wohnung umstanden. Nun erschien der zu Feiernde, stramm und in bester Laune. Man nahm Platz, die Unterhaltung war zuerst sehr munter. Man war der Ansicht, während die ersten Platten umhergingen, Laube habe da sein bestes Werk geliefert. Der vierte Act besonders sei eine poetische Production in echt deutschem Sinne.

Richard Wagner hatte sich schon lange auf seinem Stuhle hin- und hergewiegt. Nun begann er die Frage aufzuwerfen, ob man denn nicht, um überhaupt einen Schiller zu schreiben, etwas von Schillers Genius haben müsse? Diese Frage war häklich, man vermittelte, man widersprach, nun aber schritt Wagner immer entschiedener zum Angriff vor. Es sei doch nur ein wohlcomponirtes Intriguenstück in Scribe'schem Geiste, in welchem einige

sehr pikante Scenen — namentlich jene, wo Schiller die
Fürstengruft in Gegenwart des Fürsten vorlesen muß —
herumschwimmen. Es löse keineswegs die Aufgabe, wie
wir sie bei einem Drama voraussetzen, dessen Held der
schwungvollste und populärste Dichter des deutschen Volkes sei.

Dies war vielleicht in der That wahr, es war aber
außerordentlich widrig, solche Kritik aus dem Munde des
Gastgebers in einem Kreise zu vernehmen, der ja den
heutigen Abend hatte feiern wollen. Mit solcher Schärfe
zu urtheilen, wo ein ganzes Publicum sich zufrieden
erklärt hatte — das war eine seltsame Ovation! Aber
Richard Wagner ließ sich nicht stören. Er behauptete
weiterhin, daß der Fürst im Stücke seine Grundsätze mit
Gründen rechtfertige, die erst eine absolutistisch gesinnte
Geschichts-Philosophie von heute zusammengeflügelt, und
schließlich, daß Laube dem theatralischen Effect zu Liebe
über alle Wahrscheinlichkeit hinaus gegangen sei.

Solche Nichtachtung alles gesellschaftlichen Brauches
machte sich Allen fühlbar, nur der „Festgeber" empfand
sie nicht oder setzte sich über sie hinweg. Immer unbe-
haglicher wurde das Beisammensein. Zudem schien etwas
in der Auffahrt des Mahles nicht zu klappen. Wagner
warf unruhige Blicke nach allen Seiten und wurde immer
unwirscher. Seine Frau hatte sich ihm genähert. „Nun,
liebes Weibchen?" fragte er mit einem grimacirten
Lächeln. Und während die eine, der Gesellschaft zugekehrte
Gesichtshälfte noch lieblich lächelte, veränderte sich die

andere, und aus der andern Mundecke pfiff es mit unter
drückter Wuth: „na, wo bleibt denn der verfluchte Champagner?" Dabei war er ihr ganz nahe gerückt, seine
Finger kniffen ihren Arm.

Der ersehnte Eiskübel kam. Nun wurde wieder
eingelenkt, ein beglückwünschender Toast sollte Alles wieder
gut machen, aber nichts wollte mehr verfangen, man
leerte die Gläser und ging verstimmt auseinander. Ich
war mit Laube fortgegangen und irrte mit dem ganz
unmuthig Gewordenen noch lange in den stillen, schwarzen Gassen am Flusse umher.

Am andern Tage kam die Nachricht, daß die „Karlsschüler" am selben Tage in Mannheim und in München
gegeben worden seien und auch dort einen vollen Erfolg
gehabt hätten.

XXIV.

Die Première des Uriel Acosta. — Nach Berlin. Max Stirner.
Jähe Abreise von Dresden.

Seit einiger Zeit sah man Gutzkow noch nachdenk-
licher als sonst und noch gesenkteren Kopfes im blauen,
kragenbesetzten Mantel vom Dippoldiswalder Platz, wo
er sein Quartier genommen, den Weg zum Schauspielhause
wandeln. Uriel Acosta war beendigt, wurde einstudirt
und sollte demnächst mit Emil Devrient in der Haupt-

rolle in Scene gehen. Man wußte im Voraus, daß man
es mit einem Werke zu thun habe, das für die Ideen
der Toleranz und reinen Aufklärung mit Entschiedenheit
eintrete und sah der ersten Aufführung, die am 13. De=
cember stattfinden sollte, mit großer Spannung entgegen,
mit um so größerer, als man wußte, daß der Verfasser
des „Werner" und des „Urbild des Tartüffe" hier den
ersten Schritt in die hohe Tragödie gethan habe und man
in Folge seiner Stellung zur Dresdener Hofbühne besondere
Anforderungen an dies Debüt machen zu dürfen glaubte.

Der langerwartete Abend kam. Man war angenehm
erstaunt, wohlklingende Verse von einem Autor zu ver=
nehmen, der bisher nur in Prosa zum Publicum ge=
sprochen; nun sah man, daß ein wesentlich politischer
Stoff in poetischen Formen vorgeführt werde. Das Con=
fessionelle war nach seinen verschiedenen Richtungen, der
blinden Orthodoxie, dem versöhnlichen Justemilieu der
fortschreitenden Aufklärung außerordentlich treffend hin=
gestellt und Jedem lag es nahe, sich diese Typen jüdischen
Lebens in's Christliche zu übersetzen. Emil Devrient,
der den Uriel, einen schrecklich koketten Uriel, in wunder=
baren Gewändern spielte, war leider dem leidenschaftlichen
Theile der Rolle, zumal im dritten Acte gar nicht ge=
wachsen und brachte diese mit seinen allzu drastisch ange=
wandten bengalischen Feuerkünsten in bedeutende Gefahr.
Da aber kam Ben Akiba, dessen „Alles schon dagewesen!"
das erste Mal hier gesprochen wurde, und lenkte wieder
alles zum Guten. Er wurde trefflich gespielt; der Greis

mit weißem Haar und Bart, in dessen Worten sich Tief=
sinn mit Blödsinn so seltsam mischt, hatte den stärksten
Applaus des Abends hervorgerufen. Der fünfte Act ließ
gar sehr starke Kürzungen wünschen, schmälerte aber im
Ganzen und Großen den Erfolg nicht wesentlich. Das
Stück hatte einen großen Succeß erlebt, der Autor wurde
nach dem Schlusse enthusiastisch gerufen.

In der That hatte Gutzkow sein bisher bestes Werk
geschrieben, weil er einfacher, weniger raffinirt, weniger
auf der Suche psychologischer Seltsamkeiten, weniger spitz=
findig an's Werk gegangen und einen immer bedeutsamen
Stoff: den Conflict des Glaubens mit den Banden der
Familie, herzlich und ergreifend behandelt hatte. Natür=
lich gab es ihm zu Ehren in Hiller's Hause einen Uriel=
Acosta Abend, es war am dritten Tage nach der Auf=
führung. Emil Devrient war da, die schöne Marie
Bayer, welche die Judith gespielt hatte, saß vielumwor=
ben in prachtvoller Toilette auf dem niederen Divan, den
ihr Kleid ganz bedeckte und blickte fortwährend in der
Richtung der Thüre, um dem Helden des Tages entgegen
zu fliegen, sobald er eintrete. Endlich kam er, langsamen
Schrittes sich vorwärts bewegend, verstimmt und mal=
content, mit gesenktem Haupte wie Hamlet. Kein Autor,
dessen Stück einen Durchfall erlebt, hätte müder und
trüber blicken und dem Lobe ängstlicher ausweichen
können.

So blieb er auch bei Tische. Kaum lichtete sich seine
Stimmung, als der feurige Uffo Horn, mit Gutzkow von

Hamburg her befreundet, eine begeisterte Improvisation losließ. Und Gutzkow's Verstimmung war nicht ohne Grund. Es verlautete schon, daß wenig Hoffnung vorhanden sei, in Dresden den Acosta wieder zu erleben. Er sollte, flüsterte man, hohen Ortes bedeutendes Mißfallen erregt haben. Man erzählte sich besorgt, daß eine hohe Frau während der Vorstellung zu mehreren Malen unwillig den Fauteuil gerückt. Man wußte nicht, ob das genüge, in einem constitutionellen Staate das Stück verbieten zu lassen?

Die Uriel-Acosta-Aufführung war das letzte literarische Ereigniß, dem ich in Dresden beiwohnte. Ich war auf eine kurze Zeit nach Berlin gereist.

Diese Stadt, die sich in neuerer Zeit äußerlich völlig umgestaltet und zugleich einen neuen Charakter, so zu sagen eine neue Volksseele erhalten hat, machte damals auf mich den Eindruck kalten Ernstes. Das rauhe November-Wetter, das der mächtigen Doppelallee der Linden das letzte Laub entführt hatte, die weiße Schneedecke auf den Plätzen — Eis und Schnee blieben auf den Straßen liegen — waren nicht angethan, diesen Eindruck zu mildern. Unendlich großartig erschien mir das königliche Schloß, das architektonische Ensemble in römischem und griechischem Styl gedachter Strukturen, die sich in weiter Perspective bis zum Brandenburger Thor erstreckten, aber die übrige Stadt mit ihren endlosen Straßenquadraten nüchternsten Styls hatte für mich nichts Anlockendes. Nirgends war auch nur der Schein eines öffentlichen

Lebens zu erblicken. Eine in Europa einzige Polizei=
maßregel war eingeführt, das Straßen=Rauchverbot; es
war ein Verbrechen, im Freien eine Cigarre anzuzünden.
Die Genüsse, die dem Fremden geboten wurden, waren
äußerst dürftig. Im Schauspielhause bildeten Invaliden
die Mehrzahl, an Lustspielen fehlte es völlig, da die
satyrische Benutzung der Gegenwart, die Seele des Lust=
spiels, nicht erlaubt war, die Opernsänger schienen mir
unter dem Maß der Mittelmäßigkeit zu stehen, selbst das
gerühmte Corps de Ballet, aus Hopfenstangenfiguren be=
stehend, enttäuschte mich völlig. So brachte ich denn
meine Vormittage im Museum, meine Abende in Julius'
Zeitungshalle zu. Aber auch die Berliner Zeitungen, in
welchen Rötscher, Gubitz und Rellstab ihre bocksteifen
Kritiken schrieben, waren schon äußerlich abstoßend durch
Format und Druckpapier.

Zwei Zeilen in einem damals vielverbreiteten Gassen=
hauer lauteten:

> Unter den Linden bei Kranzler wär's fein,
> Streckt' nicht der Lieutenant so weit vor sein Bein.

Dies Bein des allzeit hoffähigen Lieutenants
war in der That oft lästig weit vorgestreckt, daß man
darüber stolpern und in lästige Händel verwickelt werden
konnte. Die Anmaßung privilegirter Kasten trat allent=
halben sehr prononcirt hervor.

In dieser großen Stadt, die ich zum ersten Male
sah, interessirte mich ein Philosoph, dessen Buch mich

kurz zuvor gewaltig, wiewohl im gegensätzlichen, gegne=
rischen Sinne aufgeregt hatte. Es war Max Stirner,
Verfasser des Werks der „Einzige und sein Eigenthum“,
in welchem, wie bei Helvetius, das Interesse als Princip
der moralischen Welt angenommen wurde. Der Ver=
fasser gehörte mit den Gebrüdern Bruno und Edgar
Bauer, mit Buhl, Eduard Meyen u. A. zur Koterie
der sogenannten „Freien“.

Ich machte seine Bekanntschaft und er wurde der
allererste Leser meines „Ziska“ in seiner vollständigen
Ausführung. Ich war außerordentlich gespannt auf sein
Urtheil. Als Stirner mir das Buch zurückbrachte,
sagte er:

„Sie hätten den „Ziska“ zu einem komischen Helden=
gedicht gestalten sollen. Zu einer Art Batrachomyomachie!
Die Mythen der christlichen Kirche sind dem Schicksal
verfallen, wie die heidnischen. Die Gegensätze vom Papst=
thum und Protestantismus haben sich so total überlebt,
daß ein Gedicht mit diesem Inhalte nur etwa Theologen
noch interessiren könnte. Feindschaft gegen die Kirche
sollte es nicht mehr geben. Sie ist uns völlig gleich=
giltig geworden; gegen überwundene Standpunkte kämpft
man nicht mehr. Ja, ich fühle es klar: ein komisches
Heldengedicht hätte das werden sollen.“

Dies war das erste Urtheil, das ich über mein Buch
vernahm. Es belustigte mich ungemein. „Ja wenn man
„der Einzige“ ist, kann man nicht wie andere Leute urthei=
len!“ erwiederte ich, und damit war die Sache erledigt.

Im Leben hatte Max Stirner sein System des weitgehenden Egoismus nicht eben mit besonderem Glücke durchgeführt. Er, der als Fortsetzer Macchiavell's, den Begriffen des Rechts, der Pflicht und der Treue den Krieg erklärt, hatte soeben in der „Vossischen Zeitung" einen Hilferuf veröffentlicht, ihm fünfhundert Thaler zu leihen, die er treu und ehrlich zurückzahlen wolle. Bald darauf gründete er ein Milchgeschäft. So viel ich weiß, ist er homo unius libri geblieben.

Die Kritik hatte sich indeß rasch meines „Ziska" bemächtigt. Ich habe heute noch die Genugthuung, daß die ersten lobenden Recensionen, was nicht häufig der Fall ist, nicht von meinen speciellen Freunden, sondern von mir ganz unbekannten Federn ausgingen. Meinen Freunden hatte ich gesagt: „Ihr dürft nicht über mich schreiben. Ihr seid wie ein Stück von mir. Lob von Euch wäre eigentlich Selbstlob." Und sie hielten sich darnach.

Trotzdem brachten — es war eine literarische Zeit — alle Literaturzeitungen weitläufige Besprechungen. Der Absatz des Buches war ein außerordentlicher, schon in der ersten Woche nach dem Erscheinen stellte sich eine zweite Auflage als nöthig heraus; die Wirkung des Gedichts in der Heimat und anderswo ging über alle Erwartung.

Wie viel Brandstoff mußte damals vorhanden sein, daß Verse, — jetzt das letzte, wovon man spricht — solche Wirkung haben konnten!

Ich war bei meiner Rückkehr von Berlin nach Dresden nicht mehr bei meinem Onkel Quandt eingezogen, welcher, sobald er von seinem Landgut in die Stadt gezogen war, nicht das kleinste seiner Zimmer für den Neffen entbehren konnte, weil alle Gemächer seines Hauses mit Bildern altitalienischer und altdeutscher Meister angefüllt waren. Ich war mit meiner Habe in ein kleines Privatquartier gezogen. Welche Habe, in welcher das Hauptwerthobject eine Kaffeemaschine war, welche die Lebensgeister bis in die Nacht hinein wach zu halten hatte!

Da wurde eines Morgens ein Convert an meine Adresse abgegeben, in welchem ein lithographirtes Blatt lag. Irgend ein ungenannter Freund schickte mir das folgende „Kreisschreiben" zu:

„Ein Werk unter dem Titel Ziska ist von der k. k. Censurhofstelle bei der darob gepflogenen Verhandlung mit damnatur belegt worden. Zufolge eines herabgelangten hohen Präsidialschreibens vom 16. December vorigen Jahres werden die Herren Amtsvorsteher angewiesen, die Verfügung zu treffen, daß gegen die Einschmugyelung und Verbreitung des gedachten Buches in Böhmen, woselbst der Verleger ohne Zweifel einen ausgiebigen Markt für dasselbe zu finden hofft, die eingreifendsten Maßregeln in Wirksamkeit gesetzt, und gegen jene, welchen desfalls ein Verschulden zur Last fällt, die strengste Strafamtshandlung eingeleitet werde. Von jeder sich ergebenden Wahrnehmung haben die Herren Amtsvorsteher das Kreisamt sogleich in Kenntniß zu setzen."

Am Abend des Tages, an welchem ich dieses Blatt erhalten hatte, war ich mit Richard Wagner, Friedrich Pecht und Bildhauer Hähnel in einer Restauration unfern von der Brücke beisammen gewesen. Nun ging ich heim. Es war um die Zeit, wo die bereits öde gewordenen Straßen sich durch den Heimgang der Theaterbesucher wieder flüchtig beleben. Ein dichter Januar-Nebel füllte den Neustädter Platz, daß er die gegenüberliegende Häuserreihe dem Auge zugleich entzog, geisterhaft tauchte aus dem Nebelmeer das metallene, hoch sich bäumende Roß des sächsischen Kurfürsten auf. Ich schenkte ihm noch einen Blick. Eben schritt ich eilig über das Glatteis des Trottoirs, auf das die Schneeflocken langsam herabstäubten, als ich   fast im Angesichte des Hauses, dem ich zueilte, von einem Unbekannten angeredet wurde.

„Ach, mein gutes Herrchen, schön, daß ich Sie treffe!" klangen die Worte einer freundlichen gedämpften Männerstimme im besten Sächsisch. „Ich habe wohl schwerlich die Ehre, von Ihnen gekannt zu sein, weil ich nämlich immer in meinem Laden stecke, ich aber kenne Sie, weil Sie täglich an meinem Fenster vorübergehen. Ich bin nämlich Friseur, dort ist mein Laden"   er wies in die Richtung eines matt herüberglänzenden Fensters   und ich wohne im selben Hause rückwärts. In Anbetracht nun, daß wir Hausgenossen sind, erlaube ich mir, Ihnen eine freundliche Mittheilung zukommen zu lassen. Nur so einen Wink, eine Warnung. Nämlich: vor einer Stunde, während Sie fort waren, sind zwei Herren

Polizeicommissäre in einer Droschke vorgefahren. Sie haben sich Ihr Zimmer aufsperren lassen und erwarten jetzt auf demselben Ihre Wiederkehr. Es ist auch ein Mensch nachgekommen, der mir ein Schlosser zu sein scheint. Jedenfalls haben die Herren jetzt vollauf Zeit gehabt, Ihre Papiere und sonstige Correspondenzen zu durchschnüffeln. Von diesem Vorgang habe ich Sie auf alle Fälle in Kenntniß setzen wollen —"

„Und Sie warten wohl schon längere Zeit bei diesem schlechten Wetter auf mich? Wie soll ich Ihnen danken?"

„Ach, lieber Herr," entgegnete der kleine Mann, „es ist nur Christenpflicht, einem bedrängten Mitmenschen beizustehen! Nämlich: ich kann mir Sie durchaus nicht als Missethäter denken! Uebrigens habe ich schon gehört, daß Sie Schriftsteller sind. Solche Herren, das weiß ich recht gut, kommen in unserem Zeitalter gar oft in unliebsame Beziehungen zu den hohen Regierungen. Aber jetzt muß ich fort, ich eile, denn mein Gehilfe ist nicht von den routinirtesten! Also: ich überlasse es jetzt ganz Ihrem werthen Ermessen, meinen freundlichen Wink zu benutzen, oder nicht. Ich weiß nicht, was mein Gehilfe in meiner Abwesenheit für Dummheiten macht, also leben Sie wohl! Sehen Sie dort die Droschke? Sie steht nun schon über eine Stunde da. Es ist die bewußte!" . . . .

Ich blickte in die angegebene Richtung, betrachtete das mir freundlich zugedachte Vehikel, war aber entschlossen, dasselbe nicht zu benutzen.

„Danke, danke tausendmal!" rief ich, noch die Hand des Unbekannten schüttelnd.

Da war nun, was ich längst hätte voraussehen können, zur Thatsache geworden. Alle Stellen meines Gedichts, aus welchen man Anklagen formuliren konnte, standen plötzlich vor meinem Gedächtnisse und wiesen wie mit Fingern auf die verschiedenen Paragraphen des Strafgesetzes hin. Gewiß, ohne den freundlichen Unbekannten war mir, wie jetzt die Sache stand, eine lange Haft gewiß.

Ich trat in das nächstgelegene Wirthshaus, verlangte Tinte und Feder, schrieb ein paar auf Ordnung meiner Schuldaußstände und die Nachsendung meiner Effecten bezügliche Briefe und eilte sodann dem Bahnhofe zu.

Ohne weiter in mein Stübchen eingekehrt zu sein, sagte ich in der Nacht dem Oesterreich folgsamen, auslieferungs lustigen Königreiche Sachsen Lebewohl. Erst, als ich auf preußischem Boden stand, fühlte ich mich wieder sicher.

Meine Wanderjahre begannen.

Zweites Buch.

I.

Keineswegs aus freien Stücken hatte ich, im Januar
1847 von Dresden aus, meines „Ziska" wegen
von der österreichischen Regierung verfolgt, meine Wander
schaft angetreten. Ich sah mich aus Arbeiten und Studien
herausgerissen. Ohne Stimmung, tief verdrossen, mehr
geschoben als vorwärts getrieben, zog ich dahin.

In Köln machte ich zuerst Halt. Aber   wie sehr
überträgt sich unsere Stimmung auf die Dinge   was
ich um mich sah, drückte mich nieder. Die engen Gassen,
die Giebel der alterthümlichen Häuser, die alten Kirchen
machten den düstersten Eindruck auf mich. Gegen Abend
stand ich im Dome, die große Fensterrose, von einem Blick
der Januarsonne beleuchtet, warf ein dämmeriges Licht
hinein   ich verweilte nur kurz und ging weiter, ohne
etwas von der Erhebung zu spüren, von welcher an diesem

Orte sich alle Schilderer ergriffen geben. Der Dom hatte mich wie ein unheimliches Räthsel angemuthet.

Ein mächtiger Südwest ging über das Land. Die Luft war beinahe schwül und das Moseleis trieb den Rhein hinab. Ich wohnte in Deutz. Rasch packte ich meine wenigen Effecten zusammen, um noch bei freier Passage hinüberzukommen. Es dunkelte und es gab eine der lebendigsten Scenen, die ich je gesehen. Wohl an fünfzig Menschen waren in ein großes Floß gestiegen, das von acht Männern vorwärts gelenkt wurde, während andere vollauf zu thun hatten, die herantanzenden Eisschollen vom Fahrzeug abzuhalten. Das Durcheinander von Menschen, ihre Rufe, das Brausen des mächtigen, gewaltigen Stromes stimmte seltsam zusammen. Die Macht des Eises war eine so große, daß wir weit vom gewöhnlichen Zielpunkt kamen und eine ganze Strecke hinabtrieben. Endlich langten wir weit außerhalb des Bereichs der Häuser an und ich konnte mir durch die Dunkelheit den Weg zum Bahnhof suchen.

Weiter ging's durch das winterlich todte Aachen nach Lüttich. Die Fahrt vor und hinter Verviers hat wohl noch jeden in Erstaunen gesetzt. Immer wieder steigen senkrechte Felswände im Angesicht der Bahnlinie auf, es ist, als wolle sich der Zug am Fels zerschmettern, da hat schon ein Tunnel den Bahnzug aufgenommen und mit höllischem Donnergepolter geht es durch den Berg weiter, bis endlich wieder ein Thal im Licht der Sterne daliegt. Im Thale aber drängt sich Fabrik an Fabrik, jede ein

Palast von vielen Stockwerken, Maschinenwerkstätten glühen
in Feuerhelle und aus den Schloten wirbeln feurige Dämpfe.
Die erste Nachtfahrt durch diese Gegend bleibt wohl Jedem
unvergeßlich.

Nun war ich in Brüssel, meine Stimmung wurde
gelassener. Stundenlang saß ich auf dem Steingeländer
der oberen Stadt und schaute hinab auf das Meer grauer
Dächer, das im Wintersonnenschein unabsehbar vor mir
ausgebreitet dalag. Dann erst stieg ich herunter. Vor
wessen Geist werden, wenn man Brüssel betritt, nicht
tausend alte Erinnerungsbilder lebendig? Man steht ja
auf dem Boden, auf welchen den Knaben bereits Egmont
und Schiller's Geschichte des Abfalls der Niederlande
geführt! Leider existirt das alte Brüssel kaum mehr. Nur
der Platz mit dem in seiner Art einzigen Stadthause und
ein paar benachbarte Gebäude erinnern an die alte Pracht
und sind intact geblieben, während man sonst unermüdlich
thätig gewesen ist, alles Uebrige in eine Stadt ohne Geschichte und ohne historische Denksteine zu verwandeln.
Das ist das Brüssel Egmont's, Hoorn's, Artevelde's nicht
mehr! Alles ist neufranzösisch geworden, Baustyl und
Menschen. Auch ein Klärchen würde man hier heute
vergeblich suchen. Aber schöne Läden mit Spitzen, Sammet und Seidenstoffen gibt es da, wie wohl kaum anderswo.

Hier endlich wußte ich mir einen Freund. Jakob
Kaufmann, ein Name, der unvergessen sein soll, wenn
man von deutschen Schriftstellern spricht, die aus

Böhmen hervorgegangen, lebte hier. Er ertheilte Unter
richt in der engliſchen Sprache an einer Brüſſeler Privat
ſchule.

Er war ein Menſch, der immer unendlich größer
als ſeine Stellung, ſein Name, ſeine Anerkennung war.
Aus engen Verhältniſſen hervorgegangen, von Gitſchin
gebürtig, hatte er es unter dem Alpdruck der Metter
nich'ſchen Zeit daheim nicht aushalten können und war
nach Leipzig gezogen, das ja eine Zeit lang das Koblenz
der öſterreichiſchen Emigration war. Er hatte viel ſchöne
Gedichte geſchrieben, die er jedoch ſchämig verbarg und
nur in guter Stunde ſeinen vertrauteſten Freunden zeigte.
Zu einem Buche brachte er es vorerſt nicht, nicht einmal
zu einem Büchlein; dazu war ſein Geiſt zu aphoriſtiſch,
zu epigrammatiſch: er wollte alles ſo kurz als möglich
ſagen. Aber in ſeiner Filigran Arbeit, in kleinen Bildern,
kleinen Satiren literariſcher und politiſcher Gattung, geiſt
reich und graziös gefaßt, war er ein Meiſter.

Der jüdiſche Stamm, ſo eifrig auf Erwerb bedacht,
hat andererſeits auch Naturen aufzuweiſen, welche den
Erwerb ganz verſchmähen und faſt ſelbſtlos ſcheinen. So
war gewiß Baruch Spinoza, ſo Moſes Mendelsſohn, ſo
war auch Jacob Kaufmann. Hatte er ſein warmes
Stübchen, Feder und Papier, ſo wußte er, ein Stoiker
edelſter Art, ſeine beſcheidenen Bedürfniſſe zu decken und
war glücklich auf ſeine Weiſe. Sanft, gut, anſpruchslos,
war er der Berather aller Oeſterreicher, die nach Leipzig
kamen, wofern ſie ſeines Antheils würdig waren. Weich

und freundlich klang seine Rede und fast immer spielte
ein wohlwollendes Lächeln um seine Lippen.

Er hatte keinen literarischen Ehrgeiz. Die Arbeit
selbst war sein Lohn. Selbst seine gelungensten Artikel
unterzeichnete er nicht, ihm selbst schienen sie zu unbedeu=
tend, während seine Freunde einen Geist darin erkannten,
der dem Ludwig Börne's verwandt war.

Im Leben war er ein humoristischer Philosoph oder
philosophischer Humorist, an Einfällen unerschöpflich. Saß
man in der Englisch Tavern oder sonstwo bei Porter und
Ale und Jakob Kaufmann kam herein, hastig nach allen
Seiten grüßend und zog er den alten hyazinthfarbenen
Ueberrock aus, da wußte man auch: nun wird bald
gelacht werden, nun wird man viel gescheidte und viel
pudelnärrische Dinge zu hören bekommen. Er war ein
Causeur seltenster Art und man wurde förmlich eingeladen,
ihn sprechen zu hören. Bald horchte Alles an den benach=
barten Tischen zu ihm herüber. Die Heimat, die hinter
ihm lag und die er kaum je wiederzusehen gedachte, er=
schien ihm nicht selten im rührend=grotesksten Lichte; er
wußte von magyarischer Einfalt und slavischer Schlauheit
die wundersamsten Anekdoten, die dann wieder als Themata
für philosophische und culturhistorische Betrachtungen
dienten. Nie hat Jemand Oesterreich besser gekannt als
Jakob Kaufmann: seine Urtheile über den Kaiserstaat
haben leider noch heute Giltigkeit.

Das Land seiner Vorliebe war England, er wurde
nicht müde, englische Institutionen zu loben. Mit jedem

Glase wurde er wärmer und mehr Engländer; da wollte er schließlich nur englisch sprechen. Unzählige Stellen englischer Dichter wurden ihm gegenwärtig, das Lied vom fine old english gentleman vor sich hersingend, trat er den Heimweg an.

Täglich, sobald es Abend wurde, verließ ich mein Zimmer, wo ich von der Kälte auf dem abscheulichen rothen Backstein-Estrich nicht wenig zu leiden hatte und eilte aus der Vorstadt trotz Wind, Regen und Dunkelheit in das Café du Boulevard, wo allabendlich an einem bestimmten Nagel der hyazinthfarbige Ueberrock hing. Unweit davon saß der freundliche Philosoph, nie allein, immer von einem Kreis von Bekannten umgeben. Sie waren alle seine Gäste, die er mit seinen Einfällen bewirthete.

Brüssel wimmelte dazumal von Flüchtlingen und Emigranten aller Art; wir lernten manche derselben an unserem Tische kennen. An problematischen Existenzen, die der Polizei Louis Philipp's aus dem Wege gegangen, war kein Mangel. Ein Paar hatten ihrer Aussage nach wichtige militärische Posten im polnischen Revolutionskriege eingenommen und ließen merken, daß ihnen im General stabe der kommenden Revolution noch größere Posten anvertraut werden würden — sie sind später wirklich im badischen Aufstande flüchtig aufgetaucht. Da war Einer, den wir den „düstern Wahrsager" nannten — Zug für Zug der Apemantus Shakespeare's in die Wirklichkeit von damals übertragen. Er war ein unerreichtes Muster pessimistischer Darstellung. Täglich brachte er Kunde von einem neuen Greuel, „der unsere Zeit den finstersten Tagen des Mittelalters gleichstelle", oder von einer neuen Schandthat der Könige, „die das Blut der Ruhigsten zum Sieden bringen müsse". Der Ausgangspunkt aller Politik datirte für ihn von der von Robespierre formulirten Erklärung der Menschenrechte, doch war er der Meinung, daß man bei der nächsten Erhebung die Principien Babeuf's zu realisiren haben werde. Darüber duldete er keinen Widerspruch. Dem, der ihn wagte, wurde bedeutet, er sei zwar ein ganz guter Geselle: dennoch würde die Volkspartei nicht umhin können, ihn bei so perversen Gesinnungen „ein wenig zu verkürzen". Er sah sich schon im Geiste auf dem Berge eines europäischen Convents sitzen, ein neuer Marat oder Anacharsis Cloots. Mit seinen Ansichten harmonirte die ganze Erscheinung   der verwitterte Kopf mit den fanatischen Augen, der struppig rothe Bart, ja auch die Kleidung, Hut, Rock und Hosen, welche sämmtlich den Zerfall mit der Zeit zum Ausdruck brachten . . .

Es war eine merkwürdige Zeit und der „rothe Wolf" - denn dies war sein Name und ich habe ihn wie er war in meinen Roman „Zwischen Fürst und Volk" hinübergenommen   eines ihrer merkwürdigsten Originale. Die Epoche der Pariser Commune hat gezeigt, daß solche Typen noch heute existiren, aber sie bleiben jetzt in den Tiefen ihrer Conventikel, sie tauchen nicht mehr an die Oberfläche. Man würde sie aber auch nicht mehr wie damals belustigt anhören und sie lediglich für Originale und seltsame Träumer halten . . .

Während ich so in Brüssel dahinlebte, Morgens Gemäldegallerien, Museen, Sehenswürdigkeiten aller Art durchmusternd, Abends in einer Gesellschaft, in der mich das Durcheinander der Meinungen interessirte, machte ich mir Vorwürfe, daß ich eine Familie nicht besuche, die Jahre hindurch meinen Eltern sehr befreundet gewesen.

Und doch blieb ich aus gutem Grunde fort.

General Strzynecki, der Oberfeldherr der Polen im Freiheitskampfe von 1831, hatte, seitdem er mit seinen Truppenresten nach Galizien übergetreten war, in Prag gelebt und war mit den Seinigen viel in unser Haus gekommen. Ich war seit meinen Knabenjahren gewohnt, mit scheuer Verehrung zu ihm hinaufzusehen und wohl mußte diese hohe stattliche, vom Nimbus des Unglücks umgebene Gestalt, der schöne Kopf von trübem melancholischen Ernste mit den ruhigen schwermüthigen Augen und dem feingezogenen Munde auch auf solche, die die Verdienste des Mannes nicht im Entferntesten zu verstehen und überschauen im Stande waren, einen imponirenden Eindruck machen. Der General hatte aus einer großen Stellung nichts gerettet und war beinahe arm. So lebte er Jahr um Jahr unter polizeilicher Aufsicht, durfte den Umkreis der Prager Mauern nicht verlassen und mußte selbst um eine Badereise nach Karlsbad „bittlich einkommen". Mit der Unruhe eines Schiff-

brüchigen, der immer auslugt und immer geneigt ist, den
weißen Flecken am Horizonte für das Segel eines vor=
überziehenden Schiffes zu halten, hatte er hingelebt
sein Leben ein stetes Erwarten. Da wurde einmal ein
Briefchen bei uns abgegeben, darin stand ein Lebewohl.
Der General hatte Prag und Oesterreich heimlich ver=
lassen. Welche Bewegung verursachte bei uns, die ihm
anhingen, dieser Schritt! „Das steht mit Ereignissen, die
bald hervortreten werden, im Zusammenhange!" sagte
mein Vater mit erhobenem Finger. Wir verlebten auch
mehrere Tage in ängstlicher Sorge, daß er auf seiner
Flucht aufgegriffen werden könne. Doch nein, die öster=
reichische Polizei erfuhr seine Flucht erst aus belgischen
und französischen Blättern, und nach langen Bemühungen
erhielt die Familie die Erlaubniß, dem Flüchtling nach=
folgen zu dürfen. Die Sache gab viel zu reden und
manche Conjectur wurde geschmiedet. Aber die Vorher=
sagungen trafen nicht ein, die Welt blieb ruhig und
Polen schien nach Grochow und Ostrolenka in tödtlicher
Ermattung verharren zu sollen.

Eines Tages wandelte ich mit Kaufmann in den
entblätterten Alleen des Parks, als ein hochgewachsener,
stattlicher Herr, der mit einem Hündchen daher gekommen
war, vor mir stehen blieb und sagte:

„Mein Gedächtniß ist besser als das Ihrige."

Jetzt erst sah ich empor in das schöne ernste Gesicht
und erkannte trotz seiner seit Prag ganz ergrauten Haare
den General. Ich entschuldigte mich, so gut ich konnte.

Abends trat ich in eine Parterrewohnung in der Rue des cerfs. Sie war sehr gewöhnlich möblirt, ein echtes Emigrantenquartier, das man nicht comfortable macht, weil man es bald zu verlassen gedenkt. Ein Kaminfeuer war erloschen, ohne die Räume zu erwärmen, von der Wand blickte ein großes schwarzes Crucifix. Und nun kam die Generalin heran und die schöne blonde Hedwig, und auf dem Tische sah ich wieder einmal den Samowar und die Theekanne mit den dünnen Butterbrödchen, von denen ich so oft als Knabe hungrig heimgekommen.

Ach, wäre es nur der Thee und die Brödchen gewesen! Der General trat ein, und kaum hatten wir uns gesetzt, als die längst erwartete Strafrede über mich hereinbrach.

„Ich habe Ihr Gedicht gelesen," sagte er, „aber mit welchen Empfindungen! So sind Sie den Krallen des Bösen verfallen! Sie konnten es wagen, das einzige, das ewige Institut, die römische Kirche anzugreifen? Unglücklicher! könnte ich Ihnen die Augen öffnen und Ihre Seele dem ewigen Heile zuführen."

„Aber, Johann," fiel die Gemalin ihrem Gatten in's Wort, „du vergissest, daß unser guter Freund in protestantischen Anschauungen herangewachsen ist! Was kann ihm der Papst sein?"

Die Einrede half nichts. Der General fing an zu beweisen, wie Staat und Kirche untrennbar seien und jede echte Kunst und Poesie nur als katholische gedacht werden könne. Wie die Reformation ein Werk des Teufels sei, den Keim der Zerstörung in sich trage und die Bevölkerungen, die sich ihr anheimgegeben, stufenweise zum Materialismus, Atheismus, Pantheismus führe . . .

Alles das hatte ich vorausgesehen. Schon in Prag hatte der General neben seinen kriegswissenschaftlichen Büchern den Grafen Le Maistre und den Abbé Lammenais so eifrig gelesen — den Thomas a Kempis pflegte er in der Tasche bei sich zu tragen.

Welch unerquicklicher Abend und wie bedauerte ich den Gang! Doch was war zu thun? Opponiren mochte ich nicht. Mit der stumpfen Gelassenheit eines Schlachtopfers, etwa eines Negers vor dem Missionär ließ ich alles an mir dahin gehen.

Nur sagte ich, damit sich der Act nicht noch einmal wiederhole, daß ich morgen wieder abreisen werde.

Endlich war die Stunde gekommen, in der ich mich mit Anstand wieder entfernen konnte. Beim Abschied schlug das gute Herz des Generals wieder durch. Er küßte mich nach Art der Polen auf beide Wangen, zeichnete ein Kreuz über mich und entließ mich mit den besten Wünschen.

Auch er gehört mit in das Bild der Emigrirten von allen Farben, die Brüssel damals beherbergte, ein Gegensatz zu den anderen, wie er schärfer gar nicht gedacht werden kann.

Ich habe ihn seit diesem Abend nie wiedergesehen und weiß nur, daß er vor nicht gar zu langer Zeit in hohem Alter zu Krakau gestorben.

Er hatte seiner Zeit ohne Beihilfe von irgend einer Seite den Kampf von vier Millionen gegen fünfzig Millionen geführt, zudem noch von Nachbarmächten eingeschlossen, von denen jede die Wiederaufrichtung des Polenreiches fürchtete. Auch bei größter militärischer Begabung hätte seine hoffnungslose Sache kein anderes Ende nehmen können.

II.

Erster Eindruck von Paris.   Celeste wiedergefunden.

An einem schneidend kalten Wintermorgen — genau gesagt, am 8. Februar 1847 — wurde ich in Paris ausgesetzt. Seit ich die Stadt betreten, glaubte ich ein unaufhörliches weitverbreitetes Getöse, wie von einer Meeresbrandung zu vernehmen. Möglich, daß es Täuschung war; es mag aber auch wirklich eine ununterbrochene Erschütterung der Luft, wie sie eine solche Stadt bedingt, sich gewissen Nerven bemerkbar machen.

Dieses oceanische Brausen wuchs mir im Ohre, als ich mich ins Innere der Stadt führen ließ, um im Palais royal zu frühstücken und es steigerte sich bis zum Widerwärtigen, als ich in die Rivolistraße hinaustrat. Erst im nahen Tuileriengarten ward es schwächer. Dort hielt ich lange still vor einer Statue in Erzguß. Es war der Spartacus von Foyatier, der vor dem mittleren Pavillon des Tuileriengartens stand. Er hat die Fesseln zersprengt, beide Arme mit geballten Fäusten übereinandergeschlagen, das kurze Gladiatorenschwert in der Linken, im Gesicht den Ausdruck energischer Empörung. Dieser vor das Königschloß aufgestellte Spartacus gab mir zu denken. Sollte er Frankreich symbolisiren?

Ich wanderte weiter und kam auf den Platz de la Concorde. Die Sonne trat aus den Wolken und warf ihr Licht auf das ungeheure Bild, das sich vor mir aufthat. Eine Fülle von Erinnerungen stürmte auf mich ein, aber welche Fülle der Gegenwart war auch da! Die Springbrunnen, die ihr Wasser in die colossalen Becken schütteten, die Wagen, die Menschen, die ungeheure Strecke der elysäischen Felder in Dunst und Nebel verschwimmend...

Aber die historische Wichtigkeit der Stadt war für mich heute so gut wie nicht vorhanden. Mein Hauptgedanke war, daß ich in dieser Stadt Celeste wiedersehen werde. Vor allen andern Bekannten nur sie!

Würde sie wohl von der Lieblichkeit verloren haben, mit der meine Phantasie sie umkleidete? Ich hatte sie so lange nicht gesehen! So hold konnte sie nicht mehr sein, als sie in meiner Erinnerung lebte. Sie hatte so viel Trauriges durchgemacht. Ach, ihr Freund und Beschützer zu werden im gefahrvollen Leben, war ein schöner Gedanke! Mein Herz zitterte vor Freude, aber auch vor heimlicher Angst! Ja, ich würde sie wiedersehen! Vielleicht schon in der nächsten Stunde lag sie in meinen Armen! Ich hatte mich sorgfältig angekleidet, wie es die gute Lebensart verlangt, wenn man in einer fremden Familie den ersten Besuch zu machen hat. Und bald fand ich einen Omnibus, der mich in die Nähe der bewußten Straße bringen würde, ohne daß auf dem vom Februar-Nebel gänzlich durchfeuchteten Pflaster meine Fußbekleidung leide.

Es war weiter, als ich dachte; ich war fehlgegangen und hatte lange zu suchen. Der Abend begann zu dunkeln, als ich in der Rue de Provence vor dem Hause Nummer 16 stand. Die Hausthür ging vor mir auf.

„Madame Alibert?" fragte ich die Portiersfrau.

„Au fond!" oder so ähnlich lautete die verdrießliche Antwort.

Ich gehe über einen Hof von mittlerer Größe, er war nett gepflastert und reinlich gehalten, ich sehe sofort eine Treppe vor mir und steige aufwärts. Auf dem Treppenabsatz angelangt, ist keine Wahl von Thüren zu treffen, nur eine ist da. Und ehe ich noch die Klingel gezogen, öffnet sich die Thür vor mir; eine junge Dame, ein Licht in der Hand, kam mir entgegen.

Es war Celeste.

Sie starrte mich eine Weile mit großgeöffneten Augen an, dann sagte sie fast tonlos:

„Mein Gott, mein Gott, Sie sind es!"

„Ich, liebe Celeste!"

„Aber, großer Gott, wo kommen Sie her?" fragte sie mit dem Ausdrucke unermeßlichen Erstaunens. „Wer hat Ihnen meine Wohnung gesagt, meine Adresse gegeben?"

„Ihre Adresse?... Ich war im Herbste in Karlsbad.
Sie haben an Ihren ehemaligen Hausherrn geschrieben"....

„Ja freilich, freilich. An den habe ich geschrieben
um den alten Koffer! Jetzt begreife ich — jetzt begreife
ich Alles. Aber dies Wiedersehen war so plötzlich —
Sie haben mich so schrecklich überrascht, warum haben
Sie mir nicht zuvor geschrieben?"

„Warum? Wann hätte ich Ihnen schreiben sollen?
Heute früh bin ich angekommen — heute bin ich schon
da. Ich brannte vor Ungeduld, Sie wiederzusehen!"

„Ja, ja, Sie sind es, Sie, mein guter Freund,
Sie sind es!" rief Celeste im zärtlichsten Tone, indem
sie beide Arme auf meine Achseln legte und mir in die
Augen sah.

„Ich bin selig," rief ich. Doch ich hatte sie kaum
umschlungen, als sie in Thränen ausbrach.

Es waren Thränen, wie ich sie noch nie im Leben
gesehen. Sie brachen stromweise aus den Augen hervor.
Wie ein Guß von Perlen ging es über die Wangen
hinab. Dabei verzog sich das Antlitz, die ganze Gestalt
vibrirte; ein Krampf schien alle Muskeln des Gesichts
und der Brust erfaßt zu haben.

Und in immer neuen Güssen rollten die Thränen.

Ich stand sprachlos, erschüttert da. Ja, der Abstand
von damals und heute ist groß! sagte ich zu mir. Sie
weint um ihre Mutter, um eine Zeit, da sie reich und
glücklich und unabhängig war. Jetzt ißt sie ein Gnaden=
brot im fremden Hause. Arme Celeste!

Ich wartete und wartete, daß diese Thränen aufhören, es wollte nicht enden. Erst jetzt sah ich mir Celeste näher an. Sie stand vor mir nachlässig in einen weiten, von oben bis unten geschlossenen Schlafrock von hellbraunem Thibet gekleidet, aber ihr Haar war schön und kunstvoll frisirt, und ihre Füßchen steckten in zierlichen Schuhen mit großen, rosenrothen Bandschleifen.

„Die Ueberraschung hat Ihnen wehegethan!" sagte ich, als Celeste sich ein wenig beruhigt hatte. „Verzeihen Sie, daß ich so plötzlich vor Ihnen erschienen bin. Aber nun darf ich wohl vorwärts gehen und Sie bitten, mich der Familie, bei der Sie sind, vorzustellen. Als Freund Ihrer seligen Mutter — als Ihr Freund — "

Damit ging ich vorwärts und schritt durch den kurzen und engen Corridor einer offenstehenden Thür zu.

Sie führte in einen elegant möblirten Salon. Zwei Flammen eines Armleuchters, der wie vergessen auf der Marmorplatte eines Kamins stand, erhellten ihn nur spärlich. Ich sah geschlossene Fenster, Draperien von schwerem Stoff, die bis an den Boden reichten, der mit einem Teppich belegt war. Ich sah ein Pianino und mehrere Bilder an den Wänden. Ein Sofa und vier bis fünf Fauteuils von rothem Sammet standen um einen ovalen Tisch, über den ein vergoldeter Kronleuchter herabhing.

„Der Salon ist leer" — sagte ich. „Alles scheint ausgegangen zu sein."

Ich blieb an der Schwelle stehen.

„Ja, alles ist ausgegangen," wiederholte Celeste, die mir langsam gefolgt war. „Ich glaube wenigstens daß Madame Alibert nicht da ist . . ., aber sie kann jeden Augenblick kommen. Nein daß ich Sie ihr vorstelle, geht nicht an . . . Geht durchaus nicht. Sie ist - eine ganz eigene Frau "

„Wohl eine sehr reiche vornehme, hoffährtige Dame?"

„Eine ganz eigene Frau" - fuhr Celeste fort, indem sie sich scheu nach allen Seiten umsah "und und - ich rede offen: Sie würden mir einen Gefallen thun, wenn Sie mich schon jetzt verlassen wollten! Es ist nämlich so," sagte sie jetzt sehr rasch: „Madame Alibert erwartet heute Gesellschaft. Sie sehen ja: ich war eben im Ankleiden begriffen, als Sie kamen. O sehen Sie mich nicht an. Ich will nicht, daß Sie mich ansehen! Nun kann aber jeden Augenblick Jemand kommen - - und ich in meiner Stellung hier - nein Sie werden meine Bitte erfüllen ·"

„Ich habe längst die Empfindung gehabt, daß ich Ihnen heute ganz ungelegen komme," erwiderte ich etwas verletzt. „Seit ich da bin, stehen Sie auf Nadeln. Aber Sie erlauben mir schon ein andermal. Was ist natürlicher, als daß ich der Dame, deren Gesellschafterin Sie sind, meine Aufwartung mache? . . ."

„Nein, nein, nein!" erwiderte Celeste heftig. „Nach Madame Alibert fragen Sie nicht! Aber wissen Sie was? Sie lassen mir eine Karte mit Ihrer Adresse zurück. Ich schreibe Ihnen in Ihre Wohnung, und wir verabreden ein Wiedersehen! Ist das Ihnen recht? Sind Sie damit zufrieden?"

„Meine Wohnung merkt sich leicht!" antwortete ich. „Hotel Violet, Rue Poissonnière."

„Hotel Violet, Rue Poissonnière," wiederholte Celeste. „Und nun gehen Sie. Bitte, gehen Sie! Es ist besser, daß Sie Niemand sieht. Weit besser. Auf einen Brief von mir können Sie zählen. Morgen schon. Adieu, mein guter Freund! Adieu, mein Lieber!" Ihre Stimme wurde sehr weich, und kosend legte sie ihre Arme um meinen Hals. „Adieu, mein Geliebter! Mein Jugend= geliebter!"

Damit — nein, geleiten kann man nicht sagen — damit schob sie mich in den Corridor zurück, der Thür zu. Ich umfaßte sie noch rasch und drückte einen Kuß auf ihre Stirne.

Dann ging ich langsam die Treppe herunter, während sie mir noch vom Geländer herableuchtete.

Ich war sonderbar bewegt und hielt bei jedem Schritte inne. Celestens Schreck und Verwirrung bei meinem Erscheinen — diese Fluth von Thränen, dies scheue Wesen, das immer den Wunsch durchleuchten ließ, daß ich mich sobald als möglich entferne — diese Gesell= schaft, die man heute erwartete und für die ich keinerlei Vorbereitungen getroffen sah — dieser Anzug Celestens und ihr Erscheinen in demselben an der Thür — alles das war mir so seltsam, so wunderlich . . . Dahinter steckte etwas, aber das Was errieth ich nicht.

Es war schon recht dunkel geworden. Auf dem untersten Absatze der Treppe stieß ich auf eine Gruppe.

Eine sehr geputzte Dame conferirte eifrig mit einem Herrn.

Ich ging, ohne sie zu beachten, ein paar Schritte weiter.

Ueber den Hof kam ein Fräulein in Promenaden-Toilette daher, ein Liedchen trällernd, und fixirte mich.

Mir ging plötzlich ein schreckliches Licht auf.

Ich blieb vor der jungen Dame stehen und fragte: „Schönes Kind, wohnen Sie auch bei Madame Alibert?"

„Bei wem sonst?" erwiderte sie. „Gefalle ich Ihnen? Das freut mich. — Ich heiße Hortense —" Damit eilte sie davon.

Ach, jetzt wußte ich Alles, Alles! Nun wußte ich erst, wo ich gewesen! Also dahin war es gekommen! Ich war wie von einer Kugel getroffen und hätte an die Wand fallen mögen. Celeste, Celeste! O, ich konnte mir's denken, wie Alles geworden; die Mutter gestorben, sie allein, mittellos, zurückgeblieben in der Fremde, in Paris. Ein Weib, das an sie herangeschlichen kam mit dem Vorwande der Hilfe. Eine Verderberin. Ich verbrachte eine schlaflose Nacht und dann einen öden, wüsten Tag, und dann noch viele, viele gestörte Nächte, in denen ich Celeste immer vor mir sah. Helfen? Wie helfen? Was in den Pfuhl gefallen, holt man nicht herauf. Die Sache war unheilbar.

Jahrelang aber ist mir die Sache nachgegangen.

Der versprochene Brief Celeste's ist nicht gekommen; ich habe sie nie wiedergesehen und das Haus nie mehr betreten. Auch der Geschichte, wie das Alles so gekommen, habe ich nie nachforschen mögen.

III.

Heinrich Heine daheim und im Cercle Valois.   Deutsche Publicisten.

Es war am 10. Februar 1847 in einer der Nachmittagsstunden zwischen Drei und Sechs, als ich mich aufmachte, einen Brief Heinrich Laube's bei Heinrich Heine abzugeben. Ich hatte das Haus, das in der Nähe meines Absteigequartiers, des Hotel Violet, lag, bald gefunden. In der Rue Faubourg Poissonnière biegt links ein enges Gäßlein ein; das dadurch entstandene Eckhaus war die bezügliche Nummer, 46. Ich stieg drei hölzerne, schmale, gefährlich glatt polirte Treppen aufwärts und stand vor einer schmalen braunen Thüre, an der eine grünseidene Glockenschnur herabhing.

Ich schellte, eine corpulente, noch ziemlich jugendliche Dame öffnete, warf einen prüfenden Blick auf meinen vaterländischen Rock und sagte mir, daß Monsieur Eine ausgegangen sei.

„Je suis desolé," sagte ich mit wirklicher Enttäuschung, „de ne pas trouver Monsieur Heine. Je viens de Leipzig, porteur d'une lettre de Monsieur

Laube. Quand, Madame, pourrai-je avoir le plaisir? — "

„Il n'est pas sorti! Il n'est pas sorti!" rief in diesem Augenblicke eine sehr dünne Stimme und ein eher kleiner als großer Mann, nicht alt, nicht jung, den Kopf ein wenig vorgebückt, erschien zwischen der Thür in einem Schlafrock, der um seine nackten Beine flatterte.

Es war Heinrich Heine und ein Druck seiner weichen sanften Hand hieß mich willkommen.

„Entrez, entrez! Ich bin soeben heimgekommen muß mich umziehen, weil ich ganz in Schweiß gebadet war!" rief er keuchend, aber so laut, als wenn er zu einem Schwerhörigen spräche.

„Ja, ma biche, das ist ein Freund aus Deutschland, der mir einen Brief von Laube bringt," erklärte er der Gattin. „Madame Heine will keine Deutschen zu mir lassen. Sie erkennt dieselben auf den ersten Blick," fügte er lachend hinzu.

Damit eilte er in das Nebenzimmer.

„Ja, mein Err!" sagte Madame gezwungen lächelnd. „J'ai vu du premier abord que Monsieur est Allemand."

„Woran erkennen Sie uns?" fragte ich schüchtern.

„Oh, mon Dieu   an den Kleidern - an den Stiefeln   "

„Der deutsche Stiefel sieht fast immer so aus, als habe ihn Hans Sachs verfertigt," rief Heine aus dem Nebenzimmer lachend herüber.

Ich warf einen Blick auf meinen Rock — mein Schuhwerk — Dresdener Fabricat und konnte an beiden nichts Ungewöhnliches erkennen. Dennoch mußte etwas daran nicht stylgemäß sein. „Und warum," frage ich, „sind die Deutschen bei Ihnen so in die Acht erklärt? — Doch — ich kann's mir denken, Ihr Gemal wird mit Besuchen überlaufen — "

„Ich kann es nicht leugnen," sagte jetzt Heine, der mittlerweile in etwas vervollständigter Toilette wieder erschienen war. „Es kommt mir selten aus dem Vaterlande etwas Erfreuliches zu. Was sich als deutsche Landsmannschaft präsentirt, ist oft so zweifelhafter Natur — dagegen — schenkt mir ein ehrenhafter Landsmann, dessen Namen mir bekannt ist, die Ehre seines Besuches, so kann er einer freundlichen Aufnahme gewiß sein. Doch, kommen Sie, kommen Sie auf mein Zimmer. Wir müssen ein Langes und Breites schwatzen. Ich höre so selten etwas — "

Erst jetzt sah ich mir Heine näher an. Er war bei weitem noch nicht der kranke Mann, als den wir ihn einige Jahre später uns zu denken gewöhnt sind. Freilich war das rechte Auge geschlossen, aber andere Spuren des vorangegangenen Schlaganfalls waren auf seinem Gesichte kaum bemerkbar. Dieses Gesicht war von eigenthümlicher Schönheit, die Stirne hoch und edel, die Nase fein und vornehm geschnitten, den Mund von zierlicher Bildung umschattete ein Bart, der auch das ganze Kinn umkleidete. Dieser Bart war schon weiß gespreukelt, während das

volle braune Haupthaar, das tief in den Nacken hinab-
hing, in seiner Ueppigkeit noch keine Spur des Alters
verrieth. Der Gesammteindruck seines Gesichtes war
schwärmerische Schwermuth, doch wenn er sprach und sich
bewegte, brach eine ungeahnte Energie und ein über-
raschendes, fast dämonisches Lächeln hervor. Er war noch
so ziemlich gut auf den Beinen und konnte, auch nur um
eines Zeitungsartikels wegen, den weiten Weg vom Faubourg Poissonière bis zum Palais royal ins Cabinet de
Lectüre zurücklegen.

Heine stand damals im achtundvierzigsten Jahre.
Zu seiner Krankheit, welche später zu so schrecklichen
Verwüstungen führte, war durch Aufregungen in einem
Erbschaftsstreite der Grund gelegt worden. Heine hatte
von seinem Oheim, dem dreißigfachen Millionär Salomon
Heine, eine Jahresrente bezogen und hatte nie einen
Zweifel gehegt, daß ihm diese auf Lebzeiten gesichert
bleiben werde. Da war Salomon Heine im December
1844 gestorben und im Testamente fehlte die Rente.
Zahlreiche Institute und Personen waren mit den splen-
didesten Legaten bedacht, und er, der Neffe, ging so gut
wie leer aus. Ihm war, ein für alle Mal, die Summe
von acht Tausend Mark ausgesetzt und selbst an Aus-
zahlung dieser geringen Summe war noch die Bedingung
geknüpft, daß der Dichter die Verpflichtung eingehe, niemals eine Zeile zu schreiben, durch welche irgend ein
Mitglied der Heine'schen Familie verletzt werden könne.
Wer hatte in so unheimlicher Weise auf den alten Herrn

eingewirkt, in welchem Heine einen zweiten Vater verehrt
hatte? Von wem rührte diese Rache her? Obschon nun
das Testament die Clausel enthielt, daß jede Unzufrieden=
heit mit den Bestimmungen des Erblassers, sowie jeder
Versuch, den Haupterben im ruhigen Besitze des ihm
Vermachten zu stören, den gänzlichen Verlust jedes An=
rechts auf das ihm Zugesprochene nach sich ziehen solle,
war Heinrich Heine bei der ersten Kunde, daß sein Vetter
das Aussprechen der vorgenannten Verpflichtung verlange,
entschlossen, sein bedrohtes Recht auf gerichtlichem Wege
geltend zu machen. Da gab es Stürme, schlaflose Nächte,
Aufregungen aller Art. Der Kämpfer, dem hundert
wüthende Angriffe nichts geschadet hatten, erlag jetzt dem
Aerger und der Kränkung. Wie würde es um seine alten
Tage bestellt sein.

Sein Organismus schien ihn schon jetzt fühlen zu
lassen, daß dieser Zustand über kurz oder lang mit dem
Tode enden müsse. Ohne Besserung zu fühlen, war er
das Jahr zuvor aus dem Pyrenäenbad Bagnères zurück
gekehrt und hatte es in Paris mit ebenso wenig Erfolg
mit mehreren Aerzten versucht.

Dessenungeachtet war er noch immer gesellig, liebte
es, Gäste bei sich zu sehen, konnte ausgelassen lustig sein,
scherzen, lachen, spotten. Sein Geist schien von den Lei
den des Körpers völlig frei geblieben zu sein und arbeitete
in einer in Trümmer gehenden Wohnung weiter mit der
alten Kraft, wie unbekümmert darum, wann das Dach
über ihm zusammenstürzen sollte.

Es ist erzählt worden, daß Heine sehr gesellig gelebt habe, viel in hochgestellte Pariser Kreise gekommen sei und mit den Notabilitäten der französischen Presse vielfachen Verkehr gepflogen habe. Das mag in den früheren guten Tagen so gewesen sein: jetzt war es nicht der Fall, er lebte sehr zurückgezogen. In deutsche Familien kam er gar nicht, vermuthlich deshalb, weil er seine Frau nicht dahin mitnehmen konnte, und in französische ebenso wenig. Er war mit der französischen Schriftstellerwelt bekannt, aber die Beziehungen waren keine lebendigen, er kam mit keiner dieser Persönlichkeiten öfter zusammen. Ein paar davon waren ihm immer fern geblieben. Victor Hugo auf seinen Stelzen, Lamartine auf seinem weihrauchduftenden Wolkenthron. Mit Georges Sand war er ehedem befreundet gewesen, jetzt hatte er die Schriftstellerin, die mit Chopin zusammen in der akazienbeschatteten Cour du Orleans wohnte, schon manches Jahr nicht mehr gesehen. Nächst dieser genialen Frau interessirte ihn Balzac am meisten, er erzählte oft von Spaziergängen im Tuileriengarten, wo dann Balzac die erste beste etwas auffallende Erscheinung zum Anlaß nahm, die wunderbarsten Kenntnisse in der Naturgeschichte der Stände zu entwickeln. Mit Leon Gozlan und Jules Janin war der Verkehr, der ehedem bestanden, auch ganz eingeschlafen. Die großen Entfernungen, der Ernst der Arbeit und das Leben einer Stadt wie Paris mit seinen tausend Zerstreuungen bringen es mit sich, daß auch solche, die großen Gefallen an einander finden, sich lange nicht sehen und sich zuletzt aus den Augen verlieren. Vollends aber der Kranke ist nur ein halber Mensch. Alles schien ihn vergessen zu haben. Nur der arme Gerard de Nerval, der ein lebendiges Interesse an deutschem Geistesleben nahm, kam zuweilen in's Haus.

Heine's Hauptumgang war sonach der mit einfachen Sterblichen, ohne Prätensionen auf Kränze und Nachruhm. Er beschränkte sich schließlich auf deutsche Literaten, die als Berichterstatter nach Paris gekommen waren. Unter diesen stand Dr. Heinrich Seuffert obenan; er war der Einzige, der Heine gemüthlich nahe gekommen. Heine suchte seinen Umgang und hatte es nicht gern, wenn Seuffert länger ausblieb.

Heinrich Seuffert war ein hübscher Mann, in den Dreißigern, mit blondem, zu Locken geneigtem Haarwuchs und echt germanischer Wangenröthe, scheinbar sehr gesund, aber von hochgesteigerter Nervosität. Er hatte eine Gewohnheit angenommen, die vieles Flüstern und Kopfschütteln erzeugte, wenn er ein öffentliches Local betrat und ihm bei Leuten, die seinen Namen nicht wußten oder nicht behielten, den Namen: le monsieur au ruban (der Mann mit dem Bande) verschafft hatte. Er pflegte nämlich ein mehrere Meter langes, schmales schwarzes Seidenband bei sich zu tragen, das er auf und ab bewegte, in die Luft warf und wieder auffing. Es mußte neben ihm liegen, wenn er schrieb. Manchmal trieb er es, sich und die Umgebung selbst vergessend, so arg damit, wie ein junges Kätzlein mit einem Knäuel. Nahm man ihm scherzeshalber sein Spielzeug weg, was nicht selten geschah, so wurde er unruhig, machte ein betrübtes Gesicht und bat schließlich inständig, daß man ihm sein Band zurückstelle, denn er konnte ohne dasselbe nicht leben. Ein solches Band dauerte nicht lange, allwöchentlich wurde ein neues gekauft und das alte Spielzeug weggeworfen.

Dieser wunderliche Mann schrieb gleich gut Französisch wie Deutsch und war überhaupt ein merkwürdiger Stylist. Er schrieb die Woche mehrmals politische Berichte für die „Augsburger Allgemeine Zeitung" und von Zeit zu Zeit längere Artikel über Kunst und Literatur für die Beilage derselben und für das „Stuttgarter Morgenblatt". Seine Artikel, denen er das Marszeichen ♀ voranstellte, glichen in der Form so sehr denen Heine's, daß sie vielfach von Jenen, welche die vorgesetzten Zeichen nicht beachteten, Heine führte das Davidsschild ✡ - für Heine'sche gehalten wurden. Als die „Lutetia" erschien, vermißten Viele diesen und jenen witzigen Brief, den sie im Gedächtnisse behalten und Heine zugeschrieben hatten. Es waren Briefe Heinrich Seuffert's gewesen.

Er hatte sich ganz an Heine's Styl herangebildet, bewegte sich in denselben Sprüngen und Capriolen, aber ein anderer Geist schlug dann und wann durch. Er war nämlich ein gar gläubiger Katholik von Haus aus — er entstammte einer Würzburger Familie und ging in dieser Richtung immer weiter, seitdem er sich in eine junge Französin aus einer legitimistischen Familie verliebt hatte. Das Fräulein hatte sich mit der Absicht getragen, in's Kloster zu gehen, sie wollte lange von Seuffert's Werbungen nichts wissen. Endlich machte ein Abbé die junge Dame darauf aufmerksam, daß sie ja bei ihrem Geiste als verheiratete Frau im Verkehre mit Weltmännern der Kirche weit größere Dienste leisten könne, als im Kloster. So war ein Ausweg aus den sich kreuzenden Neigungen gefunden, und Seuffert athmete wieder auf, voll Hoffnung, daß er die, welche eine Gottesbraut hatte werden wollen, sein Eigen nennen werde ...

Alles, was in Paris damals an deutschen Berichterstattern beisammen war, fand sich zwischen Drei und Fünf in einem größeren Lesecabinet ein. Dieses, der Cercle Valois genannt, befand sich im Palais Royal, also einem bequem in der Mitte gelegenen Punkte. Auf einem großen Mitteltische waren an die fünfzig Zeitungen, französische und fremdländische, ausgelegt; es war für Tintenfässer und Federn gesorgt; die Herren lasen, schrieben ihre Berichte und trugen sie dann eigenhändig auf das unfern gelegene Postbureau der Börse.

In diesem Lesecasino erschien Heine sehr häufig, höchst regelmäßig an den Tagen, da die Wochenblätter ankamen, und da er für Lob und Tadel keineswegs unempfänglich war, stöberte er in den Blättern herum, seinem Namen zu begegnen. Was er über sich und seine Schriften las, war selten erfreulich. Es war eine starke Gegenströmung gegen ehemals eingebrochen; man behauptete, er habe sich ausgeschrieben, sein Talent habe sich abgeschwächt und sei im Verfalle begriffen. Und das wurde nicht etwa zu begründen versucht, es sprach sich durch die Kürze und den wegwerfenden Ton gelegentlicher Erwähnungen aus. Heine äußerte sich nicht darüber, aber man sah wohl, wie ihm dabei zu Muthe war.

Besonders schien eine Anzahl kleiner deutscher Notizler aus Paris es auf ihn abgesehen zu haben. Einer derselben hatte, während Heine die Bäder in Bagnères gebrauchte, in der Teutschen Allgemeinen erzählt, Heine sei in eine Pariser Irrenanstalt gebracht worden. Nun hatte derselbe Berichterstatter gemeldet, Heine sei gestorben. „Mich ärgert nur," sagte Heine, „daß der Herr Professor Bülau, der Chefredacteur, so wenig Werth auf mein Leben legt, daß er es nicht einmal der Mühe werth gehalten hat, vorn im Inhaltsverzeichniß meines Todes Erwähnung zu thun. Da hat doch die „Preußische Allgemeine", wiewohl sie mir nicht hold ist, besser gehandelt. Sie hat mir armem Sünder ein Kreuz gespendet. Heine †."

„Nun leben Sie aber, und das ist die Hauptsache."

„Ja, ich lebe und fühle, daß ich gestochen werde," entgegnete Heine bitter. „Das Schlimme ist, daß man sich gegen das Ungeziefer nicht wehren und es auch nicht bestrafen kann. Je kleiner das Insect ist, um so weniger kann man ihm beikommen. Das ist's: Flöhe kann man nicht brandmarken! Von den Franzosen," fuhr er, sich selbst tröstend, fort, „werde ich anders behandelt. Balzac hat mir seine letzterschienene Novelle gewidmet. Er nennt mich in der Zueignung den würdigsten Repräsentanten französischen Geistes in Teutschland und deutscher Poesie in Frankreich. Theophil Gautier sagt mir in seiner Vorrede zu den „Willis" die liebenswürdigsten Schmeicheleien. — In der theueren Heimat dagegen — doch ich will schweigen!"

Ich hatte im Cercle Valois alle Berichterstatter der „Augsburger Allgemeinen Zeitung" nacheinander kennen gelernt, nur einen derselben, den Baron Ferdinand v. Eckstein, hatte ich nie zu Gesichte bekommen. Es war dies ein getaufter und geadelter Jude, der, wie es hieß, Sanskrit und andere indische Sprachen trieb und der Zeitung ab und zu ganz lose, mit den Ereignissen verknüpfte Betrachtungen, wenn man will Parabasen, in einem äußerst wunderlichen apokalyptischen Style geschrieben, einsendete. In jedem Artikel war von der indischen Trimurti, von dem Geheimnisse der heiligen Dreifaltigkeit und vom Thomas von Aquin die Rede; in jedem wendete er sich mit Erbitterung gegen die von ihm sogenannten „Hegelingen".

„Sie wünschten Eckstein zu sehen? Den können Sie nicht zu sehen bekommen," rief Heine herüber, als ich einmal fragte, warum man diesen Baron nie sehe. „Eckstein ist todt — schon vor vielen Jahren gestorben — "

„Ich habe doch neulich erst wieder einen Pariser Artikel in der „Allgemeinen" gesehen", meinte ich, „den kein anderer als er geschrieben haben kann. Er handelte von Buddha, Schiwa und vielen anderen indischen Größen, um schließlich auf Hegel zu kommen."

„Eckstein ist doch todt," sagte Heine mit jenem Tone aufrichtiger Trauer, von dem man immer wußte, daß er einen Scherz verberge. „Der arme Eckstein ist vollständig todt. Er hat aber ein Recept hinterlassen, das in der Apotheke der Redaction niedergelegt ist. Nach diesem Recepte wird von Zeit zu Zeit die Mixtur - eine Art Theriak, sehr complicirt — bereitet. Sie ist in die Augsburger Pharmakopöe vollständig aufgenommen - ".

Wie an den meisten seiner Witze, hatte Heine auch an diesem großes Wohlgefallen. Um ihn lachen zu hören, fragten wir ihn später öfter, ob denn Baron Eckstein wirklich gestorben sei, und erhielten immer dieselbe Versicherung, die gleiche Antwort mit kleinen gelegentlichen Ausschmückungen. Es ist begreiflich, daß solche Scherze weiter getragen wurden und endlich denen zu Ohren kamen, die sie betrafen. Die Folge waren Anfeindungen, Gehässigkeiten, mündliche und gedruckte Sottisen. Er hatte nach dieser Richtung hin Erfahrungen genug gemacht, aber sie brachten ihn von seinen Gewohnheiten nicht ab. Er konnte den Witzkitzel, wenn er über ihn kam, nicht unterdrücken. Potius amicum, quam dictum perdere, nannte das der Römer.

IV.

Heine's Häuslichkeit. — Frau Mathilde.

Angeborener leichter Sinn, der sich bei phantasievollen Naturen bis in die Periode der Dreißig erhält, hatte Heine ein Band knüpfen lassen, dem ursprünglich

eine nur flüchtige Dauer zugedacht war und das sich allmälig, weil sich in ihm ein weiches, nachgiebiges Herz
mit einem sehr schwachen Willen vereinigte, in ein sehr
festes, unzerreißliches Band verwandelte. Ich meine damit
das Verhältniß zu Mathilde. Wie war es damit bestellt?
Hat es seinem Leben eine bestimmte Richtung gegeben?
War es ihm zum Heil oder Unheil? Hat es ihm mehr
Glück oder mehr Leid gebracht?

Ich glaube diese Frage jetzt weit richtiger als ehedem beantworten zu können, und doch beantworte ich sie
heute ganz anders, als vor zwanzig Jahren. Ich glaube
aber auch durch mein von Adolph Strodtmann stark
benütztes Buch Anlaß zu einer sehr falschen Auffassung
der Dinge gegeben zu haben, zu einer Auffassung, die
später gang und gäbe geworden. Es gibt eben Dinge
im Leben, die ein Mensch in jenen Jahren nicht durch-
schaut, weil er noch ein Novize im Leben ist und den
Worten der Menschen mehr Bedeutung beilegt, als sie in
der That haben, anders gesagt: weil er gläubig ist. Es
gibt aber merkwürdigerweise auch Dinge, über die man
sich erst klar wird, wenn Jahre und Jahre über sie dahin-
gegangen. Zu den Dingen, die ich heute ganz anders
ansehe, als vor zwanzig und mehr Jahren, gehört nun
auch Heine's Verhältniß zu Mathilde.

Die ersten Andeutungen über seine leidenschaftliche
Neigung finden wir heute in seinen Briefen an Campe
vom Jahre 1835. Aber bald darauf schreibt er demselben: „Gott sei Dank, meine Seele ist wieder beschwich-

tigt, die aufgeregten Sinne sind wieder gezähmt, und ich lebe heiter und gelassen auf dem Schlosse einer schönen Freundin, in der Nähe von Saint-Germain, im lieblichen Kreise vornehmer Persönlichkeiten. .... Ich glaube, mein Geist ist von allen Schlacken jetzt endlich gereinigt, meine Bücher harmonischer. Das weiß ich: vor allem Unedlen und Unklaren, vor Allem, was gemein und muffig ist, habe ich in diesem Augenblick einen wahren Abscheu." Aber der Rückfall bleibt nicht aus: drei Monate später schreibt er aus Boulogne an einen andern Freund: „Den Ueberbringer Ihres Briefes habe ich leider nicht sehen können, da ich mich auf dem Lande befand, bei Saint-Germain, auf dem Schlosse des schönsten und edelsten und geistreichsten Weibes — in welches ich aber nicht verliebt bin. Ich bin verdammt, nur das Niedrigste und Thörichtste zu lieben — begreifen Sie, wie das einen Menschen quälen muß, der stolz und sehr geistreich ist?" Er hatte in der That bei seiner Rückkehr nach Paris das Verhältniß zu Mathilden wieder aufgenommen und stellte sie seinen Freunden als Madame Heine vor, obschon er nicht daran dachte, den bürgerlichen Contract einer Ehe zu schließen oder gar die Sanction der Kirche für dieselbe nachzusuchen.

Mathilde, ein Dorfkind aus der Normandie, durch irgend einen Zufall nach Paris verschlagen, war gänzlich unwissend. Heine, darauf bedacht, daß sie sich doch einige Bildung aneigne, brachte sie, die doch schon längere Zeit mit ihm einen sogenannten Ménage parisien geführt, in

einem Pensionate, einer Erziehungsanstalt für junge
Mädchen, unter. Hier besuchte er sie unter dem Titel
eines Freundes oder Verwandten nur an Sonntagen. Ein
Jahr zuvor hatte er an Lewald geschrieben: „Wir leben
eingezogen und halb und halb glücklich; diese Verbindung
wird aber ein trübes Ende nehmen. Es ist deshalb
heilsam, dergleichen vorher zu wissen, um nicht vom
dunklen Augenblicke bezwungen zu werden. . . . .“

Offenbar dachte er: Wohin sende ich sie? Wie führe
ich sie wieder in ihre alten Verhältnisse zurück? In ihrem
Laden kann sie nicht mehr stehen. Wie tröste ich sie für
das, was ich ihr wieder nehmen muß? Das Alles ist
auf die Länge nicht haltbar und doch so schwer zu ändern,
zu lösen. . . .

Wie hätte er glücklich sein können mit einer Frau,
die unwissend war bis zum Unglaublichen und sich dabei
als bildungsunfähig herausstellte, so daß alle Versuche,
ihr auch nur einigen Antheil für geistige Interessen bei-
zubringen, völlig scheiterten? Sie hatte sich die Sprech-
weise eines vier- bis fünfjährigen Kindes angewöhnt, wie
das damals in einer gewissen Classe von Mädchen Mode
geworden, und das mochte ihr außerordentlich nett gestan-
den haben, als sie sehr jung und hübsch war, fiel jetzt
aber sehr albern aus, nachdem sie an die Dreißig und
stark geworden. Sie war einfältig und liebte es, sich
noch einfältiger zu stellen, als sie wirklich war; sie meinte,
es sei drollig. Aber Gurli muß jung sein, oder sie wird
abgeschmackt.

„Ich höre von den Leuten," pflegte das alte Kind zu sagen, „daß Henri ein geistreicher Mann ist und sehr schöne Bücher geschrieben hat; ich muß mich begnügen, es auf's Wort zu glauben, ich habe noch nichts davon bemerkt." Henri hatte gewünscht, daß ihr die Elementarbegriffe der deutschen Sprache beigebracht würden. Jener Literat aus Köln, mit dem ich neulich in Brüssel zusammengetroffen war, der „rothe Wolf", hatte es versucht, ihr Lehrer zu werden; es zeigte sich, daß sie zur Erlernung jeder Sprache unfähig sei. Nach einem halbjährigen Studium war sie noch nicht im Stande, einen deutschen Satz auszusprechen. „Nemen-sie-platz" war die eingelernte Formel, mit welcher sie Landsleuten ihres Gemals den Fauteuil anzuweisen pflegte, worauf sie ob der Anstrengung und der Schwierigkeit der Sache jedesmal in ein herzliches Lachen ausbrach. Einmal hat sie zu mir allen Ernstes gesagt, sie habe die deutschen Stunden aufgeben müssen, weil der Versuch, sich die deutschen ch und sch anzueignen, ihr Halsweh und eine Art Katarrh verursacht hätten.

Eine eheliche Verbindung zwischen zwei Personen so ganz verschiedenen Standes und verschiedener Bildung ist, wie die Erfahrungs-Resultate lehren, nie rathsam; es gibt aber auch Geschöpfe, die, wären sie auch in der niedrigsten Lebensstellung geboren, doch höchst vornehmer Abkunft sind und den Abstand sozusagen durch ein Genie des Herzens ausfüllen. Aber das war hier nicht der Fall. Dies Frauengemüth war seicht, es interessirte sich nur für Kleinigkeiten und hatte für nichts in der Welt eine innige Theilnahme. Sollte der klare Kopf Heinrich Heine's das nicht eingesehen haben? Heine trug sich somit, wie aus jenen angeführten Briefstellen erhellt, eher mit Scheidungs- als mit Heiratsgedanken. Aber es sollte anders kommen. Er mußte im Sommer 1841 die Herausforderung zu einem Duell annehmen und wandelte einige Tage zuvor in aufgeregter und nicht normaler Stimmung seine „wilde" Ehe in eine „zahme" um, wie er sich im Briefe an einen Freund äußerte, „Mathildens Position in der Welt zu sichern".

Der Schritt war doch wichtiger, als sich Heine gedacht haben mag. Sein Leben hatte fortan eine andere Richtung. Er war auf Paris, und zwar auf einen Kreis von Freunden reducirt, die in ähnlichen Verhältnissen lebten. Er wurde krank und hatte keine Häuslichkeit, denn seine Frau, die ebensowenig Sinn fürs Haus, Herd, Comfort wie für geistige Interessen hatte und sich nicht zu beschäftigen verstand, mochte es daheim nicht leiden. Tagtäglich mußte im Miethswagen eine Spazierfahrt in die Champs-Elysées oder ins Bois de Boulogne gemacht werden, oder es wurde der Hippodrom besucht. Eine junge Verwandte, Pauline, leistete dabei Gesellschaft. Heine, seiner Augen wegen unfähig, zu lesen, blieb stundenlang allein. Kam Mathilde dann zurück so hieß es: „Voyons, as-tu souffert beaucoup? Oui? Voyez donc ce pauvre chien? Voyez ce pauvre chéri!" Es wurde wohl auch ein Thränlein vergossen. Dann mußte man

nach) Cocotte, dem Papagei, sehen und was der Thorheiten mehr war — ein paar Minuten später scholl
schon aus dem Nebenzimmer ein helles Lachen herüber.
Heine war nicht eifersüchtig, und hatte wohl auch keine
Ursache dazu: aber er sah seine Frau doch nicht ohne
Sorgen allein in diesem Babel. Er entlud sich dieser
Sorge in kurzen Ausrufungen. „Ach," seufzte er, „was
kann ich thun? Ich muß jetzt Alles dem Schicksal und
dem lieben Gott überlassen. Wie kann ich kranker Mann
mit einer halben Million Männer concurriren?"

Manchmal steigerte sich diese Unruhe so, daß er
klagte. „Ich war gestern," sagte er einmal zu einer
Freundin, die ihn besuchte, „recht unruhig, wirklich recht
unruhig. Mathilde war gegen Zwei mit ihrer Toilette
fertig geworden und ausgefahren. Sie hatte versprochen,
um Vier zurück zu sein. Es wird Fünf, sie kommt
nicht: Sechs, sie kommt nicht. Es wird Acht, sie ist
immer noch nicht da; meine Sorge wächst. Sollte sie
des kranken Mannes überdrüssig geworden und mit einem
schlauen Verführer durchgegangen sein? In meiner pein-
lichen Angst schicke ich die Wärterin in ihr Zimmer hinunter und lasse fragen, ob Cocotte noch da sei? Ja,
Cocotte ist noch da. Da fällt mir ein Stein vom Herzen.
Ohne Cocotte mitzunehmen, geht sie mir gewiß nicht
durch."

Der Welt wurde das Alles sorgfältig verborgen.
Heine rühmte fortwährend die guten Eigenschaften Mathilden's, ihren Humor, ihr Kindergemüth, als ob dies allein

genüge, einen Mann glücklich zu machen, und als ob er nicht mehr fordern dürfe: aufrichtige Theilnahme, Interesse am geistigen Leben des Mannes, Freude an seinen Erfolgen, Anregung zum Weiterstreben, Trost und Zuspruch im Leiden. Heine war gut, er wußte, woran es fehlte, aber er äußerte es nie. Er vermißte viel, aber er verbarg es. Wenige werden ahnen, in welchem seiner Gedichte er sein verwundetes Herz gelüftet hat. Es steht da in der Sammlung ein Gedicht: „Unterwelt", geschrieben im Frühling 1840 (XVI. Band d. Ges.-A.), da läßt er den Gott Pluto sprechen und dieser Pluto ist er selbst.

> Blieb' ich doch nur Junggeselle!
> Stets vergeblich, stets nach Frieden
> Ring' ich. Hier im Schattenreich
> Kein Verdammter ist mir gleich.
> Ich beneide Sisyphus
> Und die edlen Danaïden.

Es plagt ihn nämlich seine Gattin, es gibt Streit, sie will zu ihrer Mutter Ceres. Schließlich kommt es dazu, daß Proserpina sechs Monden in der Oberwelt weilt und „Pluto kann verschnaufen". Dies Gedicht findet seine Erklärung darin, daß Mathilde in den ersten Jahren der gemeinsamen Menage die Sommermonate bei ihren Eltern zuzubringen pflegte und ihnen den Haushalt besorgte, während sie draußen bei ihrer Feldarbeit waren. Den Schluß des kleinen Cyklus bildet die Ansprache eines Freundes, die also lautet:

„Zuweilen dünkt es mich als trübe
Geheime Sehnsucht deinen Blick --
Ich kenn es wohl, das Mißgeschick:
Verfehltes Leben, verfehlte Liebe!

Du nickst so traurig. Wiedergeben
Kann ich dir nicht die Jugendzeit,
Unheilbar ist dein Herzeleid --
Verfehlte Liebe, verfehltes Leben!"

Dieser Zusatz, voll tiefer Schwermuth, einem über=
müthigen Gedichte angehängt, sagt beredt genug, wie es
damals in Heine's Gemüth aussah. Dennoch wurde ein
Jahr später Mathilde sein eheliches Weib.

V.

Alfred de Musset. — Heine über denselben.

Henri Beyle (Stendhal), Prosper Merimée, Alfred
de Musset waren damals die drei französischen Schrift=
steller, die ich am höchsten stellte, ich kannte die Werke
aller drei sehr genau. Besonders die große Anziehung,
die Alfred de Musset auf junge Gemüther übt, hatte ich
frühe erfahren gelernt. Schon 1839, also in meinem
siebzehnten Jahre, brachte ich von einer Reise nach Leipzig
einen Brüßler Nachdruck in Miniatur-Format, „Poésies
de Alfred de Musset" mit heim. Ich hatte sie mit stür=
mischer Eile durchlesen, bevor ich noch in Prag eintraf und

theilte die für einen Primaner gefährliche Lectüre meinem Freunde Moritz Hartmann mit. Eine Zeitlang waren wir ganz in Muſſet aufgegangen. Uns gefiel vor allem andern die „Komödie" von den aus dem Feuer geholten Kaſtanien (les marrons du feu) und das merkwürdige Drama „Zwiſchen Kelch und Lippenrand". Auch „Rolla"

ein Trunk aus ſchwerem Wein, der mit Bilſenkraut gewürzt iſt erhitzte uns die Köpfe gewaltig. Wir verſchafften uns bald Muſſets weitere Werke, die kleinen Dramen „Andrea del Sarto", „Mariannens Launen", den Roman die „Bekenntniſſe eines Kindes des Jahrhunderts", die erſte Novellenſammlung. Bald hatte ich eine Reihe Muſſet'ſcher Gedichte und ein paar ſeiner Novellen, darunter den „Tizianello" überſetzt, ſie erſchienen in einem Prager Blatte. Nun wollte auch ich ſo eine „Geſchichte aus Italien", nach Muſſet'ſcher Art, gemiſcht aus Wolluſt und Grauen, geſchrieben haben. Ich dichtete eine Erzählung in Alexandrinern: „Die Geheimniſſe des Grabes," ſie war 1840 im Leipziger „Kometen" erſchienen.

Nun, dieſe maßloſe Schwärmerei war verflogen, dennoch war meine Bewunderung Alfred de Muſſet's noch immer ſehr groß. Es ſtieg der lebhafte Wunſch in mir auf, den Dichter kennen zu lernen. Ich verſchaffte mir ſeine Adreſſe, packte meine Ueberſetzungen zuſammen und ſandte ſie dem Dichter mit einem Briefe ein, in welchem ich ihn bat, ihm auf ſeiner Bibliothek er war ja Bibliothekar meine Aufwartung machen zu dürfen.

„So so," sagte Heine, dem ich davon erzählte, mit einem sonderbaren Gesichte. „Sie haben Musset Ihre Uebersetzungen eingeschickt? Und wie denn, wenn er — er ist immer in Geldverlegenheit — die Hälfte des von Ihnen bezogenen Honorars beansprucht? Haben Sie das in Bereitschaft? Langt es zu einem Souper mit Damen bei den Frères Provençaux?" — Das wurde bedenklich, das war mir nicht eingefallen. Ein Honorar hatte ich bei „Ost und West" nie zu sehen bekommen und auch der gute Herloßsohn vom „Kometen" huldigte nicht dem Honorarbrauche. . . . Doch Heine fuhr fort: „Das war ein unüberlegter Schritt. Eine Beziehung zwischen Musset und Ihnen ist gar nicht denkbar. Er lebt das tolle und unnütze Leben vornehmer junger Gecken. Sie würden überdies nur eine Ruine sehen. Seine Production hat längst aufgehört, der Quell ist versiegt und was da noch nachtröpfelt, ist nicht der Rede werth. Der vorfrüh geleerte Freudenbecher hat ihn körperlich ganz heruntergebracht, früh geschwächt, frühzeitig abgenutzt an Leib und Seele. Er ist ein unerquicklicher Anblick." . . .

„Wenn ich Ihnen sage, daß seine einzige größere Production aus neuerer Zeit dem bedenklichsten Genre angehört, wissen Sie genug. Das Ding heißt „Deux nuits d'excès". Sie können es sich bei geheimen Verschleißern schmutziger Waare im Palais Royal verschaffen. Es ist ein Büchlein, das Kaiser Tiber auf Capri jedenfalls in seine Handbibliothek aufgenommen hätte." . . .

Ich wurde ganz niedergeschlagen, als ich Heine so sprechen hörte. Man will nicht an das Verlöschen einer Flamme glauben, deren Glanz uns einst entzückt und doppelt schwer glaubt man daran, daß sie noch bei Lebzeiten eines Autors erloschen sein könne.

„Mit Musset ist es seltsam zugegangen," fuhr Heine fort, „und es wundern sich Alle, die ihn sehen. Als er berühmt wurde und in die Mode kam, war er schon der Mensch nicht mehr, der jene Bücher geschrieben, und überhaupt kein Dichter mehr. Er hat drei Perioden gehabt: zuerst eine wilde und kühne, dann metamorphosirte sich sein Talent und wurde graziös, ruhig — er schrieb seine dramatischen Salon Idyllen."

„Jetzt steht er in seiner dritten Epoche und alles ist aus. Wenn Sie zu mir kommen, will ich Ihnen zeigen, was ich in meinem Buche „Shakespeare's Mädchen und Frauen" schon vor Jahren über ihn geschrieben, es ist gewiß nicht ungerecht."

Ich hörte das alles ruhig mit an und bereute doch nicht, an Musset geschrieben zu haben. Mehrere Tage blieb ich neugierig, welche Antwort mir auf die Zusendung der Uebersetzungen zu Theil werden würde. Aber es kam nichts, Musset hatte von meinen Einsendungen gar keine Notiz genommen.

„Sie wollten ihm in seiner Bibliothek Ihre Aufwartung machen!" lachte Heine. „Ich glaube nicht, daß er weiß, in welcher Straße die Bibliothek, der er vorsteht, gelegen ist! Die Stelle haben ihm die Orleans ge-

geben, weil er die Geburt des Grafen von Paris mit
Versen begrüßt hat, in denen, nebenbei gesagt, eine sehr
nüchterne Staatsweisheit in sogenannter gewählter Sprache
vorgetragen wird. Es ist französische Poesie." Am
selben Tage holte Heine einen Quartband mit roth=
gewordenem Goldschnitt und losgegangenem Deckel hervor.
Es waren „Shakespeare's Mädchen und Frauen", bei
Brockhaus und Avenarius mit Stahlstichen erschienen;
die Musset betreffende Stelle wurde aufgesucht. Ich citire
sie hier, weil sie, so viel ich weiß, von Paul Lindau in
seinem Buche über Musset nicht berücksichtigt worden ist.
„Die Gerechtigkeit verlangt," sagt H. Heine, „daß ich
hier einen französischen Schriftsteller erwähne, der mit
einigem Geschick die Shakespeare'schen Komödien nach=
ahmte und schon durch die Wahl seiner Muster eine seltene
Empfänglichkeit für wahre Dichtkunst beurkundete. Dieser
ist Herr Alfred de Musset. Er hat vor etwa fünf Jahren
einige kleine Dramen geschrieben, die, was den Bau und
die Weise betrifft, ganz den Komödien Shakespeare's nach=
gebildet sind. Besonders hat er sich die Caprice (nicht
den Humor), die in denselben herrscht, mit französischer
Leichtigkeit zu eigen gemacht. Auch an einiger, zwar sehr
dünndrähtiger, aber doch probehaltiger Poesie fehlte es
nicht in diesen hübschen Kleinigkeiten. Nur war zu be=
dauern, daß der damals jugendliche Verfasser außer der
französischen Uebersetzung des Shakespeare auch die des
Byron gelesen hatte und dadurch verleitet wurde, im Co=
stüm des spleenigen Lord jene Uebersättigung und Lebens=

sattheit zu affectiren, die in jener Periode unter den jungen
Leuten in Paris Mode war. Die rosigsten Knäbchen,
die gesundesten Gelbschnäbel behaupteten damals, ihre
Genußfähigkeit sei erschöpft, sie erheuchelten eine greisen=
hafte Erkältung des Gemüths und gaben sich ein zerstör=
tes und gähnendes Aussehen.

Seitdem freilich ist unser armer Monsieur de Musset
von seinem Irrthume zurückgekommen und er spielt nicht
mehr den Blasé in seinen Dichtungen — aber ach, seine
Dichtungen enthalten jetzt statt der simulirten Zerstörniß
die weit trostloseren Spuren eines wirklichen Verfalls
seiner Leibes= und Seelenkräfte .... Ach! dieser Schrift=
steller erinnert mich an jene künstlichen Ruinen, die man
in den Schloßgärten des 18. Jahrhunderts zu erbauen
pflegte, an jene Spielereien kindischer Launen, die aber
im Laufe der Zeit unser wehmüthigstes Mitleid in An=
spruch nehmen, wenn sie in allem Ernste verwittern und
in wahrhafte Ruinen sich verwandeln."

So hatte Heine in seinem 1839 geschriebenen Buche
im Schlußcapitel, wo er auf die Schüler und Nachahmer
Shakespeare's zu sprechen kommt, über Alfred de Musset
geurtheilt, wie man sieht, nicht gar günstig. Als ich eines
Tages, da das Gespräch wieder auf Musset gekommen war,
eine seiner Komödien lobte, in der sich die Handlung, wenn
man es Handlung nennen kann, um eine Börse dreht, ich
glaube es war „Le Caprice", und es eigentlich eine
Frauenarbeit nannte, selbst ein Ding wie eine Börse, mit
feiner, eleganter Hand aus Gold= und Seidenfäden in künst=

lichen Maschen gewoben, sagte Heine kurzweg: „Ja, so etwas ist es, doch eine Börse darf nicht leer sein. Man muß Gold darin sehen; diese Börse aber ist ganz leer!"

Dabei konnte Heine ganz heftig werden, wenn man, wie es von mancher Seite geschah, der Georges Sand gedachte und ihrem Verhältnisse und ihrer thatsächlichen oder vermeintlichen Untreue eine Schuld an Musset's frühem Verfall zuschreiben wollte. „Beim Himmel," sagte er dann, „Musset war schon körperlich verkommen und jeder echten Liebe unfähig, als die Beiden miteinander nach Venedig gingen. Das war ein sauberer Romeo! Auch an ihrer Seite konnte er von den Ausschweifungen, die ihm zur Gewohnheit geworden waren, nicht lassen, und das verzeiht wohl auch eine Heilige nicht. Er verfiel in Venedig in eine Erschöpfungskrankheit, Lelia pflegte ihn Tag und Nacht, und als er wieder auf die Füße kam, zog er heim. Sie blieb zurück, ihre Geldmittel waren erschöpft, sie sehnte sich zu ihren Kindern und hatte kein Reisegeld. Sie wohnte ärmlich, lebte von schlechter Kost und arbeitete von Nachmittag bis zum Tagesanbruch. So sind „André", „Indiana", „Mattea" entstanden, bis endlich Buloz (der Redacteur der „Revue des deux Mondes") genügende Summen schickte, daß sie ihre Schulden zahlen und heimreisen konnte! Man lasse sich doch nicht durch die Maske des Unglücks täuschen, die der schlaffe und mit sich unzufriedene Mann sich später vor's Gesicht gesteckt hat!"

„Es ist unerfreulich,“ schloß er, „eine ursprünglich
hoch angelegte Natur in ihrem allmäligen Hinabsteigen
zu verfolgen und ihren Verfall in ihren verschiedenen
Stadien zu constatiren. Doch bleibt dem nichts anderes
übrig, der Musset's schriftstellerische Laufbahn ohne Vor-
eingenommenheit betrachtet. Dieser Geist von unbestreitbar hochgenialer Anlage ist fast gleich nach seinem ersten
Auftauchen bergab gegangen: es ist in ihm ein stetiges
Zugrundegehen nachzuweisen. Das Uebermaß an Lebenslust zeugte den Lebensüberdruß, den Ekel und die Lange-
weile, die weder in der Welt noch im eigenen Wesen
einen rechten Inhalt findet, zog ins verödete Herz ein.
So sehen es jene an, die ihn gekannt haben und unbe-
stochen beurtheilen.“

VI.

Entdeckungsreisen in Paris. — J. Michelet.   Adam Mickiewicz.

Vom Tage an, da Heinrich Heine mir sein Wohl
wollen geschenkt, hatte er es auch übernommen, mein
Berather und Mentor zu sein und meine Schritte auf
dem Pariser Pflaster zu lenken. Oft sagte er mir, wie
leid es ihm thue, mich nicht selbst da und dorthin begleiten zu können. Sie müssen, sagte er, alle Bäume
dieses Gartens kennen und ihre Früchte unterscheiden
lernen. Es genügt nicht, daß Sie die Monumente von

Paris: den Obelisken von Luxor, die Vendomesäule, den Arc de l'Etoile in Augenschein nehmen. Sie müssen mit dem Besuch des architektonischen und des pittoresken Paris auch die Besichtigung seiner „lebendigen Ruhmesobelisken" verbinden, sonst haben Sie Ihre Zeit und Ihr Geld verloren. Schon ein Morgenspaziergang ins College de France ist lohnend. Der Literarhistoriker Saint Marc Girardin, der Nationalökonom Michel Chevalier, der Historiker Michelet und Arago, der Astronom, lesen fast zu gleicher Zeit, da haben Sie nur die Wahl, welchen berühmten Mann Sie sehen wollen."

Ich ließ mir das nicht zweimal sagen. Schon am andern Tage, an einem frischen Wintermorgen, wanderte ich in das Quartier latin hinüber und wollte es darauf ankommen lassen, wen ich zu hören bekomme.

„Zu wem gehen alle diese jungen Leute?" fragte ich eine Obstverkäuferin, die am Thore des Collegs ihre Früchte und Kuchen feilhielt.

„Alle zu Professor Michelet," antwortete sie. „Der hat jetzt die allermeisten Zuhörer."

So hatte ich es denn gut getroffen. Jules Michelet hatte seine Werke: „Des Jesuites" — „Le prêtre, la femme et la famille" — „le Peuple" bereits geschrieben und elektrisirte eben, wie ich wußte, die Jugend durch Vorträge über die Geschichte der großen Revolution. Es war eine Zeit, wo die Geschichtsbücher über diesen Gegenstand gleichsam im Vorgefühl der kommenden Ereignisse, einander jagten.

Es war noch früh. Wir hatten im Hofe zu warten. Die Universitätsbehörde, die den Zudrang der Leute zu diesem Lehrer ungern sah, spielte nämlich dem Auditorium den Schabernak, die Thüren zu Herrn Michelet's Colleg immer erst im letzten Moment öffnen zu lassen. So vertrieb man sich die Zeit mit Rauchen und Singen, und alles stampfte, trampelte, schüttelte und bewegte sich, um sich am kalten Wintermorgen warm zu halten. Zeitweise erschollen Rufe: Aufgemacht! Aufgemacht! aber Rufen und Stampfen blieben erfolglos. Langsam rückte der Zeiger auf der Uhr über dem Portale vor, erst als er die X erreicht und die Stunde vollständig ausgeschlagen hatte, öffneten sich von Innen die Thürflügel. Nun — kaum wußte ich, wie mir geschah — wurde ich gleichsam in die Höhe gehoben und unter gräulichem Toben und Poltern erst einige Treppen vorwärts getragen, um schließlich als Theil einer Menschenlawine in einem kleinen, amphitheatralisch gebauten Hörsaale niederzugehen.

Endlich zu mir gekommen, musterte ich das Auditorium. Es war eine echte Jugend des Lateiner Viertels, die mich umgab. Abgetragene Röcke, phantastische Hüte, hübsche, aber blasse und verlebte Gesichter. Hie und da verkündigte eine rothe Czapka den polnischen Emigranten, der sein Nationalwahrzeichen auch in der Fremde nicht abgelegt. Vorn in den ersten Bänken saßen fünfzehn bis zwanzig Damen, die durch eine Nebenthüre Eingang gefunden haben mochten, echte Blaustrümpfe, sämmtlich reizlos.

Bald machten sich die politischen Demonstrationen hörbar, die in Michelet's Collegium nie fehlten. Ein tiefer Baß stimmte die ersten Noten der Marseillaise an und sofort erscholl aus Hunderten von Kehlen das Kriegslied der Revolution. Als dies zu Ende, kam das „Jamais Anglais en France ne reguera" an die Reihe, auch das Ça-ira wurde angestimmt, aber auch schnell fallen gelassen. Denn nun traten Virtuosen auf, welche Vögel und Säugethierstimmen nachahmten. Das Krähen des Hahns, das Gebell des Hundes, sogar das Ya des Esels ließen sich vernehmen.

„Worüber wird der Professor heute sprechen?" fragte ich einen Nachbar, ein ziemlich bemoostes Haupt.

„Das weiß er vermuthlich selbst noch nicht," war die Antwort.

„Ich meine, wo er zuletzt geblieben?"

„Hm! Das letzte Mal hat er vom heiligen Christoph, dem Buddha und der dreisaitigen Leyer gesprochen."

„Von der dreisaitigen Leyer?"

„So ist es. Die Leyer erklärte er uns, war im College de France aufgestellt und erfüllte die Welt mit ihrem Wohllaute. Ihre erste Saite war von Gold und hieß Mickiewicz, die zweite von Silber und hieß Edgar Quinet. Die dritte Saite ist von Stahl und die ist Michelet selbst. Die Regierung hat zuerst die Saite von Gold, dann die von Silber zerrissen und weggeworfen, die dritte schwingt noch einsam, vermag aber wenig ohne ihre Schwestern. Ihr Ton ist Klage geworden. . . . . . Wunderbar gesagt, nicht wahr?"

„Und wie kam," fragte ich weiter, „der heilige Christoph in den Vortrag?"

„Der heilige Christoph," erwiederte mir der Student, „ist eine Allegorie Frankreichs. Christoph war nämlich ein Riese und wollte nur demjenigen dienen, den er stärker befunden, als sich selbst. Da kam er eines Tages an den Hof des Königs von Syrien — nein, von Medien"—

Ein plötzlich losbrechendes Donnerwetter, Bravorufen und Händeklatschen durcheinander, unterbrach in diesem Augenblick die Erzählung.

Michelet war eingetreten und wand sich durch die Reihen von Blaustrümpfen, die sich allmälig aus den vorderen Bänken in die unmittelbare Nähe des Katheders gezogen hatten. Er verbeugte sich, winkte wiederholt den Beifall ab, wie wenn er sagen wollte: nun aber laßt es genug sein; umsonst, der Enthusiasmus wollte sich nicht beschwichtigen lassen. Nun richtete er sich, die Hände auf den Tisch gestemmt, auf und blickte starr vor sich hin, das Ende des Beifallssturmes ruhig abzuwarten.

Es war ein kleines, hageres Männchen mit beinahe weißem Haar. Auf seinen Wangen saß eine hektische Röthe, die Augen blickten scharf, sogar stechend. Er war ganz schwarz, aber höchst elegant gekleidet, im Knopfloch blühte, wie eine dunkelrothe Nelke, das Bändchen der Ehrenlegion. Als der Sturm vorübergegangen, setzte er sich, ließ den Kopf nachdenklich hängen, begann einen schmalen Papierstreifen zwischen den Fingern zu rollen

und hob endlich in ganz kurzen Sätzen von sieben bis
acht Worten folgendermaßen an:

„Meine Herren, ich setze heute die Vorlesungen über
die französische Revolution fort, die ich vorigen Mittwoch
abgebrochen. Und zwar wollen wir in's Auge fassen die
Epoche vom Zusammentritt der constituirenden National=
versammlung bis zur Errichtung der Republik. Juni 1789
bis 21. September 1792. Merken Sie sich diese Daten.
(Pause.)

Meine Herren, als ich heute aufstand — zur Stunde,
wo der Ouvrier aufsteht — um Vier — denn ich bin
ein Ouvrier — da war es sehr kalt. Meine Fenster=
scheiben zeigten dicke Eisblumen. Ich zündete meine Lampe
an. Mich fror, doch wollte ich Niemand wecken, mir Feuer
im Kamin anzuzünden. Um mich zu erwärmen — dachte
ich - an Sie! (Großer Beifall.) Ich sagte dann zu mir:
die Welt leidet zwiefach: geistig und leiblich. Es ist kalt
in der Welt und — finster! Ich gedachte der Armen.
Aller Derjenigen, welche leiden. Ich sagte zu mir: ja,
der Winter wird zu Ende gehen, der Frühling wird
kommen, der Sommer wird die Ernte bringen — aber
wann haben wir eine Ernte des Geistes? Wer wird sie
hereinbringen, die Ernte des Geistes? (Pause.)

Etwas antwortete mir darauf: Derjenige wird sie
einbringen, die Ernte des Geistes, der es verstehen wird,
in einem Buche zu lesen. In welchem Buche? Es gibt
zweierlei Bücher. Zur ersten Art gehört die orientalische
Tradition, die sogenannte Bibel. Dann die italienische

Bibel: Dante, die englische Bibel: Shakespeare, endlich die glorreiche französische Bibel: Rousseau und Voltaire. (Großer Beifall. Michelet reibt sich das Kinn und blickt unwillig, weil man ihn unterbrochen hat.) Aber die zweite Gattung Bibel ist noch viel wichtiger und lehrreicher, als die erste — diese Bibel ist das menschliche Herz. (Bravo! Bravo!) In dieser Bibel sollen Sie lesen, meine Herren, und das werden Sie, wenn Sie die beobachten, die da arbeiten und darben ... (Bravo! Bravo!)

Es gibt nun wieder zwei Arten, diese letztere Bibel zu lesen: zu Hause oder auf dem Markte. Zu Hause liest man im eigenen Herzen — auf dem Markte im fremden. Man hat gesagt: der Anfang der Weisheit sei die Furcht des Herrn. Nein! der Anfang der Weisheit ist — (der Professor hält inne, große Spannung) der Anfang der Weisheit ist, seinen Thürschlüssel nicht draußen stecken zu lassen! (Großer Beifall.) Sich abzuschließen, sich absperren, das, meine Herren, ist der Anfang der Weisheit.

Oder — man muß sich dahin begeben, wo sich die Massen des Volkes treiben, wo Mensch mit Mensch verkehrt. Molière, der größte Beobachter der Herzen, wurde auf einem Markte geboren. Dante pflegte sich auf dem öffentlichen Platze niederzusetzen. Das ist's! Auf den Markt muß man gehen, in's Menschengedränge als Zuschauer und Beobachter — da lernt man lesen im Herzen des Volkes, das ist das Buch der Bücher. Gehen Sie also Abends, wenn das Volk aus den Fabriken strömt und nach seiner Arbeit Erholung sucht, in die Faubourgs

St. Monceau und St. Antoine. Da werden Sie lernen, was Ihnen in den Collegien nimmermehr gelehrt wird. Sie brauchen nicht mit Geld in der Tasche dahin zu gehen, Sie brauchen nur Menschenliebe im Herzen und die Gesinnung der Gleichheit — da wird sich das Buch der Bücher vor Ihnen aufthun.

Eine Parabel! . . . Ein Schriftgelehrter in alter Zeit war auf dem Wege in's Collegium. Er hatte das Buch unter dem Arme, das ihm zum Vortrag diente. Auf dem Wege begegnete ihm ein Bedürftiger. Der Gelehrte leerte seine Tasche, schenkte ihm, was er eben bei sich trug. Siehe da! An einer Ecke traf er einen zweiten Bedürftigen, der fast unbekleidet im Winterfroste stand. Der Weise schenkte ihm seinen Mantel. Und schon kam ein dritter Bettler heran, der noch elender war, als die beiden anderen. Der Meister hatte nichts weiter ihm zu schenken, als das Buch, das er am Herzen trug. Der Arme bittet und der Meister schenkt es ihm. Und plötzlich verklärt ein heller Schimmer den Scheitel des Armen. Es war der Christus, der dem Schriftgelehrten erschienen. Und seit dem Tage las der Weise keine Bücher mehr.

„Meine Herren, es ist spät geworden, zu spät, als daß wir heute noch den Faden unserer Geschichtsstudien aufnehmen könnten. In der nächsten Vorlesung wollen wir fortfahren in der Betrachtung der Periode vom Zusammentritt der constituirenden Versammlung bis zur Errichtung der Republik."

Das war Jules Michelet's Vorlesung. Ich habe sie, ohne ein Wort daran zu ändern, nach den Noten in meinem Gedenkbuch wiedergegeben. Man möge sich nicht wundern, daß sie so kurz ist, durch die Art, in der sie vorgetragen wurde, und bei den Unterbrechungen von Seiten des Publicums mag sie wohl fünfundzwanzig Minuten gedauert haben. Das Quartier latin war von ihr sehr befriedigt. Ein donnernder Applaus begleitete den Professor auf seinem Rückzuge, einige Chöre stimmten wieder die Marseillaise an, dazwischen ließen sich wieder die Birtuosen in Thierstimmen vernehmen. Auf dem Hofe steckte alles in großer Erregung die kurzen Pfeifen an und verabredete die Unterhaltungen für den Abend.

Ich meinestheils konnte mir die Art des Mannes kaum deuten und zurechtlegen. Ein Comödiant war er doch nicht, auch kein Mann des Humbugs, im Gegen= theil, ein Mann von ehrlich demokratischer Gesinnung. Wie kam er dazu, sich so wunderlich zu geberden? Dachte er bei sich: was kann ich und darf ich einer blasirten Jugend bringen, die ohne Ernst, ohne jeden Sinn für Wissenschaftlichkeit blos daherkommt, zu demonstriren, aller= hand Ulk zu treiben, Spektakel zu machen und dann wieder zu ihren Kneipen, ihren Biergläsern, ihren Lieb= chen zurückkehrt? Ihr einen methodischen Vortrag zu halten, wäre vergebliche Mühe. Ich habe alles gethan, wenn ich ein paar Saatkörner der Humanität, wie sie in mir lebt, ihr hinwerfe, vielleicht geht doch da und dort ein Halm auf....

Als ich in diesen Gedanken auf dem Schwellenstein zauderte, huschte ein kleines Männchen an mir vorüber. Es war Michelet. Ich sah ihn nun in nächster Nähe und sah erst jetzt recht, wie alt, gebrechlich und hager das Männchen mit dem rothen Bändchen im Knopfloch seines schwarzen Rockes. Und ein heimliches Mitleid ergriff mich, aber auch Unwille. Nein, die besten und nützlichsten und wahrsten Gedanken können es nicht vertragen, daß man sie, mit phantastisch scheckigen Lappen verkleidet durch die Menge spazieren führt.

Einige Tage später lernte ich auch Michelet's ehemaligen Collegen, den Dichter Adam Mickiewicz kennen. Er wohnte draußen in Batignolles, Rue du Boulevard 12, in einer ebenerdigen Wohnung, welche die Zeichen äußerster Armuth und Verwahrlosung an sich trug. Aerger kann es auch bei Milton nicht ausgesehen haben. Die Erscheinung des größten Dichters, den die Slaven je gehabt haben, hat die traurigste Erinnerung in mir zurückgelassen. Mickiewicz stand erst im achtundvierzigsten Jahre, sah aber schon ganz verfallen aus. Es war im Februar; er ging auf den Ziegelfliesen eines ungeheizten Zimmers in ungeheuren Filzschuhen umher. Vor zwei Jahren hatte er seine Professur der slavischen Sprachen am Collège de France verloren. Armuth, Verfolgung, häusliches Unglück hatten ihn einem Zustand entgegengeführt, der wohl der Geistesstörung sehr nahe war. Ich sprach französisch mit ihm, aber er mußte auch deutsch verstehen, denn er hatte meinen „Ziska", den ihm ein

Landsmann, Chojecky, gebracht, unlängst gelesen. Sodann kam er auf Polen zu sprechen und erzählte, daß es eine alte Wahrsagung gebe: Polen werde befreit werden durch einen Mann, dessen Name einundvierzig Buchstaben habe. Dieser werde einen Bund von einundvierzig Städten stiften und ein Heer von einundvierzig Legionen aufstellen. Mickiewicz schien an diesen Unsinn fest zu glauben, er äußerte die Ueberzeugung, daß dieser Heiland bereits geboren sei. Schließlich gab er mir sein Werk: Le Messianisme mit, in welchem Napoleon für eine Art Heiland erklärt wird.

Mickiewicz hat, ebenso wie sein ausgezeichneter Zeitgenosse, der Dichter Slowacky, den Eindruck eines großen Unglücklichen auf mich gemacht; sonst weiß ich über ihn nichts zu sagen.

VII.

Maitage. In Montmorency.

Als der Mai herangekommen war, verließ Heine seine Wohnung in der Rue Poissonniere und zog nach Montmorency. Er meinte, Landluft und Stille würden seinen Nerven gut thun. Er hatte in der „Chataigneraie" ein hübsches Häuschen mit schattigem Garten gefunden.

Bald darauf erhielt ich einen Brief von ihm folgenden Inhaltes: „Tausend Grüße von allen Nachtigallen

meines Gartens! Auf übermorgen sind Sie freundlichst bei
mir zu Tische geladen. Sie kennen unsere Stunde. Ver=
gessen Sie nicht Senffert mitzubringen, der uns sehr
willkommen sein wird."

Am bezeichneten Tage machten wir uns gegen Drei
auf den Weg. „Der Mann mit dem Bandl", sonst im
Punkt der Toilette sehr nachlässig, hatte sich festlich ge=
wandet und sich sogar mit einem neuen schwarzen Spiel=
bändchen versehen.

Montmorency, zu Rousseau's Zeit fast eine Wild=
niß und vier Wegstunden von Paris entfernt, war schon
damals durch die Stadtbahn fast an die Barriere gerückt.
Die Fahrt dauerte fünfzehn Minuten. Man fliegt am
Montmartre, an den Forts, an St. Denis vorüber, und
ehe man's merkt, ist man in Enghien.

Hier sind Landhäuser zwischen Wiesen und Baum=
partien zerstreut: ein kleiner Weiher wird jeden Sonntag
zu Wasserfahrten benutzt. Der Weg schlängelt sich in
Krümmungen durch die Weinberge die Anhöhe hinan.
Endlich sieht man Paris wie einen erstarrten Meeres=
spiegel mit einzelnen grauen Klippen in der Ferne liegen.
Nun erscheint ein kleines Gehölz, von einzelnen Eichen
überragt: zahlreiche Landhäuschen liegen in den Senkun=
gen und auf den Höhen. Man ist in Montmorency.

Wir fanden Heine in seinem Gärtchen, auf einem
Plaid in's Grüne gelagert, die Mappe vor sich, den Blei=
stift in der Hand. Wenn man ihn damals fragte, woran
er schreibe, antwortete er: an meinen Memoiren. Aber

es lag nicht in seinen Gewohnheiten, von der Prosa, die er schrieb, etwas vorzulesen oder sonstwie mitzutheilen. Die Mappe wurde, wenn ein Besucher herantrat, sofort zugeklappt. So habe ich auch späterhin niemals erfahren, mit welchem Abschnitte seines Werkes er soeben beschäftigt war.

Frau Mathilde hatte ihrerseits ein paar Freundinnen eingeladen. Ihr Papagei war nicht in der Stadt geblieben, der grüne Geselle saß in seinem Käfig von Messingstäben und begrüßte die Herankommenden mit einem lauten Bon jour!

Das größere Zimmer im Erdgeschosse wurde als Speisesaal benutzt: auf dem zierlich gedeckten Tische war ein riesiges Bouquet zu schauen. Nicht ungern sah man das kleine Arsenal diverser Gläser neben dem Couvert: das winzige Gläschen für den Madeira, das größere für den Sauterne, das gewöhnliche für Rothwein. und den edlen Spitzkelch, der da Champagner bedeutet. Heine als Wirth — nach den Indicien zu schließen, ein paar hübsche junge Damen als Gäste — ich meine, das verspricht ein paar heitere Stunden . . .

„Was haben Sie indeß erlebt, lieber Senffert?" war eine der ersten Fragen.

„Mir hat das Unglück fatal mitgespielt," war die Antwort. „Sie wissen, ich habe seit Jahren den leidenschaftlichen Wunsch, der Rachel vorgestellt zu werden. Endlich habe ich Aussicht dazu. Roger gibt mir eine Empfehlung an sie. Ich sende sie ein, erhalte Antwort, es wird Tag und Stunde bestimmt, wo die Tragödin mich empfangen wird. Ich gehe hin — in welcher Bewegung können Sie sich denken .... Doch da sehen wir den Pechvogel! Fräulein Rachel hat plötzlich zu einer Probe fahren müssen — es empfangen mich an ihrer Stelle die beiden Eltern, Papa und Mama, die allereinfachsten, ich sage Ihnen, die allereinfachsten Leute! Was kann ich mit diesen anfangen? Was habe ich vom Besuche? Die alten Leute haben mich freundlich aufgenommen — aber was nützt mir das? Ich wollte ja die Tochter sehen! Zum größten Unglück ist die Sache nun abgethan — man hat mich nicht aufgefordert, wiederzukommen ...."

„Die Rachel," erwiderte Heine, „darf man nur auf dem Theater sehen wollen, nicht im Hause. Auf dem Theater, wo ihr ein Dichter die Worte soufflirt, ist sie groß und sublim. Weiß geschminkt, Brust und Arme herrlich drapirt in ihrem weißen Gewande, gleicht sie einer griechischen Statue. Sie hat aber auch eine Stimme, alle Herzen umzudrehen und wie weiß sie die jähen Uebergänge des Gefühls zu malen, wie stellt sie die Ausbrüche der Leidenschaften dar! Vor allem aber hat sie so merkwürdige Töne für die Darstellung geheimer, sich verbergender, verbrecherischer Liebe .... Auf dem Theater, ja, ist sie so groß! Daheim aber in ihrer Wohnung finden Sie nur ein gelbes, hageres, breitstirniges Frauenzimmer, das ganz Gewöhnliches spricht, ohne jeden Adel, sogar ohne jeden eigentlichen Geist. Ich habe sie daheim gesehen und bedauere es! Freuen Sie sich vielmehr, daß

Sie sie nicht daheim gefunden! So bewahren Sie sich Ihre Illusionen! Uebrigens erinnert mich die Erzählung Ihres Besuches an die Geschichte des Mannes, der in der Jahrmarktsbude das seltene Thier, das „Naturwunder", sehen wollte, entsprossen dem Bündniß einer Häsin mit einem Karpfen. So war nämlich auf dem Zettel zu lesen. Der Mann zahlte das Eintrittsgeld, ging hinein, bekam aber nur ganz gewöhnliches Menagerie-Gethier zu sehen. Da verlangte er, daß man ihm das Naturwunder zeige. „Das ist nicht da," war die Antwort, „wir haben es nicht mehr. Aber wenn Sie die beiden Eltern, die Häsin sowohl wie den Karpfen, zu sehen wünschen — so spazieren Sie in das Cabinet!" Sie, lieber Senffert, wollten das große Naturwunder sehen, und man hat Ihnen nichts gezeigt, als dessen Eltern, ein altes jüdisches Ehepaar!"

Es wurde zu Tische gerufen, und wir gingen lachend in's Speisezimmer.

VIII.

Venedey bei seiner Arbeit.   Beranger in Passy.

Ich wohnte noch immer im Hotel Violet; meine Aussicht ging auf einen Hof, der durch zwei Reihen hoher düsterer Häuser gebildet war. Dicht daneben, nur durch ein vorstehendes Haus geschieden, brauste ein Strom von Menschen die gewundene Linie der Rue du Faubourg

Poissonnière herab, aber die Passage Violet blieb still
und öde wie eine entlegene Insel, auf der nur Lauben,
die dort wohnen. Auch die Frühlingssonne wollte mit
der Passage Violet nur wenig zu thun haben, sie kam
des Morgens zu Besuch auf eine kurze Stunde, fast
gleichzeitig mit dem alten Leiermann und dem Handels=
juden, der nach alten Kleidern fragte, und ward dann
den ganzen Tag über nicht mehr gesehen. Um so freudi=
ger wurde sie begrüßt. Wenn ich beim Frühstück saß
und sie mir plötzlich in das Buch und auf das Papier
guckte, brachte sie mich mit einem Male aus der grauen
Stimmung, die von dem ernsten Quartier auf mich über=
gegangen war. Ich schlug dann wohl das Fenster auf,
blickte nach meinem Nachbar Jakob Venedey hinüber, der
drüben schon lange am Pulte stand und Correspondenzen
für deutsche Blätter schrieb, und rüstete mich langsam
zum Ausgang, dessen Ziel meist die königliche Bibliothek
war. Indeß ließ sich die Drehorgel in klagenden Tönen
vernehmen, der alte Leiermann hüstelte und begann mit
gebrechlicher Stimme sein Lied: le Dieu des bonnes
gens:

Il est un Dieu; devant lui je m'encline,
Pauvre et content sans demander rien,
De l'univers observant la machine
J'y vois du mal et n'aime que le bien.
Mais le plaisir à ma philosophie
Rélève assez des cieux intelligents;
Le verre en main, gaiment je me confie
Au Dieu des bonnes gens.

Tag für Tag hörte ich dasselbe Lied und hörte es gerne. Ich dachte dabei an den, der es gedichtet: an Beranger. Was ist es doch um einen Dichter, der gleichmäßig zu allen Classen der Bevölkerung spricht, der auch den Geringsten zu seinem Tische lädt und Lieder zu verschenken hat, zu deren erfreulichem Verständnisse wie zu dem eines guten Glases Wein oder eines warmen Sommertages man nur eines menschlich warmen Herzens bedarf! Beranger, dachte ich, wie klein deine Welt auch ist, wie eng umgrenzt, sie ist doch schön! Dir ist die Erde ein grünes, umschlossenes Thal, wo kleines Menschenvolk fröhlich zecht und liebt. Der Himmel ist nur die blaue Kuppel dieses schönen Grundes und durch deren Fenster blickt der liebe Gott als Herbergsvater vergnüglich auf seine Kinder herab. Klein ist dein Lied und hat wie eine Hirtenschalmei nur wenig Töne, du besingst darauf im gleichen Metrum den Ruhm des Soldatenkaisers und die Reize Lisettens, aber die Töne sind schön und klar und stimmen eben so gut zum Tanze wie zur Feldmusik. Du bist ein exclusiv französisches Gewächs, aber hier, wo alles in deine Lieder einstimmt, der Lastträger und der Invalide, der Student und die Grisette, hier lernt man dich lieben und verstehen. . . . . . .

Das waren meine Gedanken, indeß der Leierkasten im Hofe spielte, und nicht minder als ich schienen auch die übrigen Bewohner der Passage Violet den Einfluß Beranger's zu spüren. Die Schneidergesellen, die im Erdgeschosse arbeiteten, stellen ihre Arbeit eine Weile ein und singen den Refrain im Chorus mit, die Grisette, die im Dachstübchen nähte, wickelt ein dickes Sousstück in Papier und wirft es dem greisen Sänger vor die Füße.

Eines Morgens war ich wieder unter dem Einflusse des Dieu des bonnes gens, des Sonnenscheins und des Frühlings, als Benedey bei mir eintrat und mich fragte, ob ich ihn nicht auf einem größeren Spaziergange begleiten wolle? Er gönne sich heute Ferien. Er habe gestern ein mehrbändiges Werk beendigt und werde kaum vor ein oder zwei Tagen ein ähnliches in Angriff nehmen. Ein merkwürdiger Mann, desgleichen mir seitdem nie wieder einer begegnet! Er brachte die ernsthaftesten Werke mit einer Ruhe und Leichtigkeit zu Papier, als wenn es Kopistenarbeit oder ein Stoß Briefe an Freunde wäre. Ein Berg blauen Briefpapiers in Quartformat lag unter seinem Pulte, er hob einen Bogen nach dem andern ab und bedeckte ihn mit Schrift, daß es halb lustig, halb tragisch anzusehen war. Trat Jemand bei ihm ein, so hieß er ihn willkommen und sagte, daß seine Anwesenheit gar nicht störe, er möge nur eine Weile sitzen bleiben, bis dies Capitel zu Ende geführt sei. Der Besucher setzte sich dann wohl, griff nach einem Buche, kam aber selten zum Lesen, denn Benedey fragte dies und jenes und Benedey nickte der Antwort freundlich entgegen. Die Feder in seiner Hand, scheinbar unabhängig von seinem Kopfe, segte weiter. So behandelte er die ernsthaftesten und schwierigsten Themata, mochten diese nun Montesquieu, Voltaire, Rousseau oder anders heißen. Also entstanden die breit und mächtig angelegten Werke, von denen Heine behauptete, daß er sie so gerne habe, während er doch Benedey's kurze Pamphlete nicht ausstehen könne.

„Was?" fragte ich verblüfft, als ich zuerst aus seinem Munde die Ansicht hörte. „Benedey's vielbändige Werke sind Ihnen lieber, als seine kleinen Sachen?"

„Allerdings," war die Antwort. „Wasser in unabsehbarer Ausdehnung, als Binnensee, als Meer, als stolzer Ocean ist eine Sache, für die ich schwärmen kann. Dagegen ist mir Wasser im Kaffeelöffel geradezu verhaßt. . . ."

Nun, das waren Bosheiten, wie man sie von Heine gewohnt war. Mit welchem liebenswürdigen Lächeln wurden diese scharf gespitzten Pfeile abgeschossen! Jacob Benedey's Bücher mochten langweilig sein, man hat aber kaum ein Recht scharf gegen sie zu verfahren. Die herbe Nöthigung des Lebens hatte den Flüchtling zum Schriftsteller gemacht und wenn er auch nur ein geringes Maß schöpferischer Gedanken besaß, die Gesinnung und das Wollen des Verfassers waren gewiß immer im höchsten Grade nobel und achtungswerth . . .

Bald waren wir aus unseren düsteren vier Mauern heraus.

Es war ein schöner Morgen im angehenden Mai. Paris lag unter dem blauen Frühlingshimmel wie eine verzauberte Stadt da. Ueber das reinliche glänzende Pflaster des Boulevards wogte ein Menschenstrom, jeder Einzelne schien sich des hellen Tages, der milden Luft zu

freuen. In den Weinläden standen Leute aus den unteren
Volksclassen und nahmen ihren zweiten Morgentrunk, auf
den vor den Kaffeehäusern hinausgerückten Stühlen früh=
stückte die elegante Männerwelt. Wagen und Karren
rollten vorüber, die Verkäufer boten ihre Waaren aus,
in bunten Farben bemalte Omnibusse zogen wie seltsame
Ungeheuer durch das verworrene Gewühl von Menschen
und Wagen. Militär kam des Weges, die Trommeln
wirbeln, die Bajonnete glitzern in der Sonne. Blumen=
verkäuferinnen boten ihre frischesten Sträuße aus, Putz=
macherinnen trippelten mit ihren lackirten Modewaaren=
schachteln hin, alte Herren führten ihre kranken Möpse
am rothen Bande spazieren. In den Tuilerien, die wir
jetzt durchschritten, waren schon alle Hecken grün, da blüht
der Hollunder und der Orangenbaum im Kübel, ein lieb=
licher Duft durchwürzt die Luft. Wahrlich, die Welt
schien voll Jugendfrische und Hoffnung zu sein! In den
Alleen welch' ein Leben! Tausend und tausend Kinder
waren dort versammelt, Ball zu schlagen, den Reifen zu
jagen und sich mit dem Springseil zu tummeln. Welch'
dummes Wort: il n'y a plus d'enfants   mußte man
bei diesem Treiben denken. Da treten leuchtend die weißen
Marmorstatuen aus dem grünen Hintergrunde der Ka=
stanien hervor, der Obelisk aber, ein steinernes Räthsel,
blickt vom Concordeplatz leuchtend in den Himmel hinauf,
indeß die Fontainen um ihn herum rauschen und singen:
sie hätten noch immer so viel zu thun, das Blut hin=
wegzuwaschen, das hier einst geflossen . . . . .

Wenn ich mit Venedey beisammen war, suchte ich ihn immer auf seine Vergangenheit und auf die Erzählung seiner Erlebnisse zu bringen. Er hatte das Hambacher Fest mitgemacht, er war am sogenannten Frankfurter Attentat vom April 1833 mitbetheiligt gewesen, einer jener unerschrockenen Jünglinge, die mit Waffen in der Hand den deutschen Bundestag zu sprengen versuchten. Er war durch eine lebensgefährliche Flucht lebenslänglicher Gefängnißstrafe entgangen. Man denkt heutzutage zu geringschätzig von diesen Unternehmungen, die doch in der Absicht veranstaltet waren, den Gedanken deutscher Nationaleinheit zur Wahrheit zu machen. Weil die Mittel gar so klein, scheinbar lächerlich, zuckt man die Achseln und doch weiß Jedermann, daß unter gegebenen Bedingungen ein bischen Hefe alle Moleeüle eines Teiges in Bewegung setzt und ein kleiner Funken zuweilen die großartigste Explosion herbeiführt. Der Teig war nicht gehörig vorbereitet, der Funke fiel in Sand und Staub, die jungen Leute büßten für ihre sehr irrigen Voraussetzungen.

Nun war Venedey allerdings das Gegentheil von dem geworden, was er gewesen. Seines Irrthums gewahr, ging er jetzt zu weit in die entgegengesetzte Richtung und bekämpfte allenthalben den praktischen Revolutionär, der er doch selbst gewesen. Der ehemalige Mann des „jungen Europa" wiederholte fortwährend den Spruch, daß wer das Schwert ziehe, durch das Schwert umkommen müsse. Nur protestiren soll man, seine Meinung

nämlich sagen, etwa auch die Zahlung der Steuern ver=
weigern und dann dulden.

Wie wunderlich kam mir oft dieser politische Quä=
ker vor!

Wir hatten die Champs Elysées, den grünen inner=
halb der Mauern von Paris liegenden Wald erreicht.
Reiter und Amazonen in flatternden Gewändern flogen
die Avenue von Neuilly hinab, der Staub wirbelte ihnen
nach. Ein zarter schillernder Schleier umhüllte den mäch=
tigen Bau des Triumphbogens.

Aus den Thoren heraus, befanden wir uns bald in
einer an einem mäßigen Hügel hingebauten Vorstadt, die
ich jetzt zum ersten Male sah. Sie hatte mit ihren kleinen
niederen Häusern und schlechtgepflasterten Gassen den Cha=
rakter eines ärmeren Faubourg. Schön war nur die Aus=
sicht auf das weite Marsfeld, das sich auf dem jenseitigen
Seine=Ufer hindehnte.

„So wären wir unerwartet bis Passy gekommen,“
sagte Benedey. „Hier wohnt Beranger, wir könnten eigent=
lich bei ihm einsprechen. Es ist ein freundlicher alter
Herr und hat sich mir immer gewogen gezeigt.“

Ich erwiederte, daß ich täglich an Beranger gemahnt
werde und ihn gerne kennen lernen möchte.

Gleich darauf blieb Benedey vor einem kleinen Häus=
chen stehen. Ein paar Schritte, und er pochte an der
Thür einer Parterrewohnung. Mehrere Stimmen riefen
herein, wir standen in einem freundlichen kleinen Zim=
mer, durch dessen offenes, auf einen Garten hinaus gehen=

des Fenster grünes Weinlaub hereinnickte. Da saß ein
freundlicher alter Herr, eine Sammetmütze auf dem Kopfe,
ihm gegenüber eine alte Dame, sie hatten eine Flasche
Wein und ein tüchtiges Frühstück vor sich. Ein junger
Mensch mit charakteristischem Gesichte, offenbar ein Süd=
franzose, las dem alten Herrn die Zeitung vor. Da
hatten wir denn alles bei einander: der freundliche alte
Greis war Beranger, die alte Dame die Nachfolgerin
Lisetten's, Judith Frère, vermuthlich dieselbe, die als
bonne vieille in seinen Gedichten vorkommt, der junge
Mensch ein Redacteur des „National".

Ein Porträt von Beranger zu geben, ist wohl un=
nütz, sein Kopf ist nach einem von David d'Angers mo=
dellirten Medaillon unzähligemal gezeichnet worden. Er
stand damals in seinem siebenundsechzigsten Jahre und
glich diesem Bilde noch so sehr, daß ich ihn gleich danach
erkannt hätte. Ein Kopf, um den nur spärliche Flocken
grauer Haare spielten, eine bedeutende Stirne, geröthete
Wangen, kluge, schelmische Augen, ein bald schmunzeln=
der, bald sarkastisch zuckender Mund   das zusammen
gab das Bild des Alten, der bei Tische saß und seiner
Flasche eifrig zusprach.

Es war eben um die Zeit des von Friedrich Wilhelm
dem Vierten einberufenen vereinigten Landtags, der da=
mals das ganze Interesse von Paris in Anspruch nahm.
Der Romantiker auf dem Throne hatte schon Ende 1846
seinem Volke versprochen, durch Einberufung eines Land
tages die Einführung einer Verfassung in Preußen an=

zubahnen. Nun war er zusammengetreten. Gleich nach den ersten gewechselten Begrüßungsworten sprang das Gespräch auf das politische Gebiet.

„Was gibt's für Neuigkeiten aus Deutschland?" fragte der Alte in leicht satirischem Tone. „Was macht Berlin? Lassen Sie hören. Was macht das erste Volk der Welt?"

„Das erste Volk der Welt," erwiederte Venedey, die feindliche Absicht merkend, „können in Frankreich nur die Franzosen heißen."

Beranger lachte: „Mit Nichten! Das erste Volk der Welt sind unzweifelhaft die Deutschen. Ich höre und lese das jetzt überall. Die Berliner Redner sagen es jeden Tag und auch die französischen Blätter behaupten, daß Deutschland jetzt auf dem Punkte stehe, der Welt ein Schauspiel von außerordentlicher Großartigkeit zu geben. Wir armen Gallier sind jetzt ganz bei Seite gestellt und es ist nur die Frage, ob uns die Deutschen erlauben, das zweite Volk des Continents zu bleiben?"

„Aus der Ironie, mit der Sie das sagen," erwiederte Venedey, „blickt nur zu deutlich hervor, daß Sie sich nicht an den Gedanken gewöhnen können, daß die zwei gebildet= sten Völker Hand in Hand, so zu sagen, in einer Fronte vorwärts kommen können."

„Verzeihen Sie einem alten Manne, der von den Erinnerungen der alten Tage nicht loskommen kann!" erwiederte Beranger gleichsam beschwichtigend, als er Venedey's Wangen sich bei den letzten Worten röther

färben sah. „Ich weiß von Deutschland gar so wenig . . .
Ich verstehe nur französisch und bin nie über den Rhein
gekommen . . . . . Ich weiß, daß Sie viele kleine Fürsten
haben und daß Censoren bestellt sind, Ihre Bücher und
Zeitungen zu controliren.   "

Hier fand ich endlich Gelegenheit eine kleine Bemer=
kung anzubringen.

„Wohl gibt es Censoren in Deutschland," sagte ich,
„doch sie stehen zwischen der Regierung und der öffent=
lichen Meinung mitten inne und die Zeit ist vorauszu=
sehen, wo die Censur factisch aufgehört haben wird, in=
deß sie formell noch besteht. Zudem existirt Censur=Freiheit
für alle Bücher über zwanzig Bogen.   In der That be=
wegt sich der deutsche Gedanke frei von allen Fesseln. Es
werden bei uns Bücher gedruckt, die den französischen
Autor auf den Mont=Michel bringen würden . . ."

Beranger lachte laut auf.   Er schien es ganz ver=
gessen zu haben, daß er selbst unter Karl X. wegen einiger
spottender Bemerkungen in seinen Liedern der Beleidigung
der königlichen Familie und Schmähung der Staatsreligion
gezogen und zu neun Monaten Gefängniß und einer
Geldstrafe von zehntausend Francs verurtheilt worden war.

„Zum Beweis dieser Behauptung," fuhr ich fort,
„kann ich Ihnen Ludwig Feuerbach aufführen.   Ludwig
Feuerbach ist einer der größten Aufklärer, er nimmt das
Werk Ihrer Encyklopädisten wieder auf und gibt dem=
selben erst die tiefere philosophische Begründung.   Seine
Bücher erscheinen, wie wenn es bei uns kein Institut der

Censur gäbe. Doch ich kann Ihnen noch ein weit frappanteres Beispiel weitgehender Meinungsfreiheit sagen. Sie haben wohl nie von Friedrich Daumer und seinen „Geheimnissen des christlichen Alterthums" gehört?"

„Nie!" erwiderte Beranger lachend. „Was hat dieser Mann für „Geheimnisse" aufgestöbert?"

„Daumer," sagte, ich „ist überzeugt, daß in den ersten Zeiten des Christenthums, lange nachdem bei den Juden und anderen Völkern das Menschenopfer durch das Thieropfer abgelöst war, ja bis tief in's Mittelalter hinein, das Blut eine große Rolle gespielt hat und das erste Christenthum zum Menschenopfer zurückgriff."

„Aber das ist abscheulich! Wer derlei behauptet, verdient meiner Meinung nach den Galgen!"

„Ich halte," erwiderte ich, „jedes Urtheil über Daumer's Meinungen zurück. Ich führe sie nur einfach an, um Ihnen zu zeigen, was bei uns in Teutschland gesagt und geschrieben werden kann. Uebrigens bin ich der Ansicht, daß wissenschaftlich vorgetragene Ueberzeugungen nur wissenschaftlich widerlegt, nicht aber polizeilich gestraft werden sollen."

Diese Ansicht schien dem alten Herrn sehr paradox, er wandte sich an Venedey und fragte: „Ist das ein Landsmann von Ihnen?"

„Nur ein halber," war die Antwort.

„Also lassen Sie hören," fragte Beranger. „Wo kommen Sie her? In welcher Stadt haben Sie gelebt, ehe Sie in unser liebes Paris kamen?"

„Ich bin aus Prag," antwortete ich.

„Also ein Ungar!"

„Um Verzeihung! Prag 　　　　 "

„Prag ist aber doch die Hauptstadt Ungarns?" (mais voyons, Prague est donc la capitale de la Hongrie?)

„Sie verwechseln Prag mit Pest, Monsieur Beranger."

„Peste, vous avez raison! Die Hauptstadt von Ungarn heißt Pest. Und Sie sind aus Prag. J'y suis. Prag! Prag! Wer kennt das nicht! Wer hat nicht davon gehört! . . . . . . Sie scheinen mir zu jung, als daß ich annehmen könnte, daß Sie in den letzten Kämpfen mitgefochten?" . . .

„Pardon! Wir haben seit Napoleons Zeiten keinen Krieg gesehen."

„Wie? Was? keinen Krieg? Sie nennen das keinen Krieg? Die Sensenmänner 　　　 unter dem General mein Gott, wie heißt er doch . . . . ? Sein Name geht auf ski aus (quelque chose en ski).

„Monsieur Beranger verwechseln, wie ich sehe," entgegnete ich, „Prag mit Praga. Praga ist die jenseits der Weichsel gelegene Vorstadt von Warschau, Prag dagegen 　　　 "

„Ganz recht! Wir wickeln uns schon aus dieser Confusion heraus. Aber ein Pole sind Sie doch?"

„Keineswegs. Ich bin ein Deutscher. Prag ist die Hauptstadt von Böhmen und mitten, man kann sagen, im Centrum von Deutschland gelegen."

„Was? Prag? Mitten in Deutschland? Was Sie
mir da sagen! Nun, Sie merken schon, daß die Geographie
nicht meine besondere Stärke ist. Und nun sagen Sie,
gehört Böhmen zur confédération allemande oder zu
Oesterreich?"

„Es gehört zu Oesterreich und zur „Confédération
allemande.""

„Da haben wir's nun!" rief Beranger, auf's Höchste
belustigt. „Es liegt in Oesterreich und auch im deutschen
Bunde! Da soll sich der Teufel zurechtfinden! Sehen Sie,
meine Herren, wir Franzosen sind Freunde der Klarheit.
Was nicht klar ist, das ist nicht französisch, das wider=
strebt unserem Geiste. Nun aber herrscht bei Ihnen eine
solche Wirrniß, eine solche Confusion, eine solche Unklar=
heit. . . . Wir werden nie klug werden über Ihre Ver=
hältnisse; es geht nicht; wir können es nicht beim besten
Willen."

Dabei blickte Beranger, Beistimmung heischend, auf
seinen französischen Freund.

Dieser nickte ihm zu.

„Sehen Sie," wandte sich Beranger wieder an
Benedey, indem er sich offenbar auf seine Unkunde, die
ihm ein Zeugniß für die überlegene Klarheit des franzö=
sischen Geistes abzulegen schien, etwas zu Gute that,
„sehen Sie, so geht es mir in allen Deutschland betreffen=
den Dingen! Nehmen wir die Thronrede Ihres Königs,
die eben so großes Aufsehen macht. Haben Sie jetzt eine
Verfassung oder haben Sie keine? Ich werde nicht klug

daraus. Für uns oberflächliche Franzoſen, die wir nicht
viel Philoſophie ſtudiren, gibt es keine Conſtitution ohne
Charte, ohne politiſche Rechte, ohne gehörige Garantie.
Die Unterſchiede zwiſchen ſtändiſchen und conſtitutionellen
Staaten kennen wir auch nicht und wiſſen nur von ab-
ſoluten und von mehr oder minder beſchränkten Regierungen.... Sie dürften mit Ihren berathenden Ständen
ſchlecht berathen ſein." . . .

Nachdem das Geſpräch noch eine Weile in dieſer
Weiſe hin und her gegangen, verabſchiedeten wir uns.

„Beranger hatte heute keinen guten Tag," meinte
Venedey kleinlaut, als wir draußen waren.

Das hatte ich mir allerdings auch gedacht. Es iſt
zwar viel verlangt, daß ein Dichter, den zwei Leute bei
ſeinem zweiten Frühſtück überfallen, gleich den Dichter
herauskehren ſoll, aber etwas mehr Geiſt, Herz, Blick,
Bildung hätte ſich doch beanſpruchen laſſen.

Wie man mit einem ſehr kleinen Capital, das man
gut anlegt und richtig verwendet, doch Großes ausrichten
kann! war mein Gedanke beim Weitergehen. Kleine
Lieder, ungeheure Wirkungen! Wie einſeitig nüchtern,
proſaiſch, ja wie beſchränkt und bornirt war alles, was
wir da aus dem Munde des gefeierten Mannes gehört
hatten! Welche Selbſtzufriedenheit in der Unwiſſenheit!
Welche Sicherheit im Fehlgreifen! Und bei ſcheinbarer
Bonhommie, welcher Mangel an Gutartigkeit! Wahrlich,
ſie hatten die Rollen ausgetauſcht: Venedey war der über-

legene Mensch, der Poet, Beranger der Philister und welcher Erzphilister!

Ich mußte mir ihn allmälig wieder von Anfang an construiren, als den Mann, der so viel schöne Lieder gesungen und damit so viele Menschen erheitert hatte....

Als ich Abends in mein Zimmer zurückkam, sah ich den Greis im Erdgeschosse seines Häuschens noch immer vor mir. Indeß öffnete sich das Fenster gegenüber: die Nähterin drüben im Dachstübchen trällerte die Verse von Dieu des bonnes gens, wie sie es heute früh vom Leierkastenmanne gehört.

IX.

Literarische Soiree.   Alexander Dumas. — Monte Christo.

Es gab um diese Zeit wohl kaum einen Schriftsteller, der die Aufmerksamkeit seines Publicums so wach zu halten wußte, wie Alexander Dumas. Nicht nur, daß er mit unermüdlicher Thätigkeit einen Roman nach dem andern, ein Drama nach dem andern in die Welt hinausschickte, er verstand es auch durch das, was er sonst that und trieb, fortwährend von sich reden zu machen. Jetzt hatte er auf eine seiner Tragödien den Caligula - eine goldene Denkmünze schlagen lassen, jetzt verwickelte ihn der Zufall in eine cause célèbre und er hatte in öffentlicher Sitzung entscheidendes Zeugniß abzulegen. So war immer etwas von ihm zu erzählen. Die Zeitungen, die sich fast alle die Miene gaben, als ob sie den Vielschreiber mißachteten, verschmähten es nicht, weit öfter über sein Thun und Treiben Notizen zu bringen, als eben nöthig gewesen wäre.

Auch in diesem Jahre hatte es wieder von Dumas viel zu erzählen gegeben. Sein Theater historique auf dem Boulevard·du Temple hatte er noch immer nicht eröffnen können; inzwischen aber stand er selbst fort= während auf der Bühne und wußte — wunderbar bei einem Stücke von solcher Dauer — dies veränderliche Volk der Franzosen in beständiger Spannung zu erhalten. Diese Comödie war sein Proceß mit den Herren Veron und Girardin, den Redacteuren des „Constitutionnel" und der „Presse". Diesen Beiden hatte Dumas alljährlich 18 Bände Romane zu liefern versprochen, wogegen ihm eine Rente von 65.000 Franken zukommen sollte. Nur diese beiden Journale sollten künftighin die neuen Bücher des berühmten Alexander bringen. Indeß hatte Dumas von früheren Jahren her noch andere Verpflichtungen und war anderen Journalen und Buchhändlern gegenüber im Rückstand und zwar — es war ganz genau berechnet worden — mit nicht weniger als 162.000 Zeilen. Er aber, im göttlichen Leichtsinne und als wäre dies Centner= gewicht gar nichts für seine Schultern, hatte den Bau einer Villa unternommen, durch seinen Gönner, den Herzog von Montpensier, das Privilegium zu einem neuen Theater erwirkt, hatte das Theater von St. Germain angekauft, um darin junge Schauspieler für die Bühne des Theatre historique heranzubilden und war schließlich nach Spanien zu den königlichen Hochzeitsfesten, dann endlich zur Tigerjagd nach Algier und Tunis gegangen, ohne sich weiter um Veron und Girardin zu kümmern. Daher Klagen und gerichtliche Vorladungen, glänzende Plaidoyers und unendliche Bonmots über den zu Zwangsarbeiten verurtheilten und diesen entfliehenden Dichter.

Was nun die Villa in der Nähe von St. Germain betraf, so hieß es, sie solle ein Wunder von Pracht, eine Art Duodezalhambra werden und den Namen „Monte Christo" erhalten. Monte Christo, das war um so pikanter, als alle Welt damals den Monte Christo las. Jedermann sprach von der Villa und Niemand wußte Bestimmtes davon: der Erfindung war offener Spielraum gelassen. Einige behaupteten, Monte Christo sei auf einer Insel erbaut und übertreffe an Pracht Aladins Schloß, andere sagten, es müsse schon darum auf dem festen Lande liegen, weil es bei St. Germain en Laye gar keine Inseln gebe. Noch andere behaupteten, Monte Christo sei eine Mythe und Fanfaronade. Es gebe kein anderes Monte Christo, als das Felseneiland unweit Marseille.

Ich leugne nicht, daß ich gern einmal den Mann gesehen hätte, dessen Romane mich schon so oft ergötzt und dessen Thun und Lassen im gewöhnlichen Leben auch so bunt und abenteuerlich war. Der Zufall war mir günstig. Eines Tages hatte mich Madame A . . ., die ich von Karlsbad her kannte, zu einer Soirée mit dem Beisaße eingeladen, ich werde diesmal Alexander Dumas bei ihr kennen lernen.

Madame A . . war eine der bekanntesten literarischen Frauen des damaligen Paris. Ohne reich oder auch nur wohlhabend zu sein, hielt sie doch, wie man zu sagen pflegt, ein Haus und sah jeden Montagabend das Zimmer, das sie ihren Salon nannte, mit Menschen gefüllt. Es waren meist Schriftsteller, aber auch Künstler fehlten nicht. Es waren theils berühmte Leute, theils solche, die einige Aussicht hatten, berühmt zu werden. Auf alle Fälle mußte jeder, der Madame A . .'s Salon betrat, irgend ein Talent, ein Buch oder eine Eigenthümlichkeit als Eintrittskarte vorzuweisen haben. Gegen Sänger und Pianisten, die bei anderen Hausfrauen in so hohem Ansehen stehen, hegte Madame A . . eine tiefe Verachtung; dafür standen ihr die Gelehrten desto höher. Je absonderlicher und wunderlicher ihr Studium war, desto besser. Ein Franzose, der den Hegel studirt zu haben vorgab, war ihr schon sehr lieb, aber noch lieber waren ihr die Uebersetzer verschollener Mystiker und Gnostiker und Sanskritgelehrte. Am höchsten im Werthe schätzte sie Magnetiseure, Doctoren, die sich mit Somnambulismus abgaben, Adepten geheimer Wissenschaften — sie glaubte an dieselben.

Madame A . . schwärmte für das Mittelalter; in diesem sah sie die Glanzepoche der Menschheit. Copien nach Angelo da Fiesole und Cimabue zierten die Wände ihrer Zimmer, die Maler einer späteren Epoche, Raphael, Titian, Correggio, betrachtete sie schon als Künstler aus der Verfallsperiode der Kunst, wie sie in der Musik desgleichen für Pergolese, Marcello, Orlando di Lasso schwärmte; alles andere war ihr nur Epigonenthum.

Bei dieser Richtung ihres Geistes konnte Madame A . . von dem durchaus modernen und weltlich gearteten Dumas unmöglich viel halten. Doch das Menschenherz ist sonderbar geartet! Es galt ihr doch als ein außerordentlicher Triumph, daß der Verfasser der Reine Margot und des Monte Christo endlich versprochen hatte, bei ihrem nächsten jour fixe zu erscheinen und sie hatte das bevorstehende Ereigniß nach allen Seiten ansagen lassen. Am Abend, an dem der seltene Gast einziehen sollte, war der kleine Salon voller, als ich ihn je gesehen. Da gab es keine Gruppen mehr, sondern ein compactes Gedränge. Die Hausfrau, eine wohlconservirte Matrone, der ein vortreffliches Haarfärbemittel noch den Anschein einer Vierzigerin verlieh, saß, von einem kleinen Damenkreis umgeben, am eleganten Kamin und schürte diesen von Zeit zu Zeit mit nervöser Hastigkeit. Ich merkte auch, daß sie sich oft unruhig umkehrte. Nun ging die Thüre rasch auf und ein Mann, der an Statur alle Umstehenden überragte, trat mit energischem Schritt ein. Es war Alexander Dumas.

Ganz unlängst war ein großes Folioblatt, ein Caricaturbild, erschienen, das die bekanntesten französischen Tagesschriftsteller in Gruppen beisammen zeigte. Im Vordergrunde desselben sah man einen hochgewachsenen Mann mit einem Negergesichte, der mit Siebenmeilenstiefeln über Berge und Thäler hinwegschritt. Ein Stern, vermuthlich der Orden des Nischan oder der phantastische Elephantenorden des Schachs von Persien, hängt ihm wie ein Amulet um den Hals, auf dem Rücken aber trägt er eine Unmasse Bücher. Schwer scheint die Last, aber für den herkulischen Bau des Mannes ist sie so viel wie nichts. Mit unzerstörbarem Gleichmuth trägt er sie und auch die Berge und Thäler da unten mit all' ihren Hindernissen sind für ihn nicht vorhanden.

An diese Caricatur wurde man sofort erinnert. Nicht nur, daß Alexander Dumas in ihr zum Sprechen getroffen, auch seine ganze Art und Weise war damit gezeichnet. Dumas zeigte in seinen Zügen noch viel von seinen afrikanischen Vorfahren. Das schwarze, gekräuselte Haar, das breite Gesicht mit den dicken Lippen, das feurige Auge gaben zusammen ein Ganzes, wie man sich den Kopf Othello's, des Mohren von Venedig, denkt. Hoch und stark gebaut, war er wie zum Tragen gewaltiger Lasten geschaffen. Der Bau seiner Stirn war nicht eben edel, aber Charakter und Phantasie saßen da beisammen. Dabei zeigte er in allen Bewegungen etwas Energisches und Robustes, und wer ihn sprechen hörte, begriff sofort, daß er einen Mann von fabelhafter Arbeitskraft und sprudelndem Erfindungsgeist vor sich habe, nebenbei auch einen Mann, der vor allen andern die größten Münch=hausiaden mit Sicherheit vorzutragen verstehe.

Auch ich wurde dem Helden des Abends vorgestellt. Dumas erkundigte sich nach dem neuen Drama in Teutsch=

land. Es war nicht schwer, ihm darüber etwas Neues zu sagen, da ihm alles unbekannt war. Im Interesse des Theatre historique fragte er nach übersetzbaren Stücken, ich erzählte ihm von Uriel Acosta, den Karlsschülern und von Hebbel's Maria Magdalena. Er hörte zu und kam dann wieder auf seine Achtung für Schiller und Lessing zurück. Er erzählte, wie er eben mit einer Uebersetzung von „Cabale und Liebe“ beschäftigt sei — eine Arbeit, die um so erstaunlicher erscheint, wenn man bedenkt, daß Dumas kein Wort Deutsch verstand.

Unser Gespräch konnte nicht lange dauern. Dumas, der selten nach Paris zu kommen pflegte, hatte gar Viele zu begrüßen. Er lud mich ein, ihn auf seinem Landsitze in St. Germain zu besuchen. „Ich werde Ihnen dabei,“ setzte er hinzu, „Monte Christo zeigen können.“

Ein paar Monate vergingen, ehe ich im Strom des Pariser Lebens wieder an diese Einladung dachte. Endlich, an einem schönen Sommertage, fuhr ich auf der Eisenbahn hinaus. Der Weg nach St. Germain en Laye ist reizend. Er führt durch ein Land, das wie ein Garten bepflanzt und mit den freundlichsten Dörfern übersäet ist. Auf der letzten Station, eine Viertelstunde von St. Germain, beginnt ein Stück atmosphärischer Eisenbahn. Der kleine Zug fährt mit gleicher Schnelligkeit, aber ohne Dampf und Kohlenstaub, ganz geräuschlos in sanfter Steigung hinan. Nun erscheint das Städtchen auf der Anhöhe mit seiner prächtigen Terrasse, seinen weiten Kastanien-Alleen, es erscheint das Schloß, der uralte Königssitz, ein Bau mit grauen Thürmen und Zinnen. Es gibt in der Nähe von Paris keinen schöneren Anblick.

Ich fragte nach Monsieur Alexandre Dumas; als wäre er ein souveräner Herr, so schien er bekannt, es wurde mir sofort Auskunft zu theil. Ja, man gab mir das Geleit zu seinem Hause.

Ich traf den grand Romancier in einer ausgedehnten Parterrewohnung, deren Einrichtung heutzutage vielleicht nicht mehr ganz absonderlich wäre, mir aber damals ganz eigenthümlich und einzig erschien. Die Ausstattung der Zimmer war im Geiste französischer Spätrenaissance und des Baroks gehalten, hatte aber nebenbei einen starken Beigeschmack orientalisch decorativer Phantasie. Schränke aus dunkelgebeiztem Eichenholze, theilweise mit eingelegter Arbeit, Wandgestelle mit phantastischem Schnitzwerk reichten bis an die Decke, dazwischen ließen persische und türkische Teppiche, hier als Wanddrapirung, hier als Portieren, dort als Möbelüberwurf verwendet, den Zauber ihres Farbenspiels und den Reiz ihres Linienornaments wirken. Uralte Fauteuils und hochlehnige Stühle, Kronleuchter von Schmiedeeisen, verblaßte Gobelins gaben dem Schreib- und Studirzimmer der Dichters das Aussehen eines historischen Museums. An der einen Wandseite des eigentlichen Schreibzimmers bildeten Helme, Harnische, Schwerter und Schilde einen großen Stern. Darunter hingen arabische Säbel in emaillirten edelsteinbesetzten Scheiden, türkische Flinten, wie Flammen gestaltete Dolche. Athos, Porthos und d'Artagnan, die wackeren Musketiere, waren, in Bronze gegossen, auf einer hohen Console zu sehen. Selbst das Schreibzeug, selbst die Carasse mit Wein, die auf dem Tische stand und das Glas dazu, schienen der Zeit des Vierten Heinrichs und der Königin Margarethe zu entstammen.

Beim Apollo, wie contrastirte diese Hauseinrichtung mit derjenigen der vaterländischen Schriftsteller, die ich bisher zu sehen bekommen! Daheim brachte alle Arbeit und alles Talent keinen Lohn ins Haus; wer da Schriftsteller geworden, hatte das Gelübde freiwilliger Armuth auf sich genommen. Nur die machten eine Ausnahme, die einen Onkel beerbt oder eine reiche Frau geheiratet hatten. Warum die Misere daheim? Weil   ähnlich wie bei dem Speisungswunder des Evangeliums, wo fünf Brode und zwei Fische genügten, fünftausend Mann zu sättigen   bei uns eine Auflage von einigen hundert, von höchstens tausend Exemplaren genügt, eine Nation von dreißig Millionen zu speisen und zu sättigen. Hier dagegen Luxus, weil der berühmte Autor nebst seinen französischen Lesern, Leser in aller Welt und namentlich auch alle deutschen Leser hat! Bei uns hatte August Lewald eine gewisse Berühmtheit erlangt, weil er zwei Dutzend silberne Gabeln und Löffeln besaß   das war ja etwas Unerhörtes! Hier sah ich einen Schriftsteller eingerichtet wie einen König. . . . .

Ich fragte mich im Stillen, ob es wohl bei uns je anders werden würde?

Der Dichter, der in Hemdärmeln, mit abgelegtem Halstuch vor seinem Schreibtische saß, war offenbar durch

meinen Besuch gestört und in seiner Arbeit unterbrochen
worden. Trotzdem schenkte er mir die liebenswürdigste
Aufnahme. Ich bin einer von Denen, sagte er, die man
immer zu Hause trifft: es ist mir aber ganz recht, zu
weilen gestört zu werden. Ich schreibe eigentlich immer,
jeden Tag vor dem Essen etwa acht Stunden und wenn
ich die Feder nicht mehr halten kann, dictire ich. Sie
werden wissen, daß ich meinen Proceß gegen den „Consti-
tutionel“ verloren habe. Ich muß furchtbaren Verpflichtungen nachkommen. . . .“

Mein Blick streifte durch das Fenster, vor dem die
Hügel und Waldanflüge von Marly, Bésinay und Chaton
im weiten Panorama ausgebreitet lagen und wandte sich
wieder der kostbaren Zimmereinrichtung zu. Als Dumas
bemerkte, wie sehr ich sie bewundere, fieng er an, den
Erklärer der einzelnen Stücke zu machen. Er nannte die
Meister der einzelnen Bilder, ließ mich auf Schwertern
und Harnischen die eingeprägten Ornamente betrachten,
schließlich öffnete er eine Schublade und holte einen Rosenkranz aus Achatsteinen hervor, von dem ein massives
goldenes Kreuz herabhing. „Der Rosenkranz des Herzogs
von Alba!“ sagte Dumas. „Ich habe ihn unlängst in
Madrid erstanden. Er war nicht wohlfeil, aber ich habe
die Belege, daß er echt ist. . . .“

Der Rosenkranz eines Menschen, den vieles Beten
nicht am Morden hinderte, warf mich in ein Meer von
Gedanken; Dumas, in der leutseligen Laune eines großen
Herrn, fuhr mit seinem Erklären fort.

„Im Ganzen," sagte er, „werden Sie meine Wohnung recht bescheiden finden. Ich habe sie aber auch nur provisorisch inne, bis meine Villa ausgebaut ist. In zwei Monaten, hoffe ich, ist sie bewohnbar. Haben Sie Lust, sie anzusehen?"

Ich erwiderte, das dies zu meinen besonderen Wünschen gehöre. Dumas kleidete sich rasch an und wir gingen hinaus. Wir schritten die Anhöhe herab, auf der Saint Germain erbaut ist und kamen, immer der Landstraße auf einem Seitenwege folgend, in ein grünes, hügeliges Land, an den Ufern des Flusses. Gruppen und ganze Haine von Pappeln gaben dieser Gegend einen eigenthümlichen Charakter, auf den Hügelabhängen zogen sich Terrassen der Weingärten hin, von den Strahlen des Abends beschienen.

Dumas hatte das Gespräch auf die deutsche Literatur gebracht. „Mir kommt vor," sagte er, „als hätten die Deutschen eigentlich noch gar keine Literatur, sondern seien erst auf dem Punkte, eine zu gewinnen. Ein Aggregat von Büchern, die kein gemeinsamer Geist beseelt, ist noch immer keine Literatur. Ich verkenne nicht die Bedeutung Schiller's und Goethe's, deren Hauptwerke mir wohl bekannt sind, aber sie scheinen mir doch den Ansprüchen einer so großen Nation nicht zu genügen."

„Allerdings," erwiderte ich, „haben wir keinen Shakespeare, ich glaube aber, wir besitzen Werke von einer Innigkeit und Tiefe, die bei keiner anderen Nation so angetroffen wird. Unsere Literatur theilt den zerfahrenen

Charakter und die zerfahrene Erziehung der ganzen Nation, überrascht aber mehr als jede andere durch geniale Naturen. Das Drama ist allerdings nicht unser eigentliches Gebiet. Wir besitzen nämlich kein maßgebendes deutsches Theater im Sinne des Théâtre français, wie wir auch keine eigentliche Hauptstadt, keine geschmackbestimmende Capitale haben. Dafür besitzen wir eine Menge Theater, je nach der Eigenthümlichkeit der Stämme. Doch haben wir neben Lessing, Schiller und Goethe auch auf diesem Gebiete den gewaltigen Heinrich von Kleist und einen wunderbaren Dichter des Märchendrama's, Ferdinand Raimund, den Verfasser von „Alpenkönig und Menschenfeind". Ich bedauere, daß unsere Lyrik Ihnen unbekannt ist: von Klopstock, Goethe, Uhland bis auf Lenau und Heine, welche Mannigfaltigkeit der Töne! Auch unsere Romantiker der Erzählung sind einzig: Tieck, Achim von Arnim, Immermann. Ein Dichter dieser Schule, Amadeus Hoffmann, ist den Franzosen zufällig bekannt geworden und wird von denselben höher gestellt, als es von uns geschieht. Unseren Satyriker Ludwig Börne werden Sie gekannt haben. Unzählig sind unsere originellen Geister: bei keinem Volke ist die Literatur ein so umfassendes Ganze, eine Einheit in unzähligen Abzweigungen . . . . . ."

Dumas hatte aufmerksam zugehört. „Ich muß doch noch deutsch lernen . . . .," sagte er mit nachdenklichem Gesichte. „Glauben Sie, daß ich, wenn ich der Sache ein halbes Jahr widmete . . . .?"

Leider konnte ich ihm binnen eines so kurzen Zeit=
raums keinen Erfolg versprechen . . . .

Unter solchen Gesprächen erreichten wir nach einer
halben Stunde raschen Gehens Dumas' Besitzung. Ein
parkähnlicher Garten zog sich an dem Abhang einer An=
höhe hin. Ein kleiner Bach, irgend einer höher gele=
genen Schlucht entsprungen, und durch diese geleitet,
bildete über herbeigeschaffte Felsstücke einen kleinen künst=
lichen Katarakt. Nun erblickte ich auch in der Mitte des
Parks die Villa, im lustigen Style der überreichen franzö=
sischen Spätrenaissance ausgeführt. Die Wände waren
weißer Sandstein, das Dach bläulich glänzender Schiefer.
Die Fensterverzierungen waren von trefflicher Steinmetz=
arbeit, Reihen von Köpfen und Figurinen liefen um die
Gesimse.

„Monte Christo ist prächtig," sagte ich. „Ich bedauere,
daß ich es noch theilweise von Gerüsten umstellt sehe.
Die Pariser haben Recht, wenn sie sagen, Sie bauten da
ein kleines Alhambra. Doch auch die Capelle will ich
mir ansehen, die Sie da droben aufführen lassen."

Dumas lächelte und führte mich die gewundenen Gar=
tenwege entlang, dem Häuschen entgegen, das wie ein gothi=
scher Miniaturdom aussah. Bald zeigte es sich als ein
wahres Wunderwerk der Steinmetzarbeit. Der durch=
brochene Thurm erhob sich leicht neben dem Schiffe, die
gothischen Fenster waren mit Rosetten verziert, Figurinen
füllten alle Nischen. Die farbigen Glasfenster blitzten in
der Sonne wie Juwelen. Nun sah ich auch, daß die

Capelle auf einer Insel stand. Der kleine Bach war daran und herumgeleitet, angepflanztes Schilf reichte bis an die Stufen der Pforte. Als ich noch näher kam, bemerkte ich an der Vorderwand Inschrift an Inschrift; jedem einzelnen Quaderstein war der Name eines Buches von Dumas eingegraben. Wohl an hundert Namen standen da und bedeckten die ganze Wand.

Was ich für ein Kirchlein gehalten hatte, war das eigentliche „Monte Christo", zu gleicher Zeit Karthause und selbsterbautes Ruhmesdenkmal.

„Die Inschriften werden vergoldet," sagte Alexander Dumas. „Wenn sie sodann mit Arabesken eingerahmt und unter einander verbunden sein werden, wird sich die Wand gut ausnehmen."

Sehr befriedigt und angeregt kam ich in später Nacht nach Paris zurück, ging aber nicht zu Bette, ehe ich, was ich tagüber gesehen und gehört, in mein Notizbuch ein getragen.

Viele, viele Jahre später kam Alexander Dumas nach Prag, besuchte mich und äußerte sofort beim Eintreten, daß er mir den Besuch erwidere, den er in Paris zu machen verhindert gewesen. Ich erwähne dies nur als ein Zeichen des außerordentlichen Gedächtnisses eines Mannes, dem nichts entging. Er wußte auch noch, daß ich ihm die Märchen Dramen Ferdinand Raimund's zu geschickt hatte, im guten Glauben, daß eine Uebersetzung derselben auf einer Pariser Bühne Fuß fassen könne. Wir besahen uns die Stadt nach allen Richtungen; ich fand mehr Kenntnisse bei ihm als bei allen anderen Franzosen, die ich kennen gelernt, und einen sehr entwickelten Sinn für das Historische.

Dumas' Name war indeß in der literarischen Werthschätzung sehr gesunken. Er hatte sich verleiten lassen, äußerst nachlässig zu arbeiten, und schließlich Werke gebracht, die seiner unwürdig waren. Tolle Verschwendung hatte ihn financiell ruinirt. Seine Residenz, Monte Christo, hatte er längst, von Gläubigern bedrängt, preisgeben müssen. So endigte er in Ermattung und Abnahme und starb, fast unbeachtet, in Armuth und Verlassenheit.

Ich kann von Dumas dem Aeltern nicht gering denken. Er hatte ein phantastisches Element in sich, das den verständigen und witzigen Kelten ganz abgeht und nur bei Victor Hugo wieder vorkommt. Seine Romane sind allerdings Improvisationen, aber voll wunderbar dramatischen Lebens. Er hat an hundert und hundert Figuren eine schöpferische Kraft bewährt. Jedenfalls hat er bei vielen seiner Romane Mitarbeiter gehabt – man nennt als solche Fiorentino und Auguste Maquet —, muß diese aber, wie ein Architekt seine Maurer, dirigirt und sie doch nur in von ihm selbst geschaffenen Plänen beschäftigt haben, denn was diese Leute auf eigene Faust geschaffen, nimmt sich daneben völlig nichtig aus.

Eine Zeit lang ist Alexander Dumas ganz in den Hintergrund gedrängt worden. Jetzt zeigen sich wieder Symptome seines Auflebens. Die großen Romane seiner ersten Periode: „Die Musketiere der Königin," „Monte

Christo," die „Königin Margot" werden neu gedruckt und in seinem Vaterlande wieder begierig gelesen; die kleinlich subtile, mühsam gedrechselte, affectirt geistreiche Production berühmter-Namen der Gegenwart vermag auf die Dauer nicht zu befriedigen. Er hat auch jetzt seine Statue in Paris auf dem Platz Malesherbes erhalten. Es ist richtig bemerkt worden, daß sie von Gold sein könnte, wenn jeder von Dumas' Lesern auch nur einen Centime beigesteuert hätte.

X.

Le Havre und die Auswanderer.   Bekanntschaft auf der Eisenbahn.

In den letzten Tagen des August, als meine demnächstige Abreise von Paris schon feststand, machte ich noch einen Ausflug nach Havre. Es gefiel mir dort sehr, die verschiedenartigsten Eindrücke traten an mich heran. Ich sah zum ersten Male das mächtige graue nordische Meer, in welches die Fischerbarken mit aufgeblähten Segeln und die Dampfer mit ihrer schwarzen Rauchwolke hinausfuhren, und sah vom Leuchtthurme aus die geheimnißvolle blaue Linie, mit welcher der Ocean im Unendlichen verschwimmt. Ich wohnte in einer schauderhaften Kneipe: café de la Californie genannt, aber die böse, dort verbrachte Nacht war schnell vergessen. Gegen Elf war ich nach Honfleur gefahren, um Vier war ich wieder in Havre,

sah mir das Museum an und wandelte auf der jetée.
Abends belebten sich die Matrosenkneipen mit den wunder=
lichsten Bildern! Mehr aber als Alles ergriff mich der
Anblick der großen Amerikafahrer, in deren Nähe in
Erwartung der Abfahrt so viele arme Landsleute, unglück=
liche Leute aus Thüringen, Schwaben und Hessen in
Gruppen beisammenstanden. Weiber und Kinder saßen
auf den großen mit blauen und rothen Blumen bemalten
Truhen, die ihre ganze Habe enthielten.

Als ich am andern Tage Nachmittags in's Coupé
stieg, um nach Paris zurückzukehren, erlebte ich noch ein
kleines Abenteuer. Ich fand dort eine junge Dame ganz
allein sitzen. Sie mochte ungefähr zwanzig Jahre zählen,
hatte hellbraunes Haar, das in Locken herabfiel, blaue
hellblickende kluge Augen und ein allerliebstes schelmisches
Stumpfnäschen. Sie führte gar kein Gepäck bei sich.
Einfach, aber nett, sogar elegant bekleidet, hatte sie ihre
Füßchen auf den ihr gegenüberstehenden Sitz gestemmt und
so nett war die Erscheinung, so allerliebst waren diese
Füßchen, daß ich bald näher rückte und allerhand Redens=
arten vorbrachte, die eine Conversation anbahnen sollten.

Sie aber, nachdem sie ein paar Fragen beantwortet,
lächelte anmuthig, wobei die hübschesten, etwas starken
Zähne zum Vorschein kamen und sagte: „Reden wir
doch deutsch miteinander, Sie haben eine Landsmännin
vor sich.“

Sie erzählte nun, daß sie Freunde, welche die weite
Reise über's Meer angetreten, nach Havre begleitet habe,

„Ich hätte mitgehen können," meinte sie, „vielleicht sogar wäre es besser, wenn ich mitgegangen, aber wer lange Zeit in Paris gelebt hat, trennt sich nicht mehr von dieser Stadt. Ich lebe in Paris nun schon viele, viele Jahre."

„Und das hätte ich gemerkt, wenn Sie es mir auch nicht gesagt hätten," erwiderte ich, „denn Ihr Deutsch hat bereits einen fremdartigen Accent, wie mein Französisch seine Mängel haben mag."

„Wirklich?" fragte sie. „Merkt man es schon? Es ist ganz möglich. Ich habe alle Uebung, Deutsch zu sprechen, verloren – seit meinen Kindesjahren lebe ich unter Franzosen und seit Jahren spreche ich heute meine Muttersprache zum erstenmale."

Ein Wort gab das andere. Die junge Dame sprach von Amerika, vom Trieb des Menschen, sein Glück in der Ferne zu suchen und von der Unausrottbarkeit seines Heimatgefühls, von den Gegensätzen des Lebens in der deutschen Kleinstadt und im Strudel und Wirbel von Paris – alles war durchdacht, empfunden, alles fein und eigenthümlich geistvoll. Was wir sonst noch alles schwatzten, – ich weiß heute nichts mehr davon, ich weiß nur, daß ich den Conducteur bewog, keine weitere Gesellschaft in unser Coupé zu lassen und daß sie damit einverstanden war, daß wir allein blieben, daß Yvetot, berühmt durch seinen guten kleinen König, den Beranger besungen, Rouen, berühmt durch seine Kathedrale, Louviere, berühmt durch seine Tuchfabriken u. s. w. u. s. w.

und alle anderen Stationen, wie sie auch heißen mögen, vorüberflogen, ohne daß wir es im mindesten achteten und daß ich von der Anmuth meiner kleinen Reisegefährtin ganz bezaubert war.

Ueber uns brannte die Lampe. Als der Abend kühl geworden, breitete ich mein Plaid über die kleinen Füßchen, die ihren Posten noch immer nicht verlassen hatten und dabei wiederholte ich in allen Tonarten, wie allerliebst ich meine Reisegefährtin finde und wie sehr ich es jetzt bedauere, schon in den nächsten Tagen von Paris scheiden zu müssen. Es ist ein eigen Ding, wenn junge Herzen stundenlange so mit einander allein sind.

Es war Mitternacht, als wir uns der Bahnhalle der Nordstation näherten; ich erschrack ordentlich, als ich die vielen Gasflammen von ferne flackern sah. Auch der Kleinen schien die Fahrt kurz gewesen zu sein. „Nehmen Sie," sagte sie, „dieses übrigens ganz werthlose Ringlein" und damit zog sie einen Goldreif mit einem grünen Stein vom Finger „und behalten Sie es als Andenken an unsere heutige Fahrt. So werden Sie manchmal an mich denken, wenn Sie in Deutschland sind."

„Und Ihr Name?" fragte ich, indem ich den Ring ansteckte. „Sie werden mir doch auch sagen, wie Sie heißen?"

„Was soll Ihnen mein Name, da Sie doch morgen reisen?" sagte das Mädchen. „Wenn Sie hier blieben, das wäre etwas anderes. So aber .... Steht Ihr Entschluß wirklich fest?"

„Ich reise morgen oder übermorgen!" war meine Antwort.

„Und Sie kommen nicht wieder?"

„Schwerlich vor Jahren. Mein Beruf wird mich in der Heimat festhalten."

„Nun, dann brauchen Sie meinen Namen auch nicht zu wissen."

„Doch. Ich muß doch mein Andenken an einen Namen knüpfen können."

„Also nennen Sie mich Margot. Das genügt. Des Familiennamens bedarf es nicht. Margot heiß' ich."

„Also leben Sie wohl, allerliebste Margot."

„Leben Sie wohl."

Wir waren schon in die Bahnhalle eingefahren, meine Reisegefährtin sprang aus dem Coupé und wurde von mehreren Frauen, die sie erwartet hatten, zum Omnibusstand begleitet, ohne daß ich nur einen weiteren Blick von ihr erhalten hätte.

XI.

Heidelberg.   Schweizer Freischärler.   Autodafé von Manuscripten.

Es hatte mich wieder mit Macht nach Deutschland zurückgetrieben. Was sollte ich noch weiter in Paris? Länger dort bleiben, hieß die Zeit verlieren. Ich fühlte mich unbefriedigt. Feste Ziele und Pläne lagen nicht vor meinen geistigen Augen. Es litt mich nicht länger, ich fühlte, daß ich fort müsse.

Ich hatte es fertig gebracht, dreiviertel Jahr in Paris zu leben, ohne auch nur mit einem einzigen Franzosen zu verkehren. Mit vielen war ich bekannt geworden, für keinen konnte ich ein Interesse fassen. Es ist etwas Trauriges um diese innere Unruhe der Franzosen, die jeden Einzelnen Tag für Tag auf den Boulevards umhertreibt, als Nahrung eine Pariser Neuigkeit aufzusuchen und um das vollständige Aufgehen in der Gegenwart, im Pariser Tagesereigniß. Bei keinem anderen Volke ist ein so enger Gesichtskreis da, bei keinem eine vollständigere Unfähigkeit, auf fremde Anschauungen einzugehen.

Hinter glatten Formen verbirgt sich die bare Gemüthlosigkeit. Zum Franzosen soll man kommen, er geht zu keinem. Die größte Unwissenheit in allen außerhalb Paris liegenden Dingen ist mit einer dünkelhaften Anmaßung verbunden, die keinen Widerspruch verträgt. Er weiß eigentlich nichts, aber er weiß doch alles besser. Enttäuscht und antipathisch berührt, zog ich mich von jeder neuen Bekanntschaft zurück.

Da saß ich nun Anfangs September in Heidelberg. Ich fühlte mich glücklich. Heidelberg vereinigt das geistige Leben einer großen deutschen Stadt mit allem Reiz einer herrlichen Umgebung. Ich war in einen Kreis von Männern aufgenommen, die sich an allen Streitfragen und

Aufgaben der Zeit betheiligten und dabei im Umgang gute, brave, herzliche Menschen waren.

Ich traf hier den Dorfgeschichtsschreiber des Schwarzwalds, mit dem ich in Dresden so viel verkehrt hatte, wieder, im höchsten Grade zufrieden mit sich selbst und der ganzen Welt, glückstrahlend im Besitze einer liebenswürdigen Frau, einer angenehmen Häuslichkeit und des ersten aller Verleger, sich selbst und jeden seiner Gedanken mit Behagen genießend. Ich lernte den Dramaturgen des Oldenburger Theaters, Adolf Stahr, der sich hier zum Besuch befand, kennen, sodann Jakob Moleschott, seit Kurzem in Heidelberg als Privatdocent für Physiologie und vergleichende Anatomie habilitirt; Hermann Hettner, der Literaturhistoriker und Kunstgeschichtsforscher, Herr L. von Rochau, Verfasser einer Reise durch Spanien, späterer Mitbegründer von Gervinus' Deutscher Zeitung, schlossen den Kreis.

Was mir in Heidelberg am wenigsten gefallen hat, war die Heidelberger Studentenschaft. Sie zerfiel damals in zwei große und einen kleinen Theil. Obenan standen die Corps, die in ihren Kanonenstiefeln das ganze Selbstgefühl einer rücksichtslosen Persönlichkeit an den Tag legten.

Sie theilten sich, wie es ihre Bänder und Mützen auswiesen, in „Schwaben", „Vandalen", „Nassauer", „Saxoborussen" und „Schweizer", und waren, wie hundert tolle Streiche bezeugten, gewohnt, sich über alle Schranken, welche eine polizeiliche Ordnung der Gesellschaft gezogen hat, hinwegzusetzen. Trinken und Duelliren hatten bei ihnen eine enorme Ausdehnung erreicht. Die Angehörigen der Corps fühlten sich als etwas ganz Besonderes und als Herren des Trottoirs. Man wich ihnen schon gerne aus; anständige Frauen pflegten einen großen Bogen zu machen, wenn ihnen so ein Trupp, jeder die brennende Cigarre oder Pfeife im Munde, den Hund zur Seite des Weges kam. Daß die jungen Herren viel paukten und viel tranken, weiß ich; wann sie sich ihren Studien widmeten, habe ich nie erfahren können.

Eine zweite Abtheilung bildeten die Reformstudenten, die eine Umgestaltung des bisherigen Studentenlebens erzielen und das Duell abgeschafft wissen wollten; sie waren leider minder zahlreich. Endlich gab es noch eine kleine Schaar Solcher, die, unbekümmert um allen Partei-streit, nur ihren Studien leben wollten. Sie standen unter einer erdrückenden Mißachtung.

Der Sonderbundskrieg war im Anzug: die liberal gesinnten Schweizer Cantone wollten die Einführung der Jesuiten nicht dulden, Freischaaren bewaffneten sich. Ich sah die ersten Anzeichen der bald darauf erfolgenden Kämpfe gewittergleich aufsteigen. Von Heidelberg aus hatte ich einen Ausflug in die Schweiz gemacht und war nach Yverdun am Neuenburger See gekommen. Eines Morgens, da ich als harmloser Wanderer am Ufergelände meines Weges gehe, fällt mir ein Dampfschiff auf, aus welchem Fässer ausgeladen werden sollen. „Hier pflegen doch Dampfer sonst nicht zu halten," denke ich mir noch. Da wird es plötzlich, wenige Schritte vor mir, in den Gebüschen lebendig, ein Haufen Freischärler, der dort verborgen gelegen, stürzt hervor, läuft mit lautem Hurrah den kleinen Abhang herunter und wirft sich auf die Schiffsmannschaft. Es gibt ein wildes Durcheinander, Schüsse krachen, Kugeln pfeifen an meinen Ohren vorbei. Ich hatte, ohne es zu ahnen, einer Eröffnungsscene des nahenden Trauerspiels, der Beschlagnahme eines sonder-bündlerischen Dampfers beigewohnt, aus welchem Pulver-fässer ausgeladen werden sollten. Ich machte, daß ich aus der Schweiz fortkam . . . . . .

In Heidelberg war Alles, wenngleich in Spannung auf kommende Ereignisse, noch immer heiter. Wie schön war es, um die Stunde des Sonnenuntergangs auf der Plattform vor dem alten Schlosse zu sitzen und auf die Dächer der Stadt und in die Straßen herabzusehen! Das herrliche Schloß, von edler Kunst geschmückt, von Epheu umkleidet, der Fluß mit den grünen, rasch dahinrauschen-den Wellen, die üppige Natur, wo die edle Kastanie ihre mächtige Krone weist und der Weinstock sich an den sanft-gewölbten Bergen hinzieht   Heidelberg hat ja nicht seines Gleichen . . . . . Welch gesellige Ausflüge gab es, nach Neckarsteinach, zum Wolfsbrunnen, in den Oden-wald! Wie manche Bruderschaft wurde getrunken im hell-rothen Weine! . . . . .

Ein nachwirkendes Moment haben für mich diese Tage gehabt:

Ich hatte in Paris fleißig an meinen zwei historischen Gedichten weitergeschrieben, die sich dem Ziska anschließen sollten. Ein Drittheil des Buches: „Georg von Podiebrad" war so gut wie fertig; nun arbeitete ich an der „Weißenberger Schlacht", ich hatte sogar geglaubt, in Heidelberg besondere Studien über Friedrich von der Pfalz, den Winterkönig, machen zu können. Nun zeigte ich meinen Freunden die Arbeit. Sie lobten Ausführung und Behandlung, aber was sie mir über die Tendenz des Ganzen zu sagen wußten, verstimmte mich tief. Es sollte mir vom deutschen Standpunkt aus eigentlich verwehrt sein, dies Buch zu schreiben. Meine geschichtliche Auffassung sei sentimental. Ich erinnerte daran, daß Friedrich Lessing, an dessen gutem Teutschthum man doch nicht zweifeln werde, Huß vor dem Concil und die Hussiten gemalt habe. Man entgegnete, dies sei etwas ganz anderes.

Am lebhaftesten opponirten mir Hermann Hettner und Auerbach. Böhmen, so lauteten ihre Argumente, ist zur Hälfte germanisirt, zugestanden, durch verwerfliche Mittel: es gilt nun weiter zu germanisiren durch Mittel der Bildung. Ganz falsch sei es, in die halberloschene Asche zu blasen, indem man die Vergangenheit poetisch verkläre. Es möge eine Forderung der Humanität sein, den bisher von Schule und höherem Bildungsleben fern gehaltenen slavischen Bauer und Arbeiter zur Bildung heranzuziehen, aber mit der Wiedererweckung, Wiedergewinnung ihrer Muttersprache für die Gebildeteren, allerdings eine Lebensbedingung für jede erwachende Nation, habe es doch seinen Haken . . . . Habe die Regierung Böhmen bisher als ein deutsches Land behandelt und administrirt, so würden dann die czechischen Patrioten das Land als ein rein czechisches erklären und verlangen, daß jeder Böhme sich als Slave betrachten solle. Das sei dann wahrlich kein Vorwärts. Sollte der nun germanisirte Theil sich wieder zurückschrauben lassen und der großen Cultursprache, die ihn in den Kreis europäischer Bildung hineingezogen hat, wieder entsagen? Das wäre Unsinn. Mehr als zwei Jahrhunderte lang habe Böhmen in tiefem Schlafe gelegen. Wenn es erwache, werde es eben um zwei Jahrhunderte zurück sein. „Ueberlaß es," hieß es zum Schluß, „den Böhmen für Böhmen zu wirken, Du bist ein Deutscher. Was Du in dieser Richtung thust, schädigt die deutsche Sache!"

„Hat nicht Lenau," fragte ich entgegen, „die Albingenserkämpfe besungen? Was hat das heute gut katholische Böhmen mit den Hussiten gemein? Ich rede vom Böhmen vor zweihundert Jahren, nicht vom heutigen. . . ."

„Laß gut sein," war die Antwort, „das heutige zieht seinen Vortheil daraus."

Ich war für diese Argumente nicht taub. Was ich bereits von Dem und Jenem gehört, vernahm ich in verstärktem Maßstabe wieder. Das benahm mir alle Lust weiterzuarbeiten, ich hatte das Gefühl, daß eine reine Freude an meiner Arbeit mir für immer genommen sei. Eines Tages, nach einer erneuten Debatte über den

Gegenstand gerieth ich in einen Zorn über mich selbst und war entschlossen, mich aus meinem Dilemma zu befreien. Ich stürmte auf mein Zimmer, vernichtete meine Manuscripte und konnte der Gesellschaft, als ich sie Abends wiedersah, ankündigen, daß es bei mir mit den alten Böhmen für immer vorüber sei.

K. k. Hofbuchdruckerei Karl Prochaska in Teschen.